Rotraud Falke-Held
Der Journalist

AF237418

Rotraud Falke-Held

Der Journalist

Idee und Text: Rotraud Falke-Held
© 2021   Rotraud Falke-Held
Herstellung und Verlag BoD - Books on Demand,
                      Norderstedt

ISBN: 9783751930918

Besucht die Autorin doch mal
im Internet:
www.rotraud-falke-held.de

Ein paar Worte vorweg:

Dieses Buch ist ein Roman. Nichts von den Geschehnissen ist wirklich passiert.
Alle handelnden Personen sind frei erfunden, Namensgleichheiten wären absolut zufällig.

Auch der Zeitungsverlag *IMPULS* existiert nicht,
ebenso wenig das Restaurant Lippegrill in Schloß Neuhaus.

Die Personen:

Sidonia Okebe	Kartenlegerin aus Paderborn
Mercedes Okebe	Sidonias Tochter
David Gersdorf	Mercedes' Freund, Jurastudent
Axel Neufeld, 42 J.	Journalist, bürgerliche Name
alias Achim Nübel	Axels „Künstlername"
Klaus Wittek	Axels Kollege, Fotograf
Kerstin Neufeld	Axels Ehefrau, Boutiquebesitzerin
Frauke Kleiber	Kerstins Partnerin in der Boutique
Sandra	Mitarbeiterin in der Boutique
Doris	Mitarbeiterin in der Boutique
Paulina Schüller	Haushaltshilfe beim Ehepaar Neufeld
Jan Tenbrock	Freund u. Anwalt von Axel u. Kerstin
Katja Tenbrock	Jans Ehefrau
Charlotte Behrens	Axels Geliebte, Mutter s. Tochter Marie
Theo Rakow	Koch, der von Axel denunziert wurde
Alwin Hübner	Eigentümer des Zeitungsverlags *IMPULS*
Melanie Bauer	Alwins Sekretärin
Kilian Reuter	junger Reporter beim *IMPULS*
Ben Jansen	Mitarbeiter im *IMPULS*
Markus Otten	Polizei Inspektor
Evelyn (Ev) Dierkes	Polizei Inspektorin
Bruno Feldmann	Privatdetektiv
Sebastian Kupfer	Anwalt
Rick Foster	Fotograf
alias Richard Voss	
Shila und Malou	Sidonias Katzen

Kapitel 1
Juni 2019

Sidonia saß in ihrem Arbeitszimmer und stellte sich gedanklich auf ihren nächsten Besucher ein. Sie war bekannt als Madame Sidonia, Wahrsagerin und Hellseherin in Paderborn. Sie selbst mochte diese Ausdrücke nicht. Sie war keine Hellseherin, sie verstand sich lediglich auf die Kunst des Kartenlegens und des Handlesens. Beides waren Fähigkeiten, die man erlernen konnte. Die Karten wurden vom Kunden gemischt und dann ausgelegt – das geschah eben nicht zufällig. Und die Linien in der Hand waren erst recht kein Zufall, sondern gaben Auskunft über das Leben – über Vergangenheit und Zukunft.

Sie hatte sogar schon ein Buch darüber geschrieben. *Der Blick in die Zukunft – Die Bedeutung von Handlinien und Kartenlegen* war vor etwa eineinhalb Jahren auf dem Markt erschienen und leidlich erfolgreich.

Außerdem leitete sie Meditationsrunden, die sie ebenfalls in ihrem Arbeitszimmer anbot.

Eine gewisse Empathie für andere war schon von Nöten für ihren Beruf, aber das brauchte man in vielen anderen Jobs auch – im Grunde in allen Berufen, bei denen man mit Menschen arbeitete.

Sie hatte jedenfalls für sich und ihre Tochter Mercedes den Lebensunterhalt mit ihren Tätigkeiten verdient und sie lebten gar nicht mal schlecht davon. Sie besaßen sogar ein kleines Haus vor den Toren von Paderborn. Damals hatte es einsam dagelegen, heute war das nicht mehr der Fall, obwohl die Gegend zum Glück auch heute noch nicht sehr dicht bebaut war.

Mercedes war inzwischen erwachsen. Sie hatte ein prima Abitur hingelegt und studierte in Bielefeld Soziologie.

Sidonias Gedanken schweiften ab und das wollte sie jetzt nicht. Sie wollte sich doch auf ihren Termin vorbereiten.

Sie hatte höchst selten eine spontane Eingebung – wenn man es so nennen wollte, eine Vorhersehung – erlebt. Das letzte Mal war mehr als zwei Jahre her. Damals war sie ganz sicher gewesen, dass ihre junge Freundin Judith Schlüter in Detmold in Gefahr war. Sie war sich so sicher gewesen, dass sie, nachdem sie Judith telefonisch nicht erreicht hatte, sich in ihr Auto gesetzt hatte und von Paderborn nach Detmold gefahren war. Sie hatte Judith gerade noch vor einem Überfall retten können. Nur ihr Hund Cloud war verletzt worden. Aber zum Glück war der auch wieder gesund geworden.

Aber auch das war etwas, das die meisten Menschen in sich trugen. Das Gefühl für die richtige Entscheidung, für Gefahr oder dafür, wann sie gebraucht wurden. Die meisten Menschen hätten diesem Gefühl nur nicht nachgegeben, weil es ihnen unrealistisch, irrwitzig und unsinnig erschienen wäre. Aber genau da war Sidonia natürlich anders. Sie hatte nachgegeben. Sie wusste, dass solche Gefühle immer recht hatten.

Früher, als sie viel jünger war, hatte sie auch mit einem Wohnwagen auf der Kirmes *Libori* gestanden und hatte ihre Dienste angeboten. Das war gut angekommen. Viele Menschen, die sonst vermutlich nie eine Kartenlegerin aufgesucht hätten, hatten dort spontan das Angebot angenommen und sich aus der Hand lesen lassen. So war es auch bei der Kundin aus Detmold gewesen. Zum ersten Mal war sie als vierzehnjähriges Mädchen mit zwei Freundinnen in ihren Wohnwagen gekommen. Danach war sie in unregelmäßigen Abständen bei ihr aufgetaucht.

Der Wohnwagen war mit schweren, bunt gemusterten Teppichen und Polstern in tiefroten Farben ausgestattet gewesen. Darüber konnte Sidonia heute nur lächeln. Sie war jetzt sechsundfünfzig Jahre alt und ging schon lange nicht mehr auf Rummelplätze, nicht einmal als Besucherin.

Auch die Glaskugel, die auf den Rummelplätzen auf dem Tisch gestanden hatte, benutzte sie nie. Die war sowieso mehr Dekoration gewesen, aber die Kunden verbanden sie irgendwie immer mit Wahrsagerei.

Sidonia lebte und arbeitete in ihrem Häuschen am Stadtrand von Paderborn. Dort hatte sie ihr spirituelles Zimmer, wie sie es nannte, eingerichtet. Es war stark in lila-Tönen gehalten, was als sehr meditative, Farbe galt.

Madame Sidonia selbst war noch immer eine schöne dunkelhäutige Frau. Ihre einst lange, wilde und tiefschwarze Lockenpracht hatte sie auf Schulterlänge gekürzt. Sie war beinahe vollständig ergraut, aber die Farbe ließ Sidonia nicht alt erscheinen, sondern verlieh ihr Reife und Tiefgründigkeit. Ihr ovales Gesicht war noch ungewöhnlich glatt, ihre Figur noch immer schlank, wenn auch nicht mehr ganz so fest wie früher. Aber das bemerkenswerteste an ihr waren ihre Augen. Groß und dunkel wirkten sie, als könnten sie ihrem Gegenüber bis in das Innerste blicken.

Sie trug eine schlichte blaue Jeans und ein weites buntes Oberteil darüber. Diesem Look blieb sie seit vielen Jahren treu, er passte einfach zu ihr und darin fühlte sie sich wohl.

Sie schloss die Augen und konzentrierte sich auf die Aufgabe, die vor ihr lag. Ihr Gast müsste jeden Moment kommen.

Es läutete und Sidonia lief zur Tür. Vor ihr stand ein Mann, der etwa vierzig bis fünfundvierzig Jahre alt war, mit dichten, dunkelblonden Haaren, mittelgroß - höchstens einen Meter fünfundsiebzig – mit stahlgrauen Augen, die keine Wärme ausstrahlten und einer einzigen tiefen Falte vor der Stirn. Die Nase war etwas schief und die Lippen ziemlich dünn. Ein kurzgeschnittener Bart umrahmte seinen Mund, wodurch sein Gesicht durchaus an Attraktivität gewann.

Seine Figur war in Ordnung, er war weder dick noch superschlank und wirkte auch nicht besonders muskulös. Er war nicht gerade hässlich, aber auch kein auffallend attraktiver Mann.

„Guten Tag Frau Okebe", grüßte er. „Mein Name ist Axel Neufeld, wir haben einen Termin."

Er war Sidonia vom ersten Moment an unsympathisch. Eigentlich gab es nicht wirklich einen Grund dafür. Er lächelte ihr sogar zu und war durchaus höflich. Früher hätte sie diese kleine innere Stimme als lästig und nervig abgetan, heute wusste sie, dass sie ihr vertrauen konnte. Diese spontanen Eingebungen hatten einfach immer recht. Irgendetwas stimmte mit diesem Kunden nicht.

Aber sie konnte nichts anderes tun, als ihn einzulassen. Er war ihr Kunde und sie würde ihn bedienen wie jeden anderen. Ihr musste ja nicht jeder Kunde sympathisch sein.

Sie standen in der geräumigen Diele, von der aus das Treppenhaus in die obere Etage führte. Von hier war jeder Raum im Erdgeschoss zugängig.

„Guten Tag", grüßte sie höflich und lächelte ihn an.

„Nennen Sie mich ruhig Madame Sidonia. Das tut jeder. Ist so etwas wie ein Künstlername."

Sie trat einen Schritt zur Seite, um ihn eintreten zu lassen. Er lehnte sich noch einmal zurück und warf einen Blick auf ihr Namensschild an der Tür.

„Ah, ja. In Ordnung. So steht es ja auch auf Ihrem Firmenschild. Aber an der Haustür steht Sidonia und Mercedes Okebe."

Sie nickte. „Ja."

„Wer ist denn Mercedes?", fragte er, während sie die Haustür schloss.

„Das ist meine Tochter. Wollen wir in mein Arbeitszimmer gehen?" Sie hatte nicht vor, mit einem Kunden über ihre privaten Angelegenheiten zu sprechen. Das tat sie nur höchst selten, wenn aus einer beruflichen Beziehung mehr wurde, wie bei jener Kundin in Detmold.

„Natürlich. Ich folge Ihnen." Er grinste schief. Er hatte den leichten unwilligen Unterton durchaus vernommen. Vermutlich sprach sie nicht gerne über Privates. Es ging ja auch nicht um sie, wenn sie Kunden hatte. Nun gut. Mal sehen, was sie ihm vorhersagen würde.

Sidonia öffnete eine der Türen und bat ihn in den Raum.

Das nennt sie also Arbeitszimmer, dachte er und sah sich um. Von einem Arbeitszimmer hatte er eine vollkommen andere Vorstellung. In der Mitte stand ein Tisch mit verschnörkelten Beinen und auf jeder Seite ein Stuhl mit schwach lilafarbenem Polster. Auf dem Tisch lag bereits ein Kartenspiel. Wenn er das richtig sah, ein normales Pokerdeck. Auch zwei Wassergläser standen darauf.

An blasslila gepinselten Wänden hingen Bilder von Handinnenflächen mit der Bedeutung der Handlinien. In den Regalen lagen noch weitere Kartendecks und auch eine Glaskugel stand dort. Himmel, die wollte ihm doch wohl nicht aus der Kugel wahrsagen? So wie im Fernsehen?

Er kam sich vor, wie in einer Hexenküche. Nur der große Kessel mit einer undefinierbaren dampfenden Flüssigkeit fehlte.

Sie hatte seinen Blick bemerkt. „Die Kugel ist nur Dekoration", erklärte sie. „Viele Menschen verbinden sie mit Wahrsagerei, aber sie ist für mich vollkommen nutzlos."

„Aha."

„Bitte, nehmen Sie Platz."

Sie lächelte ihm freundlich zu und er setzte sich auf den ihm zugewiesenen Stuhl.

„Ich mag übrigens auch den Begriff *Wahrsagen* nicht. Ich sehe mich eher als Lebensberaterin oder Helferin. Was ich tue, ist Energiearbeit. Die Zukunft ist nicht unumstößlich festgeschrieben. Sie können sie mit Ihren Entscheidungen beeinflussen."

„Ach tatsächlich?", erwiderte er. Sidonia horchte auf. War da ein ironischer Unterton?

Sie hob das Glas Wasser und deutete ihm, ebenfalls zu trinken.

„Was ist dadrin?", fragte er, hob das Glas an und betrachtete skeptisch die darin schwimmenden Steine.

„Mineralien. Es stärkt unsere Energie."

Er konnte nicht verhindern, die Augen zu verdrehen. Sidonia bemerkte es, aber sie kommentierte es nicht. Er kam doch zu ihr, um sich die Zukunft vorhersagen zu lassen. Also sollte er es jetzt bloß nicht wagen, ihre Methoden zu kritisieren.

„Aber wenn die Zukunft nicht festgeschrieben ist, hat doch eine Vorhersage gar keinen Sinn?", meinte er. Er bemühte sich um einen neutralen Tonfall, aber Sidonia bemerkte die Skepsis.

Sie lächelte geheimnisvoll. „Doch. Sicher hat das Sinn. Ich kann Ihnen sagen, was passieren wird, wenn Sie so oder so entscheiden. Sie haben dann die Macht, eine eventuell schlechte Zukunft positiv zu verändern. Aber lassen Sie uns einfach nachsehen. Fangen wir mit Ihren Handlinien an."

Er reichte ihr seine Hand über den Tisch hinweg, so dass sie die Linien in seiner Handinnenfläche sehen konnte.

Sofort runzelte sie die Stirn.

Er zuckte gleichzeitig zusammen und zog seine Hand fort.

„Was ist los?", fragte sie überrascht.

„Irgendetwas an meinen Beinen." Er schaute unter den Tisch. „Mein Gott – eine Katze. Nein, sogar zwei. Was soll das denn? Sie machen Ihrer Zunft wirklich alle Ehre."

Jetzt lachte sie laut auf. „Sie meinen als Hexe?"

„Ja, allerdings."

„Herr Neufeld, ich bitte Sie!", wies sie ihn jetzt höflich, aber bestimmt zurecht. „Viele Menschen haben Katzen. Ich schätze diese Tiere, weil sie unabhängig sind. Sie passen zu mir. Sind Sie allergisch auf Katzenhaare?"

„Nein."

„Dann bleiben die Tiere hier. Können wir fortfahren?"

Sie machte nicht viel Federlesen. Keine großen Erklärungen, keine Entschuldigungen. Na ja, wenn er ehrlich war – wofür sollte sie sich auch entschuldigen. Er war kein großer Tierfreund, aber er war hier zu Gast und musste sich wohl fügen. Obwohl – er war doch der zahlende Kunde. Sollte er…? Nein, er ließ es. Die beiden Katzen lagen inzwischen sowieso ganz friedlich in einer Ecke und würden hoffentlich nicht noch einmal um seine Beine streifen. Er war durchaus ein streitbarer Mann, aber eine Diskussion wegen der Katzen loszubrechen, lohnte sich wirklich nicht. Er hatte andere Ziele.

Er reichte ihr wieder seine Hand.

„Sie sind ein sehr willensstarker Mensch", sagte Madame Sidonia jetzt.

„Ja natürlich. Das muss man auch sein. Sonst erreicht man im Leben nichts."

„Sie sind nicht nur das, Sie sind auch rücksichtslos", erwiderte sie hart.

Er reagierte darauf nicht. Es war gleichgültig.

„Sie hatten keine schlechte Kindheit", fuhr sie fort.

„Nein. Ich habe immer alles bekommen."

„Ja. Vielleicht sogar zu viel? Sie sind ehrgeizig, aber selten mit erreichten Zielen zufrieden. Sie sind erfolgreich, aber – nun ja…"

„Was?", fuhr er sie an.

Der unwirsche Ton machte ihr die Antwort leichter. „Nicht sehr beliebt."

Er zuckte die Schultern. „Was soll's. Darauf kommt es nicht an."

„Wenn Sie auf dem Weg bleiben, auf dem Sie gerade gehen, wird er Sie ins Verderben führen. Sie werden scheitern und das wird schlimmere Auswirkungen haben, als Sie denken."

Er lachte gehässig auf. „Reden Sie keinen Unsinn!"

„Sie sind zu mir gekommen, Herr Neufeld. Wollen wir noch die Karten legen?"

„Damit? Oder wollen Sie mit mir pokern?"

Sidonia seufzte. Warum war er zu ihr gekommen, wenn er ihr Tun nicht ernst nahm? Warum war er so ein Kotzbrocken?

„Ob mit Tarotkarten oder mit diesem Deck, die Karten werden Ihnen die Wahrheit sagen. Jede hat ihre Bedeutung. Bitte mischen Sie selbst."

Er tat es.

„Jetzt legen Sie den Stapel auf den Tisch, konzentrieren sich und heben zweimal mit der linken Hand in Richtung Herz ab."

Sie ärgerte sich über sich selbst, dass ihr die Anweisungen plötzlich so albern vorkamen. Er gehorchte mit einem schiefen, ironischen Grinsen.

Dieser Mann strahlte eine solche Arroganz aus und vermittelte mit jeder Mimik und jeder Geste, dass er nichts von ihrer Arbeit hielt, sodass es ihr schwerfiel, professionell weiterzumachen.

Sidonia drehte die drei Stapel um und erstarrte.

„Was ist?" Er hatte ihren erschrockenen Gesichtsausdruck bemerkt.

„Das ist eine Vorprognose und die sieht nicht gut aus. Hier – die Pik Sieben ist eine Warnung, die Kreuz Zehn bedeutet Streit und Unstimmigkeit. Aber immerhin: Die Karo Sieben verheißt berufliche Beständigkeit und Erfolg."

„Das ist das Wichtigste. Ich bin ein Erfolgsmensch, Frau Okebe. Das ist mir das Wichtigste."

Sie registrierte missmutig die erneute Anrede als Frau Okebe. Aber sie sagte nichts dazu. Sie wusste, er machte das absichtlich, um sie zu provozieren und ihren Berufsstand herabzuwürdigen. Sie durchschaute nur einfach nicht, warum er das tat. Was war mit ihm los? War er nur aus Neugierde hier und nahm das alles gar nicht ernst? Oder hatte er eine Wette verloren? Er legte definitiv keinen Wert auf ihre Ratschläge. Nun, vielleicht sollte sie genauso denken wie er – Geld war das Wichtigste. Hauptsache, sie wurde bezahlt. Aber sie mochte es nicht, so behandelt zu werden. Und sie hatte das auch gar nicht nötig.

Nicht, dass es schlimm war, Frau Okebe genannt zu werden. Es war der Name ihres Vaters, der zusammen mit seiner jungen Ehefrau aus Kenia hierher gekommen war und sich ein neues Leben aufgebaut hatte.

Ihre Eltern hatten ein kleines Geschäft gehabt, in dem sie afrikanische Dinge verkauften. Holzgeschnitzte Tiere, Spiele, Bücher, Figuren und einiges mehr. Auch Meditationsrunden führten sie durch. So war Sidonia förmlich in das Metier hineingewachsen.

Nein, es war einfach so, dass sie als Wahrsagerin nicht Frau Okebe war, sondern Madame Sidonia. Und er ignorierte das,

18

obwohl sie ihn höflich darum gebeten hatte. Frau Okebe war die Privatperson, die Mutter und die Frau, der man beim Einkaufen begegnete.

Schweigend legte sie die Karten nach einem vorgegebenen Muster aus.

Das Kartenbild ließ sie erschauern.

„So viele negative Karten um die Bezugsperson herum habe ich selten gesehen." Sie erklärte ihm ausführlich und vorsichtig diese negative Konstellation. „Es sind Menschen in Ihrer Nähe, die es nicht gut mit Ihnen meinen", sagte sie.

„Natürlich. Glauben Sie, man wird so erfolgreich, ohne Neider zu haben? Es gibt ein altes Sprichwort, das lautet: Viel Neid, viel Ehr oder so ähnlich."

Sie runzelte die Stirn. Er nahm das alles viel zu leicht.

„Ich sehe Streit, aber es könnte schlimmer kommen. Ich sehe sogar eine drohende Gefahr."

Er wirkte den Bruchteil einer Sekunde etwas aus dem seelischen Gleichgewicht gebracht. Aber er fing sich sofort wieder und wischte die Bemerkung vom Tisch. „Na, dann habe ich ja alles richtig gemacht."

Es schien ihn nicht besonders zu kümmern. Nun, mehr konnte sie nicht tun. Sie konnte ihm nur sagen, was die Karten ihr verrieten, wie seine Zukunft zurzeit aussah.

Die Karten lagen ausgebreitet auf dem Tisch. Sie sah noch einige Dinge in naher Zukunft, zum Beispiel eine kurze Reise, die mit der Gefahr in Zusammenhang stehen könnte, aber sie war nicht sehr motiviert, weiterzumachen. Sie wollte ihm auch keine weiteren, detaillierteren Methoden vorschlagen, wie sie es sonst oft tat.

Ihm lag sowieso nichts daran. Sein Glas Wasser stand auch noch unangetastet da.

Sie erhob sich, beendete das Gespräch. „Ich bekomme siebzig Euro", sagte sie in betont geschäftsmäßigen Ton.

Er nickte und zückte seine Brieftasche. Er zählte das Geld ab und verabschiedete sich. „Ich finde allein hinaus. Vielen Dank für den interessanten Einblick in meine Zukunft."

„Sehr gerne." Sie hörte seinen ironischen Tonfall, bemühte sich selbst um Neutralität, folgte ihm bis in den Flur und sah ihm nach, als er das Haus verließ.

Dann ging sie langsam zurück, nahm ein Tarot-Deck aus dem Regal in ihrem Arbeitszimmer. Sie konzentrierte sich auf den Mann, dem sie soeben die Karten gelegt hatte und zog eine einzige Karte aus dem Stapel. Der Magier. Willensstärke, Erfolg, aber auch Gier, Machtstreben, Manipulation.

Was für ein Mensch war er wirklich?

Warum war er bei ihr gewesen?

Ein Schauer lief über ihren Rücken. Sie hatte gar kein gutes Gefühl.

„Mama!", rief eine helle Stimme.

„Ich bin hier."

Ihre Tochter Mercedes trat in das Zimmer. Sie zwar zwanzig Jahre alt, ihre Haut war etwas heller als ihre, da ihr Vater ein Weißer war, aber ihre Haare waren ebenso kraus wie Sidonias. Früher hatte Mercedes sie regelmäßig geglättet. Aber inzwischen hatte sie keine Lust mehr auf den Aufwand. Außerdem standen ihr die wilden Locken wirklich gut. Mercedes' Haare fielen weit über ihren Rücken. Jetzt hatte sie sie mit einem bunten Band zu einem Pferdeschwanz gebändigt.

Sidonias Augen leuchteten, sie war sehr stolz auf ihre Tochter.

„Du bist früh zu Hause."

„Ja, ich habe die letzte Vorlesung ausfallen lassen." Sie rümpfte ein wenig die Nase. „Will lieber für Klausuren lernen. Wer war denn der Mann, der gerade weggegangen ist?"

„Hast du ihn noch gesehen? Ein Kunde. Ein unangenehmer Mensch. Aber…"

„Aber?", hakte Mercedes nach, als ihre Mutter abbrach.

„Es war merkwürdig. Ich sagte ihm, er sei in Gefahr, aber er wollte nichts davon hören."

„Warum nicht? Wenn er zu dir kommt, sollte man doch meinen, er ist an deinem Rat interessiert."

„Sollte man meinen", sinnierte Sidonia. „War aber nicht so. Nun, mehr kann ich nicht tun. Es ist sein Leben und seine Entscheidungen."

Sidonia hakte sich bei ihrer Tochter unter und sie verließen zusammen den Raum.

„Ich habe keine Ahnung, um was es ihm wirklich ging. Vielleicht war er nur neugierig, wie eine solche Sitzung abläuft. Oder er hat eine Wette verloren und musste in das Atelier einer Hexe." Sie verlieh ihrer Stimme einen gespenstischen Ton und verzog das Gesicht.

Mercedes lachte.

„Und das war ihm dein Honorar wert?"

„Scheint so."

„Na dann denk nicht weiter drüber nach."

„Ja, hast recht. So und jetzt mache ich uns was Leckeres zum Essen."

„Nudeln", schwärmte Mercedes sofort.

„Ja, Nudeln mit Spinat und Lachs."

„Yeah!"

Kapitel 2
Ein Mittwoch im Juli 2019

Kerstin Neufeld hatte sich einen gemütlichen Morgen gemacht. Es war schon fast Mittag, als sie sich angekleidet hatte, um in ihre Boutique *ChezElle* in der Paderborner Innenstadt zu fahren, die sie zusammen mit ihrer Partnerin Frauke Kleiber betrieb. Die Boutique lief gut, sie hatten inzwischen sogar neben der Teilzeitkraft Doris die Studentin Sandra als Minijobberin eingestellt.

Außerdem bot Kerstin inzwischen in einem extra dafür hergerichtetem und elegant eingerichtetem Hinterzimmer Stilberatungen an. Dafür hatte sie sich extra zur Stilberaterin ausbilden lassen. Es hatte ihr immer gut gefallen, Menschen zu beraten. Das lag ihr. Sie hatte ein gutes Gespür dafür, was die Kunden wünschten, was ihnen stand und zu ihrem Typ passte. Und sie konnte gut mit ihnen umgehen – auch mit den schwierigen.

Kerstin drehte sich vor dem hohen Standspiegel. Sie sah eine schlanke, elegante Frau. Da sie nicht sehr groß war, trug sie fast immer Schuhe mit hohen Absätzen. Das streckte die Beine und verlieh außerdem eine gute Haltung, fand Kerstin. Die blondierten Haare hatte sie zu einer Banane geschwungen und aufgesteckt, in offenem Zustand fielen sie glatt bis auf die Schultern.

Ihre grünen Augen waren perfekt geschminkt, ihr Teint war hell, aber sie ging regelmäßig auf die Sonnenbank - obwohl sie wusste, dass das nicht unbedingt gesund war - und half mit Make up und Rouge nach, um frisch und gebräunt auszusehen.

Sie achtete sehr auf sich, passte bei der Ernährung auf, um ihr Gewicht zu halten, kaufte teure Cremes und kleidete sich kostspielig und elegant. Das war sie ihrem Job schuldig. Aber sie konnte es sich auch leisten. Ihr Mann Axel verdiente als Journalist gutes Geld und die Boutique lief auch ausgesprochen gut.

„Immerhin, nächstes Jahr werde ich vierzig", sagte sie zu ihrem Spiegelbild. „Man sagt doch, ab da nehmen die Frauen zu. Das will ich einfach nicht."

Schönheit und Geld waren ihr ausgesprochen wichtig. Mit all diesen Sprüche wie *Geld allein macht auch nicht glücklich* oder *Das Wichtigste kann man sich sowieso nicht mit Geld kaufen* konnte sie nicht viel anfangen. Geld allein reichte vielleicht nicht, aber ganz ohne Geld ging es doch auch nicht, oder? Man konnte sich eine Menge Dinge damit leisten, die glücklich machten. Reisen, chic essen gehen, Kleider, Handtaschen, Schuhe. Schmuck.

Manchmal hatte sie trotzdem das Gefühl, dass etwas nicht richtig lief. Eigentlich hatte sie immer fortgehen wollen von Paderborn, am liebsten an den Rhein. Aber Axel war so mit seinem Beruf und dem Zeitungsverlag *Impuls*, für den er arbeitete, verbunden, dass er sich niemals dazu durchringen könnte, fortzugehen. Auch nicht für sie. Sie hatte sich damit abgefunden. Musste man nicht immer Kompromisse eingehen?

Sie strich ihren schmalen Rock glatt und wandte sich von ihrem Spiegelbild ab.

Axel war gestern Abend zu seinem geheimen Ort gefahren, um zu arbeiten. Das tat er seit über einem Jahr immer häufiger. Kerstin hatte nichts dagegen. Nur, dass er anfangs nicht einmal ihr hatte sagen wollen, wo dieser Ort war, war ihr dann doch zu weit gegangen. Und so hatte er schließlich ihrem Drängen nachgegeben und ihr gesagt, dass er eine Hütte im Haxtergrund besaß, in der er in Ruhe und Abgeschiedenheit schreiben konnte. Außer ihr wusste niemand, wo sich diese Hütte befand – das glaubte sie zumindest; sicher war sie nicht, ob der Ort nicht längst weniger geheim war, als Axel dachte. Zumindest schien niemand das ungeschriebene Gesetz zu brechen, ihn auf keinen Fall dort zu besuchen.

Sie selbst hatte ihn niemals dort gestört. Und sie hatte es auch nicht vor. Wenn er diese Zeit brauchte, sollte er sie bekommen. Zu Axel verband sie eine ganz besondere Form der Partnerschaft. Sie liebten sich, daran bestand kein Zweifel. Aber sie brauchten beide ihre Freiräume. Und so hatte Kerstin ihre Boutique, Abendessen und Theaterbesuche mit Freundinnen und hin und wieder Geschäftsreisen zu Messen überall in der Welt.

Auch Axel war sehr engagiert in seinem Beruf als Journalist. Seine Arbeit hatte sich mit seinem Ehrgeiz sehr verändert.

Als sie sich vor acht Jahren kennengelernt hatten, schrieb er über alltägliche Geschehnisse in Paderborn. Auch die Ausgrabungen im März 2017, bei denen alte Siedlungsreste an der Pader entdeckt worden waren, gehörten dazu. Danach wurden seine Artikel politischer.

Er hatte einen Skandal aufgedeckt, als er hinter den Pfusch am Bau eines Hochhauses kam. Er prangerte Tiertransporte an und warb um Tierschutz. Das waren Artikel, die positive Veränderungen bewirken sollten. Kerstin war sehr stolz auf ihren Mann. Aber sie entsprachen keineswegs Axels Idealen. Im Grunde waren ihm die Transporte gleichgültig. Er wusste nur, mit welchen Themen er bei der breiten Öffentlichkeit auf positive Zustimmung traf.

Die Grenzen für eine objektive Berichterstattung schienen für ihn zu verschwimmen. Seine Artikel wurden zunehmend diskriminierend statt informierend. Kerstin fand das nicht gut, aber Axel ließ sich da nicht hineinreden. Das eben gehörte zu Axels Welt. Er meinte, er könne ja auch nichts damit anfangen, dass sie neuerdings diese albernen Stilberatungen durchführte. Das hatte sie verletzt, aber sie verdrängte das Thema. Dann sollte es eben so sein, ihre beiden Berufe konnten kein Gesprächsthema zwischen ihnen sein.

Aber jetzt war die Grenze endgültig gesprengt. Schon einige Male hatte sich Axel zurückgezogen, um seine Artikel zu schreiben.

Manchmal verstand Kerstin nicht, was er mokierte. Zum Beispiel hatte er einmal das Essen eines Kochs sehr schlecht gemacht. Kerstin hatte keine Ahnung, welches „Haar" ihr Mann in der Suppe gefunden hatte. Sie war neugierig geworden, hatte das Restaurant mit einer Freundin besucht und war sehr zufrieden gewesen. Trotzdem hatte der Koch schließlich seinen Job verloren, weil die Kunden ausblieben. Viele Menschen nahmen eben ernst, was in der Zeitung stand.

Darüber gab es doch sogar irgendein uraltes Lied von Reinhard May. Sie erinnerte sich, weil ihre Mutter die

Lieder immer gerne gehört hatte. *Weil's in der Zeitung steht...*

Kerstin befürchtete, dass Axel durchaus bewusst war, was er für eine Macht hatte, dass er sie genoss und bewusst weiter ausbaute.

Dass er hin und wieder verschwand, machte ihr nichts aus. Ja, sie liebte ihn, aber sie vermisste ihn auch nicht, wenn er mal ein paar Tage fort war. Sie mochte es, allein zu sein. Ihr Alltag war ja nicht langweilig, sie war nicht einsam, sie hatte immer Menschen um sich herum. Und dann abends allein zu sein - mit niemandem diskutieren zu müssen - keine abgelegten Jacken oder Pullover vom Sofa pflücken, keine vergessenen Gläser wegräumen zu müssen - die Musik einzulegen, die nur sie mochte - ein Schaumbad zu nehmen - einen Rotwein zu trinken - das empfand sie als reinste Verwöhnkur. Balsam für die Seele.

Nein, seine Abwesenheit war ihr gleichgültig. Die Zeit genoss sie. Sie wusste ja, er kam wieder. Das Einzige, was unumstößliche Pflicht war, war die Treue. Kerstin und Axel gingen hin und wieder ihre eigenen Wege, aber sie waren sich treu.

Sie hörte den Schlüssel in der Haustür. Ah, das war sicher ihre Putzfrau, die zweimal in der Woche kam. Eine Perle. Sie war so froh, dass sie Paulina hatte. Sie ging ihr entgegen und begrüßte die fünfzigjährige, etwas mollige Frau herzlich.

„Guten Tag, Sie sind ja noch da", bemerkte Paulina überrascht.

„Ja, meine Partnerin und unsere Minijobberin Sandra sind in der Boutique. Da konnte ich mir ein wenig Zeit lassen. Aber jetzt bin ich weg. Tschüß, Paulina."

„Tschüß."

Kerstin griff nach ihrer Jacke und Handtasche und stöckelte aus der Haustür hinaus. Paulina blickte ihr nach. Sie mochte die Arbeit im Hause Neufeld. Sie war leicht, es war ja nie besonders schmutzig oder durcheinander mit den zwei Erwachsenen, die sowieso den ganzen Tag außer Haus waren.

Die Chefin war auch immer freundlich. Aber man merkte, dass sie sich für etwas Besseres hielt. Schon die Art, wie die sie ganz selbstverständlich mit dem Vornamen ansprach, während sie selbst sie Frau Neufeld nannte. Und ein bisschen zu aufgetakelt war sie sowieso für Paulinas Geschmack. Ihr Chef – na ja… Sie sah ihn so gut wie nie. Zum Glück. Den mochte sie wirklich gar nicht. Der hielt sich doch für den Nabel der Welt.

Sie schloss die Haustür und lief durch das Haus, um Putztücher zu holen und mit ihrer Arbeit zu beginnen.

Sidonia ging in ihrem Haus unruhig auf und ab. Mercedes war in der Uni. Gut so. Die brauchte ihre Unruhe gar nicht mitzubekommen. Dann würde ihre Tochter nur versuchen, sie zu beruhigen. Mercedes war ein sehr fürsorglicher, einfühlsamer Typ.

Sie hatte immer mit dem Mädchen allein gelebt. Und heute war die inzwischen Zwanzigjährige eine enge Vertraute für sie geworden. Sie hatten ein ganz besonderes Verhältnis zueinander.

Aber Sidonia ließ ihre Unruhe nicht los. Seit dieser merkwürdige Kunde hier gewesen war, fragte sie sich, ob sie mehr tun konnte. Immer wieder sagte sie sich: Ich habe ihn gewarnt. Ich habe ihm gesagt, dass Gefahr droht. Er hat es nicht ernst gekommen. Damit ist meine Aufgabe erfüllt.

Sie fragte sich auch, warum er ihre Warnung nicht ernst nahm. Jemand, der zu ihr kam und einen Blick in die Zukunft tun wollte, tat das nicht leichtfertig und fast spöttisch ab.

Irgendetwas stimmte mit dem Mann nicht. Das hatte sie ja von Anfang an gespürt.

Sie hatte sich selbst die Karten gelegt und gesehen, dass ein Mensch in ihrem Umfeld aufgetaucht war, dem sie nicht trauen durfte. Vielleicht war das dieser Kunde gewesen.

Eine Krise bahnte sich in ihrem Leben an. Das war jedenfalls deutlich gewesen. Aber was genau das war, wusste Sidonia natürlich nicht.

Diese Unruhe war ein Resultat dieser Wahrsagung und des unguten Gefühls, das sie sowieso mit dem Kunden Neufeld gehabt hatte. Er war in Gefahr. Auch wenn er das nicht wahrhaben wollte; sie wusste, dass es so war.

Sie fühlte deutlich eine Lawine auf sich zurollen, die sie nicht stoppen konnte und die ihr Leben in den Grundfesten erschüttern würde.

In dem Moment klingelte das Festnetztelefon.

Ihre berufliche Nummer wurde kontaktiert.

Sie hob ab. „Madame Sidonia", meldete sie sich. Ihre Stimme hatte noch nicht die gewohnte Festigkeit zurückgewonnen. Das Kartenbild hatte sie aus der Bahn geworfen.

Sie wusste, dass sie ihren Vorhersagen vertrauen konnte.

„Hier ist Axel Neufeld. Frau Okebe, ich glaube…" Seine Stimme klang unruhig. Sogar gehetzt. „Ich glaube, Sie hatten recht."

Sie zog die Augenbraue hoch. „Womit?"

„Damit, dass ich in Gefahr bin. Können Sie herkommen? Ich würde Sie gerne treffen. Im Haxtergrund."

Sie horchte auf. Aufs äußerste gespannt. Was sollte das? Warum zitierte er sie zu sich? Er hatte nicht den Eindruck gemacht, dass er an ihre Vorhersagen glaubte. Wenn er jetzt so nervös war, dann nur, weil etwas passiert war.

„Wenn Sie das glauben, rufen Sie die Polizei."

„Nein, ich muss mit Ihnen sprechen."

Irgendwas in seiner Stimme passte nicht, aber sie wusste nicht, was es war. Panik hörte sie nicht darin. Nicht wirklich. Machte er sich über sie lustig?

„Ich mache keine Hausbesuche. Und ehrlich gesagt, möchte ich mit Ihnen gar kein Gespräch mehr führen."

„Aber hören Sie denn nicht? Ich bin bedroht worden. Ich bin in Gefahr."

„Ich verstehe wirklich nicht, warum Sie mich dann anrufen. Jeder normale Mensch würde die Polizei rufen. Oder einen Anwalt. Ich kann Ihnen nicht helfen. Auf Wiederhören."

„Nein, Moment!" Jetzt klang endgültig so etwas wie Spott mit.

Was sollte das? Er spielt ein Spiel, aber sie hatte keine Ahnung, warum.

Sidonia war jetzt ganz sicher, dass der Kunde der Mensch war, dem sie nicht trauen durfte. Sie legte den Hörer auf.

Als Axel das Kicken hörte, lachte er laut. Wenn die wüsste, was er für interessante Neuigkeiten für sie gehabt hätte.

Welche Verbindung sie zu ihm hatte und warum er ausgerechnet sie ausgewählt hatte, um in seine Zukunft zu sehen.

Es hätte ihm Spaß gemacht, ihr davon zu erzählen, aber hey – man konnte eben nicht alles haben.

Axel setzte sich wieder an den Schreibtisch seines kleinen Holzhäuschens im Haxterholz und klappte sein Laptop auf. Er wusste, seine Arbeit wurde allmählich gefährlich. Er pinkelte durchaus einigen Leuten ans Bein, die damit nicht gut umgehen konnten. Einen Drohbrief hatte er schon bekommen. Allerdings war er mehr als überrascht gewesen, dass der ausgerechnet von diesem Koch gekommen war. Er hätte gedacht, der Bauunternehmer, der mit dem Typen von der Stadtverwaltung die Preise absprach, wäre gefährlicher. Oder erst recht dieser völlig abgehobene Schönheitschirurg, der sogar schon Siebzehnjährigen die Brust vergrößert hatte. Meine Güte, so etwas konnte doch wirklich nicht wahr sein! Aber er hatte auch ein paar kleinere Fische an der Angel.

Er hatte geplant, einen Artikel über Menschen zu schreiben, die seiner Meinung nach mit ihren Berufen ihren Kunden das Geld aus der Tasche zogen, ohne wirklich Leistung dafür zu erbringen. Inzwischen dachte er darüber nach, daraus lieber ein Buch entstehen zu lassen. *Berufe, die die Welt nicht braucht* oder etwas blumiger *Supervacuum*.

Er lachte laut auf, als der aktuelle Text auf dem Bildschirm erschien. Wenn seine Kerstin wüsste, was er gerade schrieb, würde sie ausrasten. Dann wäre die Idylle seiner Ehe vorbei und alles Gerede um gegenseitige Freiheit und Vertrauen… Egal. Er hatte seine Mission zu erfüllen. Ja, so sah er das. Er wollte aufklären. Schwarze Schafe ausmustern. Die Menschen wachrütteln. Über unverantwortliches Vorgehen der Obrigkeiten, Scharlatanerie, überflüssige Berufe, dem Handel mit der Angst der Menschen.

Ach, konnten sie das denn nicht alles selbst sehen?

Es war verdammt schwer, einer der wenigen vernünftig denkenden Menschen der Welt zu sein. Aber er stellte sich dieser Aufgabe und dieser Berufung, wie er es sah.

Er horchte, plötzlich aufmerksam geworden, auf. Waren da Schritte? Ach was, nur sehr wenige Menschen kannten diesen Unterschlupf und wussten, wo er war.

Er wandte sich um und kniff die Augen zusammen. Wer konnte hier sein? Dann flog das Erkennen über sein Gesicht und ein Ausdruck von Überraschung machte sich breit.

Kapitel 3
Ein Montag im Juli 2019

Kerstin stöhnte. Sie hatte gerade die Boutique abschließen wollen, als zwei Leute hereinschneiten. Kerstin nahm ihre Erscheinungen mit einem geschulten Blick wahr.

Der Mann war etwa Mitte bis Ende vierzig, groß, schlaksig, mit dünnem, angegrautem Haar, Jeanstyp. Die Frau war viel jünger, um die dreißig, groß, über einssiebzig - trotz ihrer hochhakigen Schuhe war Kerstin etwas kleiner als die Fremde - sportlich gekleidet, Sneakers an den Füßen, Jeanshose, braune Haare, frecher Kurzhaarschnitt, helle Augen in einem herzförmigem Gesicht.

Kerstin verzog fast unmerklich das Gesicht. Sie bezweifelte, dass diese beiden Leute Kunden ihrer Boutique würden. War nicht ganz ihr Stil – obwohl, jeder hatte ja durchaus mehr als einen einzigen Stil. Sie selbst trug privat schließlich auch Jeans und Schlabberpullover. Allerdings hatte weder sie noch Axel auch nur eine Jeans, die annähernd so miserabel saß wie die von dem Typen. Egal. Sie schüttelte sich innerlich. Manchmal war es gar nicht so gut, automatisch bei jedem den Kleidungsstil zu analysieren.

Das Preisniveau ihrer Boutique dürfte auch nicht ganz passen, schätzte sie, aber auch das konnte man nie wissen. Manchen Leuten sah man ihre finanziellen Verhältnisse eben nicht an.

„Wir schließen jetzt", begrüßte sie die beiden ein wenig unhöflich. Aber nach einem langen Arbeitstag stand ihr nicht der Sinn nach Kunden, die ihr sagten: *Wir sehen uns nur mal um.*

Der Mann zückte seine Ausweiskarte. „Wir sind keine Kunden. Kommissar Markus Otten – meine Kollegin Evelyn Dierkes."

Kerstin zog überrascht die Augenbrauen hoch.

„Wir würden Sie gerne sprechen."

„Sicher. Einen Moment, ich schließe nur kurz ab", erwiderte sie leicht irritiert.

Markus Otten nickte und beide folgten ihr danach in ein kleines Zimmer im hinteren Teil der Boutique.

Dort setzte Kerstin sich auf den Bürostuhl, während Markus und Evelyn stehen blieben. „Nun? Was will denn die Polizei von mir?", fragte sie.

„Ein Kollege Ihres Ehemannes war bei uns und hat Ihren Mann als vermisst gemeldet. Er hätte nach einer Auszeit wohl heute wieder im Büro sein sollen, ist aber nicht erschienen. Er hat sich nicht bei seinen Kollegen oder seinem Chef gemeldet und ist auch telefonisch nicht erreichbar. Das Handy ist ständig ausgeschaltet", kam Markus Otten sofort auf den Punkt.

„Darum geht es?" Kerstin wirkte überrascht.

„Ja. Wir waren bei Ihnen zu Hause. Auch dort haben wir Ihren Ehemann nicht angetroffen. Dieser Kollege hatte uns allerdings die Adresse Ihrer Boutique genannt, deshalb sind wir hergekommen."

„Ich verstehe. Aber mein Mann ist nicht da. Er zieht sich des öfteren zurück, wenn er an seinen Artikeln arbeitet. Und jetzt will er sogar ein Buch schreiben. Der ist vermutlich so sehr in seine Arbeit vertieft, dass er gar nicht weiß, welcher Tag heute ist." Sie lachte ein wenig künstlich.

„Wie gesagt: Er ist auch nicht auf seinem Handy erreichbar", wiederholte Otten.

„Natürlich nicht. Das macht er meistens aus, wenn er arbeitet. Er schottet sich vollkommen ab."

„Und das macht Ihnen gar nichts aus?", hakte Evelyn Dierkes nach.

Kerstin legte ihren Kopf schief und sah die Polizistin fragend an. „Wie meinen Sie das?"

„Ich meine, dass die meisten Ehefrauen gerne wissen, wo und wie sie ihre Ehemänner erreichen können."

„Aber das weiß ich doch. Nur telefonisch kann ich ihn nicht erreichen, da ist was dran."

„Dann verraten Sie uns bitte, wo wir ihn finden können", forderte Otten.

Kerstin wand sich unschlüssig. „Ich weiß nicht, er hat nur mir den Ort anvertraut und auch das nur weil ich darauf bestanden habe. Wenn er erfährt, dass ich ihn verraten habe…"

„Wenn ihm nun wirklich etwas passiert ist?", versuchte Evelyn es sanft.

Doch Kerstin schien sich noch nicht dazu durchringen zu können.

„Ist es Ihnen lieber, wenn wir Sie mit aufs Revier nehmen und dort behalten, bis Sie uns die Adresse nennen?", fragte jetzt Otten genervt. Mit der Tour dieser Frau konnte er nichts anfangen.

„Okay, okay", lenkte Kerstin gereizt ein. „Er ist in einer Waldhütte im Haxtergrund."

„Er ist hier in Paderborn und trotzdem für Sie unerreichbar? Finden Sie das nicht ein wenig… egoistisch? Oder zumindest merkwürdig?", fragte Markus Otten.

Kerstin seufzte. „Also schön. Ich gebe zu, mir gefiel das auch nicht von Anfang an, aber ich habe mich damit arrangiert. Er wäre nicht mehr mit mir zusammen, wenn ich hinter ihm her laufen würde. Er braucht diese Freiheit. Und mir kommt das ja durchaus zugute. Wir führen beide ein Stück weit unser eigenes Leben. Ohne den anderen."

„Schließt das sexuelle Kontakte ein?", fragte Evelyn direkt.

Jetzt bekam Kerstin große Augen und starrte sie entsetzt an. „Nein!", sagte sie hart. „So weit geht das nicht. Wir lieben uns. Wir sind nur… keine Einheit, sondern zwei unabhängige Menschen. Wir haben unsere Berufe und zum Teil auch getrennte Freundeskreise."

„Könnte ja sein, dass er nicht allein in dieser Hütte ist", hielt Evelyn dagegen.

„Er ist allein. Sie können sich ja mal umhören. Manche Schriftsteller schätzen die Abgeschiedenheit zum Schreiben."

Evelyn nickte. Sie wusste nicht, ob das stimmte. Es gab Schriftsteller, die an Tischen in Kneipen oder Cafes geschrieben hatten. Mitten im Rummel. Nun ja, die Menschen waren unterschiedlich.

„Er ist kein Schriftsteller, sondern Journalist", erwiderte Otten.

„Er schreibt ein Buch. Soviel ich weiß, keinen Roman, sondern eine Dokumentation. Aber Genaueres weiß ich nicht", erklärte Kerstin leicht patzig. Die beiden Polizisten gingen ihr gehörig auf die Nerven.

„Apropos Berufe – sind Sie ganz allein hier im Geschäft?",
fragte jetzt Evelyn Dierkes.

„Zurzeit schon. Ich habe eine Partnerin und zwei Ange-
stellte. Unsere Minijobberin ist um halb sieben gegangen.
Die letzte halbe Stunde war ich allein hier. Das ist kein
Problem."

„Nein. Sicher nicht. Gut. Also, Frau Neufeld, wir müssen
nach ihrem Mann sehen, das ist Ihnen doch klar, oder?",
machte Otten deutlich.

„Nein, eigentlich nicht. Er ist doch erst seit heute überfällig.
Ich dachte, es müssen erst vierundzwanzig Stunden…"

„Ein Märchen. Wenn ein berechtigter Grund vorliegt, dass
demjenigen etwas passiert ist, werden wir natürlich tätig.
Der Kollege hätte ja selbst nachgesehen, aber außer Ihnen
kennt ja niemand diese Hütte. Also, geben Sie mir bitte die
genaue Adresse", sagte Markus Otten. Es war keineswegs
eine Bitte, sondern eine klare Forderung. „Wir sehen, ob es
ihm gutgeht und wenn ja, lassen wir ihn sofort wieder
allein."

„Wieso liegt denn die Befürchtung vor, dass ihm etwas
zugestoßen sein könnte?", fragte Kerstin jetzt eine Spur
weniger selbstsicher.

„Es hat im Verlag einen Drohbrief gegeben wegen eines
Artikels von ihm", erklärte Otten. Er beobachtete Kerstins
Reaktion genau. Ihre Gesichtszüge entgleisten ganz kurz.
„Wussten Sie das nicht?"

„Nein, das wusste ich nicht."

„Geben Sie uns die Adresse!", bat Otten eindringlich.

Kerstin stöhnte schwer. „Eine Adresse gibt es nicht. Ich
kann Ihnen die Lage auf Google Maps zeigen." Dabei

zückte sie schon ihr Handy, um die entsprechende Seite aufzurufen.

„Das verzeiht er mir nie. Kann ich nicht lieber selbst nach ihm sehen?", unternahm sie einen letzten Versuch.

„Tut mir leid. Das ist jetzt unsere Sache", stellte Otten klar.

„Die macht sich tatsächlich mehr Sorgen darum, dass ihr Mann sauer wird, weil sie seinen Aufenthaltsort verraten hat als darum, dass ihm etwas passiert sein könnte. Scheint völlig normal für sie zu sein, dass ihr Mann eine Weile untertaucht und nicht erreichbar ist. Ich finde das sehr merk-würdig", meinte Evelyn Dierkes, als sie wieder auf der Straße vor der Marienstatue in der Paderborner Innenstadt standen.

„Deine Meinung dazu hast du sehr klar gemacht. Aber jeder wie er meint. Ich hatte wirklich nicht das Gefühl, dass es ihr etwas ausmacht."

„Oder sie weiß es gut zu verbergen. Oder sie weiß mehr, als sie zugibt."

„Zum Beispiel?"

„Vielleicht ist ihr Mann abgehauen. Wirklich komplett untergetaucht, weil er bedroht wird?", überlegte Evelyn.

„Mmm, das kann natürlich auch sein. Tatsächlich hat sie einen Moment ihre toughe Fassade verloren, als ich die Bedrohung erwähnt habe. Ist dir das auch aufgefallen?"

Evelyn nickte. „Ja, von dem Drohbrief hat sie wirklich nichts gewusst."

„Das glaube ich auch. Die beiden scheinen wirklich eine ungewöhnliche Ehe zu führen, wenn er ihr solche einschneidenden Dinge verschweigt."

„Sie sind halt keine Einheit, sondern zwei unabhängige Menschen", wiederholte Evelyn ein wenig ironisch Kerstins Worte.

Otten nickte nachdenklich. „Na komm, Ev, fahren wir zu dieser Hütte im Haxtergrund. Danach wissen wir mehr."

Markus Otten und Evelyn Dierkes waren nicht bis zu dem Wanderparkplatz gefahren, sondern parkten ihren Wagen in einem kleinen Seitenweg am Waldrand. Die Hütte musste von dort am schnellsten zu finden sein.

Tatsächlich fanden sie das kleine Häuschen sehr schnell. Es war eine schlichte Holzhütte, nur umgeben von Bäumen und bot bestimmt nicht den geringsten Luxus.

„Hier in der Nähe muss doch auch ein alter Pilgerpfad entlanggehen, oder?", fragte Evelyn.

Markus sah sie irritiert an. „Ach so? Keine Ahnung. So was interessiert mich nicht besonders."

„Nicht? Der Weg hier durch den Wald ist bestimmt wunderschön.

Ein Bekannter von mir ist den Jakobsweg in Spanien gewandert. Ganz allein. Darum geht's doch auch dabei, nicht wahr? In Kontakt mit sich selbst zu kommen. Nicht sich zu unterhalten, Probleme von zu Hause durchzukauen."

Markus grinste. Solche Gedanken konnte er nicht nachvollziehen. „Hier in der Nähe gibt es außerdem ein gutes Restaurant. Ich lade dich auf einen Flammkuchen ein, wie wär's? Ist schon halb acht durch und ich habe Hunger. Solche Bedürfnisse stehen mir jedenfalls näher."

Evelyn lachte. „In Ordnung. Dann lass uns jetzt mal nach unserem Eremiten sehen."

Eine Klingel gab es nicht, deshalb klopfte Markus mit den Knöcheln an die Haustür. Niemand reagierte. Er klopfte ein zweites Mal mit der Faust. Ein dumpfer Ton erklang. „Herr Neufeld? Sind Sie da?", rief er. Keine Antwort. Vielleicht war der Typ ja einfach eingeschlafen oder saß auf dem Klo. Etwas Geduld musste man schon haben.

„Er ist nicht da", meinte Evelyn da auch schon.

„Sieht nicht so aus."

„Vielleicht macht er ja einfach einen Spaziergang. Die frische Luft macht den Kopf frei und gibt Energie für die weitere Arbeit. Wäre schön blöd, wenn er das hier nicht mal machen würde."

Markus nickte. „Wo doch der Weg durch den Wald so schön ist", grinste er. Er wanderte um das Haus herum und spähte durch die Scheiben. Evelyn folgte ihm neugierig. Sie sahen beide durch das Fenster und erblickten den Laptop und einen Wust von Papieren.

„Mmm, sieht wirklich so aus, als käme er jeden Moment wieder zurück", meinte Markus. „Alles liegt da, als ob er gleich weiterarbeiten will. Sogar eine Kaffeetasse steht dazwischen."

Evelyn nickte. Sie glaubte nicht mehr, dass der Mann verschwunden war. Der war wirklich einfach nur egoistisch und dachte nicht über andere nach. Unbekannterweise war er ihr ausgesprochen unsympathisch.

„Pass auf, wir gehen jetzt wirklich einen Flammkuchen essen und danach kommen wir noch mal her. Von einem Spaziergang müsste er ja dann zurück sein. Was hältst du davon?"

Evelyn nickte. „Wenn es nicht unbedingt Flammkuchen sein muss, gerne."

Er lachte laut. „Natürlich nicht."

Ein Tag später, Dienstag:

Klaus Wittek machte sich im Gegensatz zu Kerstin wirklich Sorgen um seinen Kollegen Axel Neufeld alias Achim Nübel, wie er sich als Journalist nannte. Er nahm die Anfeindungen, denen Axel ausgesetzt war, ernster als Axel selbst. Und deshalb könnte er durchaus in Gefahr sein. Es gab sogar noch eine Bedrohung aus längst vergangener Zeit, von der Axel selbst überhaupt nichts wissen wollte. Er hatte sogar die Drohmails gelöscht. Na ja, das, worum es dabei ging, war wirklich sehr lange her. Aber Axel benahm sich wirklich oft unmöglich. Immer ging es nur um ihn, wobei er ihn, Klaus, oft in seine Machenschaften hineingezogen hatte. Aber damit war jetzt Schluss. Klaus seufzte.

Und jetzt noch die Vorhersage dieser Wahrsagerin. Nicht, dass er an Wahrsagerei glaubte. Er war auch noch niemals bei einer Wahrsagerin gewesen, er las nicht einmal seine Horoskope. Aber irgendwie gruselig war es eben doch gewesen, als Axel ihm davon erzählt hatte. Aber der schlug ja sowieso jede Warnung in den Wind. Auch seine.

Rücksicht auf Kerstin nahm Axel auch nicht. Aber die machte es ihm auch leicht. Sie hatte sich mit Axels Art zu leben arrangiert. Das konnten nur wenige Frauen, Klaus wusste das. Aber Axel in seiner Selbstherrlichkeit fand das vollkommen natürlich. Als müsste ihm jeder zu Füßen liegen. Kerstin liebte das Leben, das die beiden führten, weitaus mehr als ihren Ehemann. Das war vielleicht nicht einmal Kerstin selbst richtig klar. Ach, was interessierte es ihn. Die Ehe der beiden ging ihn nichts an.

Axel nahm auch keine Rücksicht auf ihn, Klaus. Sie beide kannten sich schon so lange, Klaus hatte schon vor vielen Jahren Fotos für Axels Artikel geschossen. Insofern hatte die ein oder andere Anfeindung durchaus auch ihn getroffen. Nur, ihm machte das etwas mehr aus als Axel. Aber dem war das ja gleichgültig. Gefühle anderer interessierten ihn nicht. Meine Güte, wenn man so drüber nachdachte, war er eigentlich kein sehr netter Mensch.

Trotzdem hoffte Klaus, dass sein Kollege wohlbehalten wieder zurückkam. Deswegen hatte er die Polizei angerufen, nachdem Axel nicht pünktlich wieder im Büro aufgetaucht war. Das war noch nie passiert. Seine Arbeit war für ihn doch immer das Wichtigste. Dafür machte er doch diese Ausflüge ins Nichts, von denen Klaus, keine Ahnung hatte, wohin sie wirklich gingen. Ach, elende Geheimnistuerei.

Klaus saß am Schreibtisch - vor sich auf dem Bildschirm des Laptops einen Artikel zu kulturellen Veranstaltungen in Paderborn - und fuhr sich durch sein schütter werdendes Haar.

Das Telefon gab eine Melodie von sich, die ankündigte, dass ein Anruf einging. Er hob mechanisch ab, meldete sich.

„Guten Tag Herr Wittek, hier ist Kommissar Otten."

„Tag Herr Otten. Haben Sie Herrn Neufeld gefunden?"

„Leider nein. Wir waren jetzt dreimal bei dieser Hütte. Gestern sah im Haus alles so aus, als hätte er seine Arbeit nur für einen kurzen Spaziergang unterbrochen. Deshalb waren wir eine gute Stunde später noch einmal dort. Und heute Morgen sind wir gleich wieder hingefahren. Aber wieder standen wir vor der verlassenen Hütte. Und das Merkwürdigste war, dass alle seine Unterlagen, Laptop, Kugelschreiber, Kaffeetasse, unangetastet genauso da lagen wie gestern. Das konnten wir durch die Scheibe sehen. Wir gehen jetzt hinein und sehen, ob wir Hinweise auf seinen Verbleib finden."

Klaus seufzte schwer. „Dann gilt er jetzt offiziell als vermisst?"

„Ja, Herr Wittek. Das tut er."

„Danke für Ihren Anruf."

„Selbstverständlich."

Klaus stieß noch einmal einen tiefen Seufzer aus. Dann schloss er den Text auf seinem Laptop. Er wusste genau, was er zu tun hatte und womit er die Suche nach Axel vorantreiben konnte. Er stellte sich vor, dass Axel später sauer über sein Tun werden würde, aber das war ihm jetzt auch egal. Jetzt ging es darum, ihn zu finden und unter Umständen Schlimmeres zu verhindern.

Mittwoch
Sidonia und Mercedes hatten gerade ein ausgiebiges Frühstück genossen und saßen noch bei einem Kaffee zusammen. Es war schon recht spät, fast halb elf. Es waren inzwischen Semesterferien, da schlief Mercedes gerne lange und

Sidonia wartete immer mit dem Frühstück auf sie. Sie genoss diese gemeinsame Zeit mit ihrer Tochter, denn sie wusste, die Zeit mit ihr war begrenzt. Mercedes würde fortgehen von Paderborn und sich woanders ihr eigenes Leben aufbauen. Um das zu wissen, brauchte Sidonia nicht einmal in der Hand zu lesen oder die Karten zu befragen. Sie wusste es, weil sie ihre Tochter kannte.

Mercedes blätterte in der Zeitung, während Sidonia ihren Kaffee genoss und sich von der Musik, die aus dem Radio klang, entspannen ließ.

Plötzlich wurde Mercedes so unruhig, dass sie fast den letzten Schluck Kaffee wieder aus dem Mund prustete.

„Mama!", rief sie. „Mama, weißt du, was hier steht?"

„Nein. Ich habe die Zeitung noch nicht durchgeblättert."

„Hier steht, dass der Journalist Achim Nübel verschwunden ist. Er scheint sich für Schreibarbeiten in eine Hütte im Haxtergrund zurückgezogen zu haben und ist nicht wieder zurückgekommen, hat sich auch nicht gemeldet. Niemand weiß, wo er ist. Der genaue Ort, den bisher nur seine Ehefrau kannte, wurde inzwischen von der Polizei überprüft. Doch der Journalist war nicht dort. Niemand weiß, wo er sich zurzeit aufhält, auch seine Ehefrau nicht."

Sidonia hob die Schultern. „Das ist tragisch. Hoffentlich ist ihm nichts passiert. Aber warum regt dich das so auf?"

„Weil…" Mercedes faltete knisternd die Zeitung auf ein kleineres Format zusammen und drehte den Artikel ihrer Mutter entgegen. „Darum!", sagte sie demonstrativ.

Sidonia starrte darauf. Aber die Buchstaben verschwammen vor ihren Augen. Sie waren auch unwichtig. Sie starrte nur auf das Foto und erkannte ihren Kunden von neulich.

„Ich habe schon Artikel von Achim Nübel gelesen. Er ist, ehrlich gesagt, ein Schmutzjournalist. Einer, der alles schlecht redet. Aber das scheint ja bei den Leuten anzukommen. Und es bedeutet, dass dieser komische Kunde von vor ein paar Wochen dieser Achim Nübel war. Nicht Axel Neufeld", staunte Sidonia.

„Doch, das scheint sein richtiger Name zu sein. Achim Nübel ist eine Art Künstlername."

„Den brauchte er vermutlich, um nicht von jedem angefeindet zu werden. Aber was hat er bei mir gewollt? Meine Vorhersagen haben ihn jedenfalls nicht interessiert."

„Hier steht, er wollte eine Serie über Berufe machen, die Hilfe versprechen, aber unseriös sind und den Menschen nur das Geld aus der Tasche ziehen", erklärte Mercedes.

„Oh mein Gott!", Sidonia schlug sich die flache Hand vor den Mund, als ihr bewusst wurde, worum es ging. Er wollte sie persönlich oder ihren Berufsstand oder beides diffamieren. Wenn ihm etwas zugestoßen war, würde sie in den Blickpunkt der Polizei geraten. Am Ende würde sie sogar noch in Verdacht geraten.

Oh Mann, ich wusste, dass mit ihm etwas nicht stimmte, aber das habe ich nicht kommen sehen, dachte sie entsetzt.

Theo Rakow stand gerade in der kleinen, etwas heruntergekommenen Küche des Restaurants Lippegrill in Schloß Neuhaus, als sein Kollege Horst Brückner von einer kurzen Zigarettenpause zurückkam.

„Du wirst es nicht glauben", verkündete Horst geheimnisvoll.

Theo blickte auf. „Was?"

„Hast du heute schon den *Impuls* gelesen?"

„Also wirklich, Horst. Dieses Klatschblatt lese ich echt nicht mehr, seit… seit dieser Schmierenjournalist mich denunziert und mein Essen schlecht geredet hat. Ist jetzt fast ein Jahr her und ich hatte schlimme Monate, das weißt du."

„Ja. Aber am Ende bist du hier und kochst im Lippegrill. Du kannst dich nicht beschweren."

Theo verzog das Gesicht. Das sah er durchaus ein bisschen anders. Er hatte ein monatelanges Spießrutenlaufen hinter sich, weil dieser Idiot ihn in dem wöchentlichen Klatschblatt, das sich äußerlich als seriöse Zeitung tarnte, schlecht gemacht hatte. Aufklären wollte er – ha. In Ordnung, ausgerechnet der hatte tatsächlich damals einen schlechten Tag erwischt. Der hatte glatt das falsche Gericht bekommen, weil Theo etwas Falsches zubereitet hatte. Und als er dann das Richtige zubereitet hatte, hatte der Salat gefehlt. Wahrlich keine Meisterleistung. Aber war das ein Grund, einen in aller Öffentlichkeit als Totalversager abzustempeln? So was konnte einfach mal passieren. Auch er hatte in Restaurants schon mal ein falsches Essen bekommen.

Diesem Journalisten würde er es gerne heimzahlen.

Die Leute glaubten, was in der Zeitung stand. Das Restaurant wurde weniger besucht, man gab ihm die Schuld daran statt dem Journalisten und schließlich hatte Theo seinen Job verloren.

Zu der Zeit hatte er dem Journalisten einen Drohbrief geschrieben. Aus Frust, aus Wut, aus Verzweifelung. Er hatte ihn an den *Impuls* geschickt, woher hätte er auch die Privatadresse kennen sollen.

Vor ein paar Wochen hatte dann der Eigentümer des Lippe-
grills gewechselt und der neue hatte ihm tatsächlich eine
Chance gegeben. War nicht besonders groß dieses Restaurant und erst recht nicht feudal. Es gab Schnitzel, Würstchen,
Pommes, Gratins. Nichts Besonderes, keine große Heraus-
forderung. Theo war ein guter Koch, er konnte so viel mehr.
Verdammte Scheiße – er vergrub sich schon wieder in dem
alten Ärger und währenddessen briet das Schnitzel an.

„Nein, ich beschwere mich auch nicht. Ist ganz nett hier.
Aber was wolltest du mir eigentlich sagen?"

„Der Typ ist verschwunden."

„Verschwunden? Der Journalist?"

„Genau der."

„Was?" Jetzt war Theo hellwach.

„Ja, steht hier. Wir vermissen unseren Kollegen Axel
Neufeld alias Achim Nübel. Die Polizei ist verständigt...
Nach einer Auszeit zum Schreiben nicht zurückgekehrt...
Bla, bla...."

„Zeig mal her!", rief Theo plötzlich aufgeregt und riss Horst
das Blatt aus der Hand. Er sah das Foto, überflog den Artikel.

Mein Gott, hoffentlich kam da nicht noch mal was auf ihn
zu. Die Polizei hatte ihn niemals wegen des Drohbriefes zur
Rede gestellt. Theo ging davon aus, dass dieser Mistkerl
nichts davon erzählt hatte, weil er das überhaupt nicht ernst
genommen hatte. Aber jetzt würde die Polizei ermitteln und
vielleicht doch noch darauf stoßen! Irgendjemandem hatte
der doch bestimmt davon erzählt? Er hatte Kollegen, vielleicht eine Ehefrau. Freunde sicher nicht, so wie der war.

Außerdem lag der Brief vielleicht noch irgendwo rum und wurde gefunden.

Er könnte sich nicht rausreden, dass er Achim Nübel nicht persönlich kannte. Er wusste, wie der Mann aussah. Es war ja vollkommen klar gewesen, dass derjenige den Artikel verfasst hatte, bei dem ihm diese Missgeschicke passiert waren.

„He! Träumst du?", rief Horst. „Alles in Ordnung?"

Theo nickte. „Ja, ja."

Als Sidonia am späten Nachmittag von einem Einkaufsbummel mit dem Auto aus der Innenstadt zurückkam, überfiel sie schon beim Aussteigen ein merkwürdiges, negatives Gefühl. Langsam ging sie um den Kofferraum herum, öffnete ihn und nahm die Tüten mit neu gekaufter Kleidung heraus.

Irgendetwas schien hier anders zu sein. Aber es war keine Veränderung zu bemerken.

Sie ging langsam, fast zögernd, zur Haustür, stellte die Tüten ab, um die Hände frei zu haben und steckte den Schlüssel ins Schloss. Die Tür sprang sofort auf.

Alles ganz normal.

Sie ging langsam hinein. Irgendetwas ließ sie zögern. Dabei war sie nicht einmal sichern, was.

Sie lief durch den Flur – alles normal. Nichts war anders. Nur diese negative Aura war da. Der Gedanke war selbst für sie merkwürdig. Aber das Gefühl war stark. Etwas stimmte nicht. Aber was?

Ach, sie wollte so etwas nicht mehr fühlen. Es war oft so schwer, kaum ertragbar. Nein, sie war nicht wirklich hellsichtig. Sie sah keine spontanen Bilder, die die Zukunft zeigten. Aber sie fühlte oft diese Aura so übermächtig. Und sie fühlte oft, wenn es nahe stehenden Menschen schlecht ging. Früher war sie manchmal den ganzen Tag über unruhig gewesen ohne zu wissen, warum. Es ging ihr schlecht, als hätte sie eine Enttäuschung erlebt oder eine Niederlage. Sie hatte Ängste und wusste nicht, warum. Und dann – als Mercedes nach Hause gekommen war, erfuhr sie, dass das Mädchen in der Schule geärgert worden war oder eine schlechte Note bekommen hatte, obwohl sie fleißig gelernt hatte oder dass sie traurig war, weil eine Freundin plötzlich nichts mehr mit ihr zu tun haben wollte.

So war es auch vor zwei Jahren mit ihrer Kundin Judith Schlüter gewesen, als die in Detmold in Gefahr gewesen war.

Es war schwer, das zu fühlen. Manchmal wollte sie das einfach nicht mehr. Nicht so stark. Nicht schon diese Angst im Vorfeld. Sie konnte immer noch mit den Menschen fühlen, wenn sie ihr von negativen Erlebnissen erzählten.

Sidonia empfand diese Art der Empathie mit zunehmendem Alter als immer belastender. Und hier und jetzt umgab sie eben diese negative Aura. Schwingungen, die nicht sichtbar waren, aber sie fühlte sie bis ins Mark.

Sie fröstelte, obwohl es ein heißer Julitag war.

Sie stellte die Tüten im Flur ab und ging weiter. Sie sah sich überall um. Sie öffnete die Wohnzimmertür – alles war in Ordnung. Das Buch lag auf dem Couchtisch, die leere

Kaffeetasse vom Morgen stand noch daneben. Die Zeitschriften, die Fernbedienung.

Die Blumen auf dem Sideboard.

Sie ließ die Tür offen und ging weiter. Sie zog durch ihr Haus auf der Suche nach etwas Ungewöhnlichem. Durch die Küche, das Bad, ihr Arbeitszimmer.

Alles war normal. Sie musste hinaufgehen und in den Schlafzimmern nachsehen. Doch mitten in der Bewegung erstarrte sie.

Nein, es war nicht alles normal. Nichts war durcheinander, nichts schien zu fehlen. Aber die Tür zu ihrem Arbeitszimmer war nur angelehnt gewesen. Und das war die einzige Tür, die sie wirklich immer schloss.

Und die Haustür war sofort aufgesprungen, aber sie schloss sie immer zweimal ab, wenn sie fortging. Konnte Mercedes da gewesen sein und die Tür nur zugezogen haben, als sie wieder gegangen war? Mercedes vergaß das Abschließen schon mal.

Aber Merci wollte zu einer Freundin, um für die nächsten Prüfungen an der Uni zu lernen. Zwar hatten die Semesterferien begonnen, aber das hieß schließlich nur, dass keine Vorlesungen stattfanden.

Anschließend wollten die beiden Mädchen noch ins Kino gehen.

Möglich wäre es trotzdem. Vielleicht hatte sie etwas vergessen und war zurückgekommen. Aber Sidonia wusste, dass das eine schwache und vergebliche Hoffnung war. Mercedes war nicht zurückgekommen. Sie würde erst nach dem Kino wieder hierher kommen.

Der Schrecken breitete sich in ihr aus.

Mein Gott, es war jemand im Haus gewesen und sie hatte keine Ahnung, wer und warum. Und die Polizei bräuchte sie gar nicht erst benachrichtigen. Es gab ja nichts, das gestohlen worden war und es war auch nichts beschädigt. Nur ihr Gefühl, dass jemand im Haus gewesen war, war kaum ein ausreichender Beweis.

Kapitel 4
Donnerstag

Evelyn Dierkes und Markus Otten parkten auf der Straße vor dem Einfamilienhaus, in dem Sidonia wohnte. Evelyn fiel auf, wie schön das Haus war. Es traf genau ihren Geschmack. Der wildwuchernde Garten, der schmale Weg zur Haustür, das Efeu an der Hauswand.

„Dieses Haus ist traumhaft", sagte sie laut.

Markus zog die Augenbrauen hoch. „Tatsächlich?"

„Ja. Es wirkt so anheimelnd geheimnisvoll. Dieser Garten – fast ein bisschen mysteriös."

Markus grinste. „Du scheinst ein Faible für diese Dinge zu haben. Mir gefällt eher eine gewisse Ordnung."

Evelyn lachte. Ja, das konnte sie sich gut vorstellen.

Sie standen vor der Haustür. Evelyn klingelte. Nur einen kurzen Moment später riss eine Frau die Haustür auf. Sie war nicht mehr ganz jung, trug Jeans und eine bunte, weite Tunika. Um ihre wilden Locken hatte sie ein breites Tuch geschlungen.

„Guten Tag, sind Sie Sidonia Okebe?", grüßte Markus Otten. Sie nickte stumm.

Auf jeden Fall ist alles eine Einheit, ging es Evelyn durch den Kopf. Diese Frau könnte nicht in einem Haus leben mit einem geordneten Garten, quadratischen Blumenbeeten und englischem Rasen.

Ihr Kollege zückte seinen Dienstausweis und hielt ihn Sidonia unter die Nase. „Markus Otten, Polizei. Meine

Kollegin Evelyn Dierkes. Können wir hereinkommen?", rasselte er kurz und bündig herunter.

Sidonia blickte die beiden Besucher überrascht an, trat dann aber wortlos zur Seite und ließ sie eintreten. Sie ging voraus in die Küche, wo eine Tasse Tee auf der Anrichte dampfte. Sie nahm sie und knetete sie in ihren Händen, mehr, um eine Beschäftigung zu haben, als sich die Hände zu wärmen.

„Nun, ich nehme an, Sie wissen, dass der Journalist Axel Neufeld alias Achim Nübel als vermisst gilt", begann Otten noch bevor er sich setzte.

„Ja, das habe ich in der Zeitung gelesen."

„Ein Kollege von Herrn Neufeld sagte uns, dass er Sie vor ein paar Wochen aufgesucht hat und Sie ihm vorhergesagt haben, dass ihm etwas zustößt."

„Das ist so nicht ganz richtig", erwiderte Sidonia vorsichtig. „Er hat mich in der Tat konsultiert und ich habe ihm aus der Hand gelesen und die Karten gelegt. Ich glaube heute allerdings, er war nur aus Recherchegründen bei mir. Zu dem Zeitpunkt wusste ich überhaupt nicht, wer er war. Aber es fiel mir auf, dass er mich nicht ernst nahm."

Sie redete zu viel, es fiel ihr selbst auf. Sie war nervös.

„Ja, das würde ich auch nicht tun", erwiderte Markus Otten unfreundlich.

Sidonia zog die Stirn in Falten. Was sollte das denn? „Aber er hat mich konsultiert. Und in solchen Fällen nehmen die Kunden meine Ratschläge und Warnungen normalerweise ernst. So bin ich selbstverständlich davon ausgegangen, dass er an meinen Vorhersagen interessiert ist. Die Karten zeigten eine sehr negative Konstellation. Ich sagte ihm, dass ihm eine Gefahr drohe", erläuterte sie.

„Aha. Frau Okebe, warum haben Sie sich nicht bei der Polizei gemeldet, nachdem Sie von seinem Verschwinden gelesen haben?"

Jetzt blickte sie ihn perplex an. „Aber warum hätte ich das tun sollen? Sie wussten, dass er verschwunden war. Sie haben bereits nach ihm gesucht. Hätte ich etwas dazu beitragen können? Nein. Ich hätte Ihnen nicht sagen können, wo Sie suchen sollen oder ob ihm etwas zugestoßen war oder wen Sie verdächtigen sollen. Keine Details. Nur dieses Kartenbild. Geben Sie es zu, ich hätte mich nur lächerlich gemacht."

Markus Otten hob beschwichtigend die Hände. „Hören Sie, ich halte wirklich nicht viel von Wahrsagerei. Das ist für mich Scharlatanerie und…"

„Entschuldigung, ich sagte nicht, dass ich Wahrsagerin bin. Ich bin Handleserin und Kartenlegerin", fiel sie ihm etwas unwirsch ins Wort.

Otten hob die Augenbraue hoch. „Da gibt es einen Unterschied?"

„Aber ja. Wenn Sie mehr darüber wissen möchten, lesen Sie mein Buch. Es heißt *Der Blick in die Zukunft* und erklärt diese Dinge genau."

Sie hatte im Augenblick nicht vor, dem Kommissar eine Kurzeinweisung zu geben oder ihren Beruf zu rechtfertigen. Wenn es ihn interessierte, sollte er sich informieren. Otten merkte, dass nichts mehr von ihr kommen würde und setzte seine Befragung fort.

„Gut, also in der Tat ist es so, dass Herr Neufeld sich zurückgezogen hatte, um ein Buch zu schreiben."

„Das wusste ich nicht", erwiderte sie müde.

„Nicht?" Markus Otten zog ein weiteres Mal irritiert die Augenbrauen hoch.

„Nein. Ich habe gesehen, dass er einen kreativen Beruf hat. Auch, dass eine kurze Reise bevorsteht. Aber jedes Detail weiß ich natürlich nicht."

„Nur, dass er in Gefahr war?"

Sie war auf der Hut, sie traute ihm nicht. Und er traute ihr nicht.

„Genau."

Sie bemerkte, dass Evelyn Dierkes aufmerksamer war als Markus Otten.

„Sie kommen sogar in seinem Buch vor", redete er weiter.

„Sie haben mir erzählt, dass er ein Buch schreibt, aber nicht, worüber", erwiderte Sidonia.

Otten lachte etwas abwertend. In die Falle tappte sie also nicht so leicht. „Es handelt über - nennen wir es mal - überflüssige Berufe. Dazu zählt für ihn offenbar auch Ihr Berufszweig der Wahrsagerei. Ja, ja, ich weiß", er hob beschwichtigend beide Hände, „Sie sind keine Wahrsagerin. Aber in seinem Buch wird es so bezeichnet. Wir haben bereits einige Stichpunkte auf seinem Laptop gefunden. Sie werden persönlich benannt und die Texte hätten Sie sehr denunziert, wenn das Buch erschienen wäre. Sicher wäre das nicht in Ihrem Sinne."

Sidonia starrte ihn entsetzt an. Sie fühlte inzwischen wirklich Ärger in sich aufsteigen. „Worauf wollen Sie hinaus?", fragte sie nicht sehr freundlich.

„Haben Sie etwas mit seinem Verschwinden zu tun, Frau Okebe?", fragte Otten jetzt direkt und ohne den geringsten Zweifel daran, dass er die Frage ernst meinte.

Sidonia zog scharf die Luft ein. Glaubten die tatsächlich, dass sie etwas damit zu tun hatte? Sie hatte doch nicht einmal etwas von dem Buch gewusst. „Was denken Sie?", fragte sie jetzt betont abweisend. „Dass ich dem Journalisten irgendwo aufgelauert und ihn irgendwo hingeschafft habe, damit er seine Texte ändert? Wie in *Misery*? Und bis er das tut, halte ich ihn irgendwo versteckt? Sind Sie verrückt geworden? Wenn Sie wollen, können Sie sich gerne in meinem Haus umsehen."

Markus Otten hob vollkommen ungerührt die Schulter. „Das tun wir gerne. Aber selbst wenn wir ihn hier nicht finden, würde Sie das nicht entlasten. Er kann ganz woanders sein. Vielleicht lebt er ja gar nicht mehr. Wir müssen nun mal jeder Spur nachgehen. Der Mann hat so einige verbrannte Erde hinterlassen. Vielleicht wollten Sie verhindern, dass er das auch bei Ihnen tut. Sie waren sozusagen sein letztes Opfer. Und Sie haben ihm Gefahr vorhergesagt."

„Aber ich wusste nicht, wo er sich aufhält und auch nicht, dass er dieses Buch schreibt. Als er bei mir war, wusste ich nicht einmal, wer er war. Er stellte sich als Axel Neufeld vor, nicht mit seinem Künstlernamen, der unter seinen Zeitungsberichten steht. Ich habe die Artikel von Nübel nie gemocht, aber ich habe nicht gewusst, wie der Mann aussieht."

„Hätten Sie sich nur bei der Polizei gemeldet, dann hätten Sie sich wenigstens nicht verdächtig gemacht, weil Sie etwas verschleiert haben", meinte Otten.

„Ach, dann hätten Sie mir heute nicht vorgeworfen, dass ich ja gewusst hätte, dass ihm etwas zustößt und hätten meine Vorhersage nicht gegen mich benutzt?"

Markus zog eine Augenbraue hoch. Offenbar tat er das immer, wenn ihn eine Antwort überraschte. „Vielleicht. Aber dieses Problem haben Sie doch sicher auch in Ihren Karten gelesen?"

„Nein."

„Wann haben Sie Herrn Nübel alias Neufeld zuletzt gesehen?"

„Als er bei mir war, um sich die Karten legen zu lassen."

„Aus Recherchegründen?" Markus Ottens Stimme klang spöttisch.

Sidonia bemerkte, dass Evelyn Dierkes ihr Gesicht missbilligend verzog. Warum war sie eigentlich so still? Durfte sie ihren Chef nicht kritisieren?

Sidonia hatte nicht geantwortet und Otten redete weiter.

„Wir haben eine Tarotkarte in Neufelds Hütte gefunden. Und da liegt der Gedanke nahe, dass es Ihre ist."

„Eine Tarotkarte? Die kann doch von überall herkommen", warf Sidonia ein.

„Das wäre merkwürdig. Neufeld hat nicht an Hellseherei geglaubt. Und darüber hinaus war es nur eine einzelne Karte. Wahrscheinlicher ist, dass Sie dort waren und die Karte vergessen haben. Wir wissen, dass er Sie angerufen hat."

„Ja, das stimmt. Er wollte sogar, dass ich zu ihm komme, aber ich war nicht dort. Ich habe ihm nicht getraut, sein Besuch bei mir war zu merkwürdig gewesen. Ich wollte ihn nicht noch einmal treffen."

„Bitte, begleiten Sie uns aufs Präsidium. Wir müssen das abgleichen. Und wir brauchen Ihre Fingerabdrücke."

Sidonia nickte schicksalergeben. Sie konnte sich nicht dagegen sperren. Sie hatte plötzlich ein ganz schlechtes Gefühl.

Es hatte begonnen. Das Schicksal nahm seinen Lauf. Sie hatte ja schon in ihrem eigenen Kartenbild gelesen, dass Ärger und Drama auf sie zukommen würde, dass sie tiefer in diesen Mord verstrickt werden würde, als sie wollte und als sie es war. Denn mehr als die unselige Vorhersage hatte sie nicht mit dem Journalisten zu tun.

Als die beiden Polizisten durch den Flur gingen und die Haustür öffneten, kam ihnen eine schwarze Katze entgegen. Sie blieb einen Moment stehen, machte einen Buckel und fauchte Otten an, bevor sie weiter schlich und es sich in ihrem Korb gemütlich machte.

Evelyn lief ein Schauer über den Rücken. Fast war es ein wenig gespenstisch. Obwohl sogar Sidonia selbst betont hatte, dass sie nicht die Gabe der Hellsichtigkeit hatte.

Leo Stein machte sich wie jeden Tag mit seinem fünf-jährigen Berner Sennenhund Nestor auf den Weg, einen schönen langen Spaziergang zu machen. Er wohnte in einer wunderbaren Lage ganz in der Nähe der Fischteiche und des Padersees und nahe genug an der Innenstadt, um mit dem Fahrrad hingelangen zu können. Das allerdings schätzte seine Frau Renate weitaus mehr als er. Letztes Jahr war er in den Vorruhestand gegangen. Seitdem engagierte er sich ehrenamtlich und liebte es, mit Nestor in der Natur zu sein. Er war ein leidenschaftlicher Wanderer und fuhr oft mit dem Wagen in die Umgebung, um eine ausgiebige Tour zu unternehmen. Das hielt ihn jung und gesund. Außerdem brauchte Nestor seinen Auslauf.

Finanziell hatte er ausgesorgt, hatte sein eigenes, inzwischen abbezahltes Haus, wodurch er zusätzlich etwas Geld durch die Vermietung einer Einliegerwohnung erhielt, er bezog eine ganz gute Rente und Renate war noch berufstätig.

Leo parkte seinen Wagen am Ende der kleinen Siedlung Schloss Hamborn. Von dort war ein guter Startpunkt für seine geplante Wanderung. Er wollte Richtung Haxtergrund gehen bis zur Marienstatue, von dort den Querweg zur anderen Seite nehmen und bis *zur Kapelle zur Hilligen Seele* wandern und von dort wieder den Weg Richtung Schloss Hamborn einschlagen. Das war nicht allzu weit, aber ein wirklich schöner Weg. Und jetzt, am Vormittag während eines Wochentags, waren keine Ausflügler unterwegs, das mochte er. Wenn er Lust hatte, konnte er seinen Spaziergang immer noch verlängern.

Leo ging kerzengerade. Sein Haar war inzwischen schlohweiß, aber seine Figur war auch mit dreiundsechzig noch schlank und sehnig. Dafür tat er ja auch etwas; lange Märsche durch die Natur mit Nestor, schwimmen und hin und wieder sogar Joggen. Seinem Gesicht sah man sein Alter allerdings an, tiefe Falten gruben sich in seine Stirn und um die Augen herum, aber es war ein fröhliches Gesicht, das trotzdem einen gewissen jungenhaften Charme ausstrahlte.

Nestor liebte es, mit seinem Herrchen rauszugehen. Am liebsten mit einem Tennisball oder einem Frisbee, der hin und wieder geworfen wurde und den er dann jagen und zurückbringen konnte. Auch heute hatte sein Herrchen ein Spielzeug dabei.

Leo stapfte gut gelaunt durch den Wald. Er atmete tief ein. Ach, es war wunderschön hier. Er konnte sich gar nicht satt sehen daran. Dieses dichte Grün. Anheimelnd. Das war sein Jungbrunnen. Er brauchte keine Medizin. Manchmal dachte er, er war eben ein richtiger alter Germane. Zuhause in dichten Wäldern.

Hin und wieder kam auch Renate mit, meistens am Wochenende. Ansonsten ging sie noch dreimal in der Woche arbeiten – in der Nachmittagsbetreuung einer Grundschule. Noch zwei Jahre, dann würden sie gemeinsam ihre freie Zeit genießen.

Er verzog ein wenig die Nase. Ob das gut gehen würde, wenn sie von morgens bis abends aufeinander hockten?

Er hatte schon die Marienstatue erreicht. Nestor sprang wie verrückt um ihn herum. „Ach, tut mir leid, mein Junge." Leo hob die Frisbeescheibe und warf sie den Weg entlang. Nestor sprintete hinterher und kam bald darauf mit dem Frisbee im Maul wieder zurück. Schwanzwedelnd setzte er sich vor sein Herrchen und sah mit treuen Augen zu ihm empor, als wollte er ihn auffordern, noch einmal zu werfen.

Leo verstand ihn gut. Lachend warf er die Scheibe wieder fort. Sie wurde vom Wind zwischen die Bäume getragen. Nestor rannte los.

Leo folgte ihm mit seinen Augen, bis er zwischen die Bäume sprang. Er achtete normalerweise sorgfältig darauf, dass Nestor nicht durchs Unterholz streifte, um keine kleinen Tiere zu stören oder gar zu ängstigen. Er erwartete, dass Nestor sofort wieder angerannt kam. Doch stattdessen setzte eine Art Wolfsgeheul ein. „Nestor", fragte er mehr vor sich hin. „Was ist denn los?"

Er schlug sich bis an die Stelle zwischen den Bäumen durch, wo er Nestor hatte verschwinden sehen. Doch er konnte ihn nicht erblicken. So weit konnte doch die Frisbeescheibe nicht geflogen sein? Nein, dort lag sie doch im Gras. Aber wo war der Hund?

„Nestor!", rief er. „Nestor, wo bist du? Bei Fuß!"

Da kam der Berner Sennenhund angetrottet. Doch er lief nicht zu ihm, sondern blieb auf der Hälfte des Weges stehen. „Nun komm!", forderte Leo ihn auf. Nestor bellte und lief wieder zurück.

„Nestor!"

Doch der Hund gehorchte nicht. Leo stöhnte genervt und folgte dem Tier ins Unterholz. „Was hat er nur", überlegte Leo laut vor sich hin. Im nächsten Moment sah er Nestor im Laub scharren. „Nestor, was ist denn da?"

Er befürchtete, dass Nestor ein totes Tier ausbuddelte und wurde schneller, um den Hund davon abzuhalten. Im nächsten Moment traf ihn der Schock seines Lebens. Was er dort sah, war kein totes Tier.

Vor ihm lag ein toter Mann. Bekleidet mit Jeans und Hemd, mit dichtem dunkelblondem Haar und einem etwas zu langen Bart, weder groß noch besonders klein, nicht schlank und nicht dick. Eigentlich ein ziemlich unauffälliger Durchschnittstyp. Aber er lag tot vor ihm zwischen den Bäumen, dürftig mit Laub bedeckt.

Er wusste nicht, wie lange er so auf die Leiche gestarrt hatte. Wusste nicht, dass nur wenige Sekunden vergangen waren, bevor er mechanisch sein Handy zückte und die Nummer der Polizei wählte.

„Das ist dieser Journalist", stellte Evelyn Dierkes nüchtern fest. Sie und Markus Otten waren von den Kollegen zur Fundstelle gerufen worden, weil die Leiche auf die Beschreibung des Vermissten passte. Nun standen sie erschüttert davor. Der Gerichtsmediziner hockte noch neben der Leiche im Moos.

„Ja", knurrte Markus Otten. „Ist schon ein Stück von der Hütte entfernt. Wie kommt er hierher?"

„Er könnte schon einen Spaziergang gemacht haben. Sooo eine lange Wanderung ist das auch wieder nicht. Vielleicht zwei, zweieinhalb Kilometer?"

Otten nickte. „Mag sein. Er hat ja auch die Hütte verlassen, als würde er nur mal kurz einen Spaziergang machen. Und dann? Ist er etwa hier seinem Mörder begegnet?"

„Ja, das ist komisch", stimmte Evelyn zu.

„Kannst du schon was sagen?", fragte Markus den Gerichtsmediziner.

Der schüttelte den Kopf. „Nicht viel. Er dürfte schon ein paar Tage hier liegen. Und auf den ersten Blick gehe ich davon aus, dass er auch hier getötet wurde. Erschlagen. Alles Weitere…"

„…nach der Autopsie", ergänzte Evelyn.

Er nickte. „Genau."

„Wir müssen zu seiner Frau", drängte Markus seine Kollegin. „Außerdem muss sie die Leiche identifizieren."

„Ja." Evelyn fühlte dieses komische bedrückende Gefühl, das sie immer hatte, wenn sie eine Todesnachricht überbringen musste.

Otten blickte sie kritisch an. „Du musst das ablegen, weißt du?"

„Du meinst Mitgefühl?"

„Nein, nicht ganz. Aber du darfst nicht jedes Mal mitleiden. Sonst macht der Job dich kaputt. Und das hilft niemandem. Wir suchen den Täter und finden ihn auch meistens. Damit zeigen wir unser Mitgefühl und unseren Respekt."

Sie blickte ihn überrascht an. So weise Worte war sie von Otten nicht gewöhnt. „Du hast recht", erwiderte sie leise. Aber sie konnte ja doch nichts gegen ihre Gefühle tun.

„Das wird eine ziemliche Arbeit", meinte sie. „Vermutlich gibt es mehr als genug Tatverdächtige. Ich meine, durch seine Arbeit hat er sich garantiert einige Feinde gemacht."

„Das stimmt. Aber gleich nach der Ehefrau müssen wir noch mal zu dieser Wahrsagerin."

„Frau Okebe?"

„Haben wir mit noch mehr Wahrsagerinnen zu tun? Die Frau wusste, dass ihm etwas passieren würde."

Ach, jetzt auf einmal wusste sie es, dachte Evelyn sarkastisch.

„Sie hat nicht gesagt, dass ihm etwas zugestoßen ist, nur, dass sie eine Gefahr erkannt hat. In den Karten."

Otten lachte verächtlich auf. „Sie hat es gewusst. An diesen Karten-Hokuspokus glaube ich nicht.

Er duckte sich unter dem Absperrband hindurch. Es gab für ihn hier nichts mehr zu tun. Die Leiche konnte in die Gerichtsmedizin gebracht werden. Zuerst mussten sie jetzt Kerstin Neufeld aufsuchen.

Sidonia war nervös. Ihre Haut kribbelte, ihr Herz klopfte und es gab objektiv betrachtet nicht den geringsten Grund dafür.

Sie knetete die Hände und ging in die Küche, um den Wasserkocher anzustellen und sich einen Beruhigungstee zu kochen.

„Was ist los mit dir?", fragte Mercedes, die sich ein paar Kekse auf einen Teller lud.

„Es ist etwas passiert."

„Was?"

„Das weiß ich auch nicht. Es hat mit diesem Journalisten zu tun."

„Aber Mama."

Sie bot ihrer Mutter von ihren Keksen an und Sidonia griff gerne zu. Das Wasser kochte und sie brühte sich den Tee auf.

„Möchtest du auch einen?"

„Ja, gerne, aber keinen Beruhigungstee, ich will schließlich fit bleiben. Ein Früchtetee wäre mir lieber." Sidonia nahm einen Teebeutel, hängte ihn in eine Tasse und goss das kochende Wasser darauf. Dann lehnte sie sich an die Anrichte und schaute ihre Tochter an.

„Ich kann es mir nicht erklären. Klar, ich habe in seinen Karten und in den Handlinien gesehen, dass er in Gefahr ist. Aber dieses nachhaltige Gefühl dafür kann ich mir trotzdem nicht erklären. Es ist wie eine Vorahnung."

„So etwas hattest du doch schon früher. Denk mal an diese Frau in Detmold vor zwei Jahren. Da bist du einfach losgefahren, nur weil du das Gefühl hattest, sie sei in Gefahr. Und du hast sie gerettet."

Sidonia nickte. „Ja, da hast du recht. Aber Judith kenne ich seit zwanzig Jahren. Als sie zum ersten Mal in meinen Wohnwagen kam, war sie vierzehn Jahre alt. Sie ist all die Jahre meine Kundin gewesen und zu einer Freundin geworden. Dieser Mann ist mir jedoch vollkommen fremd."

„Vielleicht wird deine Kraft stärker", Mercedes sagte das mit einem geheimnisvollen Unterton.

„Mach dich nicht lustig", sagte Sidonia, der nicht nach Lachen zumute war. Eine stärker werdende Kraft war wirklich das Letzte, was sie wollte. Es war einfach zu schwer zu ertragen.

„Ach Mama. Ganz im Ernst – du hast immer schon starke Gefühle gehabt und darauf gehört. Jetzt eben für einen Fremden. Das liegt vielleicht einfach an den Umständen."

Sidonia nickte. „Sicher. Irgend so etwas wird es wohl sein." Sie umarmte ihre Tochter, die immer noch mit dem Teller Keksen in der Küche stand. „Geh ruhig nach oben und mach deine Arbeit. Du wolltest doch deine Uni-Unterlagen ordnen?" Sidonia wusste genau, dass Mercedes sich nur zu gerne von dieser Arbeit ablenken ließ.

„Ja, genau." Mercedes lachte und lief mit ihren Keksen und ihrer Tasse Tee aus dem Zimmer.

Sidonia drückte ihren Teebeutel aus und wollte es sich gerade im Wohnzimmer bequem machen, als es an der Wohnungstür klingelte. Sie wusste sofort, wer draußen stehen würde. Evelyn Dierkes und Markus Otten.

„Glaubst du wirklich, dass sie etwas mit dem Mord zu tun hat?", fragte Evelyn ihren Kollegen, als sie nach dem Gespräch mit Sidonia wieder im Auto saßen.

„Nein, das glaube ich nicht. Ich glaube, dass es keinen Sinn macht, jemanden zu töten, weil er Wahrsagerei, Kartenlegen, Handlesen und dergleichen für Humbug hält. Diese Dinge wurden schon immer als Scharlatanerie bezeichnet. Die einen glauben es, die anderen nicht. Und diejenigen, die fest daran glauben, lassen sich von den Gegnern sowieso nicht verunsichern. Also würde es ihr keinen Nachteil bringen, wenn ein weiterer Text das Hellsehen als Humbug darstellen würde."

Außerdem hatte auch Markus im Laufe der Jahre gelernt, seinem Instinkt zu vertrauen. Aber das hieß nicht, dass er alle anderen Indizien, Hinweise oder Verdachtmomente außer Acht ließ. Das konnte er sich gar nicht leisten, das wäre vollkommen unprofessionell. Und deshalb durfte er sie nicht als Tatverdächtige aussortieren – nicht jetzt schon.

„Wieso gehst du sie eigentlich so hart an?", fragte Evelyn.

„Tue ich das?"

„Ja. Du behandelst sie ziemlich von oben herab."

„Das liegt an meiner persönlichen Einstellung zur Wahrsagerei. Ich halte einfach nichts davon. Da bin ich genauso wie Axel Neufeld."

„Persönliche Befindlichkeiten haben in einer Ermittlung nichts zu suchen", zitierte sie seine eigenen Worte.

„Ja, ist ja gut", knurrte er. „Ich glaube, wir haben noch ein paar Leute auf der Befragungsliste."

Sie nickte. „Oh ja."

Kerstin war nicht in die Boutique gefahren. Ihre Kollegin Frauke war für sie eingesprungen. Kerstin hatte ihr nicht erklärt, was passiert war. Sie konnte es nicht. Noch nicht. Sie konnte es nicht aussprechen, nicht vermitteln, denn sie konnte es selbst überhaupt noch nicht glauben. Sie hatte das Gefühl, jeden Moment müsse ihr Ehemann zur Tür hereinkommen. Zurückgekehrt aus seinem Schreibexil. Sie würden sich umarmen, küssen, übereinander herfallen. Voller Freude, sich wieder zu haben. Dieses Vertrauen auf diese Freude hatte Kerstin immer gehabt. Nur so hatte sie diese etwas exzentrische und durchaus auch egoistische Lebensweise akzeptieren können.

Und jetzt kam er nicht wieder zurück.

Nie mehr.

Diese beiden Polizisten waren vor zwei Stunden bei ihr gewesen und noch immer waren ihre Worte und die erbarmungslose Tatsache, dass Axel jetzt an einem Ort war, von dem es kein Zurück gab, nicht vollständig in ihr Bewusstsein und erst recht nicht in ihr Herz gedrungen.

Sie würde ihn nicht wieder sehen, außer in der Gerichtsmedizin, um ihn zu identifizieren. Um seine Leiche zu identifizieren.

Dieser Gedanke jagte ohne Vorwarnung einen Schmerz durch ihren Körper, schärfer als ein Messer, das sich durch ihre Eingeweide säbelte, sie zerschnitt und ausblutete.

Tot.

Axel war tot.

Da war es, das Wort.

Er würde nie wieder mit ihr lachen, mit ihr tanzen, mit ihr schlafen.

Nie wieder würde sie ihn gehen lassen müssen.

Nie wieder würde sie ihn vermissen müssen. Oder für immer. Denn es gab kein Wiedersehen mehr.

Nie mehr.

Nie mehr.

Die Worte kreisten durch ihren Kopf und fanden schließlich den Weg zu ihrem Herzen.

Und sie brach kraftlos zusammen.

Kapitel 5
Samstag

Kerstin musste sich beschäftigen. Es war erst vorgestern gewesen, seit ihr die schreckliche Wahrheit mitgeteilt worden war und sie hielt es nicht aus, wenn sie nichts tat. Ihr Zauberwort hieß Verdrängung.

Außerdem gab es ja auch einiges zu regeln für die Beerdigung. Auch wenn ihr allein der Gedanke daran schon unerträglich war.

Für Axels Beerdigung.

Für die Beerdigung ihres Ehemannes, den sie nun niemals wieder sehen würde.

Nie mehr.

Noch immer jagten die Worte ihr Schauer der Angst durch den Körper. Sie hielt diese Endgültigkeit einfach nicht aus.

Ihre Partnerin Frauke war sofort bereit gewesen, sich um die Boutique zu kümmern, so dass Kerstin sich locker eine Woche oder sogar zehn Tage frei machen konnte. Sie musste sich ja auch um den ganzen Papierkram kümmern. Konten auflösen, die Lebensversicherung kontaktieren.

Zur Seite stand ihr Jan Tenbrock, ihr und Axels langjähriger Freund und Anwalt. Jan war etwa im gleichen Alter wie Axel es gewesen war, dreiundvierzig Jahre alt, etwas größer als Axel, mit durchtrainierter Figur und dunkelblonden, kurzgeschnittenen Haaren, etwas zu dichten Augenbrauen über dunklen Augen und einer randlosen Brille auf der Nase. Er war meist in einer Mischung aus sportlich und klassisch elegant gekleidet, Jacket über gut sitzender Jeans und Hemd.

Er war verheiratet, hatte zwei Kinder im Alter von sieben und fünf Jahren. Im Vergleich zu Kerstin und Axel führte er ein langweiliges Spießerleben, aber das war seine Sache. Er schien es zu lieben. Die Woche über arbeitete er in seiner Kanzlei, die er gemeinsam mit zwei Partnern betrieb, freitagabends oder samstags ging er zum Squash mit einem Kumpel, die Sonntage gehörten der Familie. Ausflüge in Freizeitparks, Tierparks, bei schlechtem Wetter Indoor-spielplätze, zweimal im Jahr Urlaub. Das war Jans Welt. Seine gleichaltrige Ehefrau hatte eine Teilzeitstelle als Lehrerin in einer Gesamtschule. Sie waren ein schönes Paar, obwohl seine Frau nach dem zweiten Kind etwas an Gewicht zugelegt hatte.

Nun, für Kerstin wäre dieses Leben nichts, aber vielleicht auch nur deshalb, weil es für Axel nichts gewesen war. Sie dachte in den letzten Tagen oft darüber nach, ob ihr Leben hätte anders verlaufen können oder an einem anderen Ort. Früher hatte sie in der Tat andere Träume gehabt.

Sie schüttelte den Gedanken ab. Das schmerzte nur und führte zu nichts.

Es war ein Samstag, sie und Jan hockten gemeinsam vor dem PC und versuchten, einen Überblick über Axels Konten zu bekommen.

Sie hatte es gestern schon allein versucht, war aber gescheitert. Nicht, weil sie nichts von Buchführung verstand, die musste sie schließlich auch in der Boutique führen, aber ihre Gedanken sprangen von einem Thema zum nächsten, sie war viel zu aufgewühlt und unkonzentriert. Außerdem hatte Axel wirklich einen ziemlich ungeordneten Papierstapel hinterlassen, sie blickte einfach nicht durch.

„Ihr habt aber auch nicht viel über eure Geldanlagen gesprochen, oder?"

„Jeder hat sein eigenes Einkommen gehabt, ebenso seine
eigenen Ausgaben. Gut, manches ging natürlich uns beide
an, wie alle Kosten für das Haus. Aber Geld war nie ein
Thema zwischen Axel und mir, das ist wahr. Wir haben
auch nie mit dem Gedanken gespielt, dass einem etwas
passieren könnte. Wir waren doch noch jung."

Jan hob die Schultern. „Jedem kann immer etwas passieren.
Man kann ja auch einen Unfall haben. Also Katja und ich
haben schon lange ein Testament gemacht."

„Ihr habt Kinder, die versorgt sein müssen", hielt Kerstin
dagegen.

Jan antwortete darauf nicht. Das stimmte natürlich. Ver-
sorgen mussten Kerstin und Axel sich wahrlich nicht gegen-
seitig. Es hätte nur jetzt die Lage etwas erleichtert. Sie
mussten sich mühsam durch die Zahlungen, Daueraufträge
und Überweisungen arbeiten und sehen, was für welchen
Zweck war und was vielleicht gekündigt werden musste.

„Hier, was ist das eigentlich? Eine Zahlung von monatlich
sechshundert Euro. So lange er dieses Onlinekonto hat, geht
das schon. Es ist offensichtlich keine Versicherung, keine
Spende. Nichts dergleichen. Das Geld geht an eine Charlotte
Behrens."

„Ich kenne keine Charlotte Behrens."

„Dann sollten wir herausfinden, worum es dabei geht",
schlug er vor.

„Und noch etwas anderes: Was ist das eigentlich mit der
Wahrsagerin, von der du mir am Telefon erzählt hast?"

„Ach, Axel war nur aus Recherchegründen bei ihr. Aber sie hat ihm gesagt, dass eine Gefahr auf ihn lauere. Das habe ich allerdings erst von der Polizei erfahren. Ich glaube ja nicht an so'n Zeug, aber wenn ich gewusst hätte, dass sie eine Gefahr vorhergesagt hat, hätte ich mir doch Sorgen gemacht. Ich wusste schließlich, dass Axel schon einigen Leuten auf die Füße getreten hat."

„Es klingt reichlich mysteriös. Mit der Frau würde ich gerne sprechen."

„Warum?"

„Na hör mal, Sie hat immerhin gewusst, dass er in Gefahr war. Und Axel wurde ermordet. Da ist doch was faul."

„Meinst du? Sie ist halt eine Hellseherin."

„Du hast doch grad selbst gesagt, dass du an so etwas nicht glaubst. Wie auch immer - ich würde gerne mit ihr sprechen. Aber zuerst mit dieser Charlotte Behrens. Wer ist sie? Warum bekam sie regelmäßig Geld von Axel?"

„Können wir herausfinden, wo sie wohnt?"

Er schob seine Brille zurecht und sah sie verständnislos an. „In welchem Jahrhundert leben wir denn?"

Jan stand vor einem hübschen, gepflegten Mehrfamilienhaus in Borchen, das er als Zuhause dieser Charlotte Behrens recherchiert hatte. Es hatte ihn einige Mühe gekostet, Kerstin davon abzuhalten, mitzukommen. Aber er wusste ja nicht, was ihn erwartete. Ein unbestimmtes Gefühl sagte ihm, es wäre besser, allein zu fahren.

Er drückte den Klingeknopf. Hoffentlich war sie da. Immerhin war es Samstag, da bestand die berechtigte Hoffnung, dass sie nicht arbeitete.

„Ja?", ertönte es durch die Sprechanlage.

„Guten Tag. Frau Behrens?"

„Ja sicher."

„Mein Name ist Jan Tenbrock. Sie kennen mich nicht, ich bin Anwalt und ein guter Freund von Axel Neufeld."

Jan legte die Hand auf den Türknauf und erwartete, dass der Öffner summte. Doch stattdessen ertönte wieder nur die Stimme durch die Sprechanlage. Eine angenehme, weiche Stimme.

„Wieso schickt er mir einen Anwalt vorbei?"

Jan stöhnte. Wusste sie noch nicht, dass er tot war? „Das tut er nicht."

„Was wollen Sie dann von mir?"

„Frau Behrens, lassen Sie mich bitte herein. Es ist wirklich wichtig und von Angesicht zu Angesicht lässt es sich besser sprechen als durch die Sprechanlage." Allmählich verlor er die Geduld. Aber offensichtlich war ihr die Unsinnigkeit auch selbst aufgegangen, denn der Summer ertönte und Jan konnte die Tür aufdrücken.

In der offenen Wohnungstür im Dachgeschoss erwartete ihn eine junge Frau um die dreißig, die ihre honigblonden Haare zu einem hohen Pferdeschwanz gebunden hatte. Sie war ungeschminkt, trug Jogginghose und T-Shirt. Ihre blauen Augen schauten ihm unsicher entgegen. Sie hatte ein schmales Gesicht und eine zarte Figur. Sie war richtig hübsch, fand Jan.

Hinter ihr tauchte ein kleines Mädchen auf, das Ebenbild ihrer Mutter, jünger als seine Kinder. Höchstens drei Jahre alt.

„Guten Tag. Es tut mir leid, dass ich Sie so überfalle, aber ich muss mit Ihnen sprechen."

„Aber warum schickt Axel mir einen Anwalt? Was könnte er nicht selbst mit mir klären?"

Sie wusste es wirklich noch nicht und Jan hasste es, der Überbringer dieser Botschaft sein zu müssen.

„Das kann er nicht mehr, Frau Behrens. Axel ist tot."

Die sanften Augen wurden vor Schreck riesengroß. Sie rang nach Luft. Plötzlich drehte sich die Pupille weg, die Frau torkelte, hielt sich am Türrahmen fest. Jan sprang hinzu, stützte sie. Doch da war sie schon wieder bei sich. Erschreckt, aber stabil.

Herrje, er hatte die Situation vollkommen unterschätzt.

Diese Frau stand in einem engen persönlichen Kontakt zu Axel, das war Jan jetzt endgültig klar.

„Kommen Sie herein", bat sie. Ihre Stimme war ein kraftloses Hauchen.

Er folgte ihr in die Küche. Charlotte Behrens schenkte zwei Gläser mit Mineralwasser ein und schickte das kleine Mädchen zum Spielen in sein Zimmer. „Vielleicht hast du Lust, dir ein Buch anzusehen? Und nachher lese ich dir die Geschichte vor, ja?", schlug sie vor.

Sie bemühte sich, ihrer Stimme einen entschlossen Klang zu geben.

Die Kleine zog einen Schmollmund. „Und du spielst mit mir *Obstgarten*."

„Ja, das mache ich auch."

Jan lächelte. Ein Klassiker. Das Spiel *Obstgarten* hatte besonders seine Tochter auch immer gerne gespielt.

Schließlich hüpfte die Kleine davon und Charlotte setzte sich zu Jan an den Küchentisch.

„Jetzt noch mal", bat sie. Nachdem die Kleine fort war, hatte ihre Stimme wieder an Kraft verloren. „Tot? Wirklich tot?"

„Es tut mir so leid, dass ich Ihnen das sagen muss. Aber ja. Er wurde ermordet."

„Ermordet?"

„Ja."

„Ermordet. Weiß man…?"

„Nein, noch nicht. Er hatte durch seine Arbeit offenbar viele Feinde."

„Ja, das kann wohl sein", bestätigte sie fassungslos.

Jan nahm einen kräftigen Schluck Mineralwasser und stellte das Glas wieder ab. „Frau Behrens, ich gehe mit seiner Ehefrau gerade die Finanzen durch. Wie Sie sich vorstellen können, gibt es viel zu regeln. Dabei sind wir auf regelmäßige Zahlungen an Sie gestoßen. Können Sie mir bitte sagen, wofür Sie das Geld erhalten haben?"

Er ahnte die Antwort bereits. Doch er musste sie aus ihrem Munde hören.

Sie schaute auf. In ihren Augen standen Tränen.

Sie war so vollkommen anders als Kerstin, die toughe Geschäftsfrau, die Starke, die immer Elegante, Schöne. Und hier Charlotte, schwach, sensibel, in Jogginghosen und T-Shirt. Aber ebenso schön wie Kerstin. Anders, aber nicht weniger schön.

„Marie ist seine Tochter", hörte er sie flüstern.

„Das Geld war für Ihre Tochter?"

„Ja."

„Wie alt ist die Kleine? Drei?"

„Noch nicht ganz. In zwei Monaten wird sie drei Jahre."

„Und – Sie hatten damals ein Verhältnis mit ihm und sind schwanger geworden?" Wie sollte er das eigentlich Kerstin erklären? Zu der Zeit waren sie schon verheiratet und zumindest Jan wollte niemals Kinder.

„Nein, Sie verstehen nicht. Wir haben seit viereinhalb Jahren ein Verhältnis. Immer noch."

Jetzt war es an Jan, der Überraschte zu sein. Seit über vier Jahren hatte Axel eine Geliebte gehabt, von der niemand etwas wusste? Seit über vier Jahren hatte er Kerstin betrogen? Oh Mann, wenn das die Polizei erfuhr – und das würden sie – rückte Kerstin auch in den Kreis der Verdächtigen. Aber vielleicht auch Charlotte.

„Haben Sie nie darauf gedrängt, dass er sich entscheidet? Für Sie und gegen seine Ehefrau?

„Doch, natürlich. Er hat mir auch ein paar Mal versprochen, seine Frau zu verlassen, aber ich wusste tief in mir, dass er es nie tun würde. Wir sehen – sahen uns nicht sehr oft und ich wusste, dass ich die Frau nebenher war, aber ich konnte ihn nie endgültig verlassen, besonders wegen der Kleinen." Sie seufzte. „Wir haben manchmal etwas zusammen unternommen. Sind in den Zoo gefahren oder in ein Schwimmbad. Marie ist noch so klein. Und diese Unternehmungen waren für uns alle immer schön."

Ja, Jan konnte sich vorstellen, dass Axel solche Tage gefallen hatten. Aber das war nicht sein Leben, das war eine kleine Auszeit vom Leben. Mit Kerstin verband ihn der

Luxus und mit Charlotte ein kleines bisschen Familienidylle. Er schüttelte verständnislos den Kopf.

„Stimmt etwas nicht?"

„Doch, ich verstehe nur nicht, dass man so etwas mitmacht." Sie hob die Schultern. „Ich wollte wenigstens das bisschen von ihm. Das war besser, als nichts."

Er nickte. Super. Aber im Grunde machte Kerstin es auf eine Art genauso. Diese Auszeiten zum Schreiben hatten sie doch auch gestört. Trotzdem machte sie das mit. Hauptsache, er ging nicht ganz.

Der Gedanke ging ihm durch den Kopf, ob Axel wohl hin und wieder diese Schreib-Auszeiten genutzt hatte, um Charlotte und Marie zu treffen statt in seine Hütte zu fahren. Mannomann, der war ja noch abgebrühter, als Jan sowieso schon gedacht hatte.

„Mama!", rief Marie aus dem Kinderzimmer. Offensichtlich fand sie es jetzt an der Zeit, dass die Mama Zeit für sie hatte. Jan verabschiedete sich. Er hatte genug gehört.

Als Jan wieder bei Kerstin ankam, war die Polizei bei ihr. Die beiden Polizisten Markus Otten und Evelyn Dierkes kannte er bereits von früheren Ermittlungen und er begrüßte sie einigermaßen reserviert.

In Kerstins Augen las er mühsam zurückgehaltene Wut.

„Ist etwas geschehen?", fragte er.

„Wir haben den Arbeitsplatz des Toten im Haxtergrund durchforstet", berichtete Evelyn Dierkes zum zweiten Mal und mit weniger Worten als gegenüber Kerstin. „Wir haben weitere Notizen gefunden, die Neufeld offenbar für sein

Buch nutzen wollte. Darin ging es um Berufe, die sich um Mode und Schönheit drehen."

„Er wollte mich denunzieren. Mich! Seine Frau!", platzte es aus Kerstin heraus. „Hat man dafür Worte? Mich!" Sie trommelte wie zur Betonung der Worte auf ihre Brust. „Offenbar war er der Meinung, dass Berufe wie meiner, besonders die Stilberatung, vollkommen überflüssig und unnütz sind und nur oberflächliche Eitelkeiten bedienen. Er hatte aber nichts gegen das Geld, das ich damit verdiene."

Ihre Stimme überschlug sich fast vor Wut und Jan konnte das gut verstehen.

„Das ist ein ziemlich starkes Stück", meinte er emotionslos. Allmählich fragte er sich, ob er Axel überhaupt richtig gekannt hatte. Dieses tagelange Verschwinden hatte er nie nachvollziehen können. Dass Axel andere Frauen hatte, hatte er vermutet, auch wenn Kerstin ihrem Mann offenbar in dieser Hinsicht bedingungslos vertraut hatte. Aber eine jahrelange Geliebte, ein kleines Kind und nun das? Das war wirklich starker Tobak.

Ein Schauer durchfuhr ihn, als er daran dachte, dass er Kerstin noch von Charlotte erzählen musste. Oh Mann, das war alles ein bisschen viel auf einmal. Aber es nützte nichts. Er konnte das nicht zurückhalten.

„Gibt es noch etwas?", fragte Markus Otten da auch schon.

„Nein, von unserer Seite nicht", antwortete Jan. Es war wirklich nicht seine Aufgabe, Kerstin noch mehr ins Zentrum der Ermittlungen zu rücken. Wenn sie in dem Buch denunziert wurde, war das schon Motiv genug. Er verwandelte sich augenblicklich vom helfenden Freund in den Anwalt. Ab sofort war Kerstin seine Mandantin.

„Gut, dann verabschieden wir uns auch schon wieder. Halten Sie sich zu unserer Verfügung", forderte Otten in ziemlichem Befehlston.

Kerstin nickte.

„Gehört sie für Sie zum Kreis der Verdächtigen?", fragte Jan.

„Nun, ein Motiv hat sie auf jeden Fall, wenn sie von dem Artikel wusste."

„Es wäre mir im Traum nicht eingefallen, dass er so etwas mit mir macht", keifte Kerstin.

„Auf Wiedersehen, Frau Neufeld", entgegnete Otten ohne auf ihren Tonfall oder ihren Einwand einzugehen.

Kerstin antwortete nicht mehr. Jan brachte die beiden Polizisten zur Tür und kam dann zurück. Sie schüttete sich gerade einen Ramazotti randvoll in ein Glas. Das ist mindestens ein Doppelter, wenn nicht mehr, ging ihm durch den Kopf. Aber sie konnte es brauchen.

„Möchtest du auch?", fragte sie. Er nickte.

„Ja, ich kann auch einen brauchen. Kerstin, ich muss dir noch etwas sagen."

Sie schaute ihn fragend mit großen Augen an.

„Setz dich lieber."

Sie gehorchte und kippte den Kräuterlikör in einem Zug hinunter. Er brannte in ihrer Kehle. Ein ganz schlechtes Gefühl bemächtigte sich ihrer. Was konnte jetzt noch kommen?

„Diese Charlotte – die mit den Überweisungen – sie war seit über vier Jahren Axels Geliebte." Er wusste wirklich nicht, wie er ihr das schonend beibringen sollte, deshalb war wohl der schnelle und direkte Weg der beste.

„Was?" Sie fuhr auf.

Schnell weiter, dachte Jan. Einfach raus damit. „Sie hat eine fast dreijährige Tochter, Axels Tochter."

Kerstin sank langsam zurück aufs Sofa. Ihre Augen starrten ihn ungläubig an.

„Ich weiß, es ist kaum zu glauben. Er hat dich so lange betrogen."

Jetzt füllten sich ihre Augen mit Tränen und sie merkte es überhaupt nicht.

Jan nahm ihr Glas und füllte es erneut mit Ramazotti auf.

Sie kippte ihn mechanisch hinunter. Sie spürte den Alkohol bereits. Sie empfand ein leicht schwebendes Gefühl. Es war angenehm, es betäubte ein wenig die Enttäuschung, den Schmerz und die Trauer. Sie hielt Jan ihr Glas entgegen und er füllte es zum dritten Mal.

Alkohol löste keine Probleme, aber immerhin half er, den ersten Schock zu mildern. Wie ging das Lied von Grönemeyer noch gleich? *Alkohol ist ein Sanitäter in der Not – Alkohol ist ein Fallschirm und ein Rettungsboot.*

Als die Flüssigkeit zum dritten Mal ihre Kehle herunter rann, hatte sie das Gefühl, ihre eigenen Gedanken nicht mehr erreichen zu können. Nicht mehr nachdenken, das war schön. Sie wusste, dass der Katzenjammer kommen würde, aber jetzt, in diesem Moment, war ihr auch das gleichgültig.

Irgendwo in ihrem Kopf war die Frage: Habe ich meinen Mann überhaupt gekannt? Was hat er mir noch alles verheimlicht? Warum waren ihm ihre Gefühle so gleichgültig, dass er sogar über sie denunzierend schrieb?

Aber im Augenblick wollte sie über nichts davon nachdenken.

„Ich wollte eigentlich noch zu dieser Hellseherin. Ich will wissen, woher sie wusste, dass Axel in Gefahr war. Kann ich dich allein lassen oder willst du mit mir fahren?"

Sie saß noch immer auf dem Sofa, während er am Barfach stand. Jetzt schaute sie zu ihm auf. Die Bewegung ließ sie schwindelig werden.

Nein, nur nicht allein sein. Das war das Letzte, was sie sich jetzt vorstellen konnte.

„Ich komme mit", lallte sie mit schwerer Zunge. Meine Güte, drei Ramazotti und sie schien betrunken zu sein. Na ja, sie hatte sie schnell hintereinander heruntergekippt und die Gläser waren keine Stamper, es waren wohl eher doppelte gewesen. Und viel gegessen hatte sie heute auch noch nicht. Sie hatte einfach keinen Appetit.

„Gut, dann lass uns fahren."

Sidonia war überrascht, als sie die Haustür öffnete und zwei völlig fremde Besucher davor stehen sah.

„Guten Tag. Frau Okebe?"

Sie nickte.

„Mein Name ist Jan Tenbrock, ich bin Anwalt und das ist Kerstin Neufeld. Haben Sie einen Moment Zeit für uns? Wir würden gerne mit Ihnen sprechen."

Sidonia war skeptisch und nicht gerade erfreut. Sie konnte sich nicht erklären, warum die beiden mit ihr sprechen wollten. Sie betrachtete die Besucher aufmerksam. Die Frau war elegant gekleidet und perfekt frisiert, aber sie sah trotzdem aus wie ein Häufchen Elend. Nun, das war vermutlich nicht verwunderlich. Sie schien die Ehefrau dieses Journalisten

Neufeld zu sein. Sidonia wusste auch ohne Kartenblatt, dass diese Frau mehr zu durchleiden hatte als den Tod ihres Ehemannes, was eigentlich schon genug gewesen wäre.

Sie bat die beiden Besucher herein und führte sie in ihr Arbeitszimmer. Ihr war bewusst, dass die Bilder der Handlinien, die verschiedenen Karten, die Kugel, die sie nur als Dekoration aufbewahrte, befremdlich auf die beiden wirken mussten. Sie waren schließlich nicht gekommen, um sich wahrsagen zu lassen. Aber sie hatte nicht vor, ihnen Zutritt zu ihren Privaträumen zu gestatten.

Sie bemerkte die Blicke, die beide im Zimmer umherschweifen ließen und beobachtete sie genau. Die Frau machte eher einen verwirrten und verunsicherten Eindruck, während der Mann durchaus neugierig wirkte. Er zeigte diese Art von Interesse, die man hatte, wenn man in ein Haus kam und sich Fotos ansah, die auf Sideboards standen oder an den Wänden hingen. Mehr Neugier, kein wirkliches Interesse an der Bedeutung der Handlinien. Dann wäre er näher rangegangen und hätte die Beschriftungen gelesen.

„Bitte, setzen Sie sich", forderte Sidonia ihre Besucher freundlich auf.

„Wir sind nicht hier, um uns die Karten legen zu lassen", sagte der Anwalt jetzt freundlich. Er war gut gekleidet, aber nicht zu elegant. Das wirkte sympathisch und nicht so arrogant, als würde er sich schon durch seine Kleidung von der breiten Bevölkerung abheben, fand Sidonia.

„Das weiß ich", erwiderte sie etwas reserviert und wies einladend auf die Stühle. Endlich setzten sich die beiden Besucher. Sidonia war sicher, dass der Anwalt verstanden hatte, dass sie einfach nicht mehr Nähe zulassen wollte. Bei der

Frau war sie nicht sicher. Vielleicht war sie gerade nicht fähig, Gefühle anderer zu empfangen. Vielleicht war sie es auch grundsätzlich nicht. Dieser Journalist und seine Frau hatten vermutlich in ihrer eigenen, reichen Welt gelebt. Solche Menschen hatten oft keine Empathie für andere.

Jan Tenbrock berichtete alles, was geschehen war. Von dem Auffinden der Leiche, von der Geliebten Charlotte Behrens, von den Notizen für das Buch über Axels eigene Ehefrau.

Sidonia hörte ungerührt zu.

„Sie scheinen nicht überrascht zu sein?", fragte Tenbrock, nachdem er geendet hatte.

„Ich habe ihm die Karten gelegt. Das wissen Sie doch."

„Ja, aber ich glaube nicht an diese Dinge."

„Das ist Ihnen freigestellt, trotzdem weiß ich dadurch eine Menge über diesen Mann. Außerdem habe auch ich inzwischen durch die Polizei von seinem Tod und auch von dem Buch erfahren. Auch ich sollte darin vorkommen. Aber warum sind Sie überhaupt zu mir gekommen?" Sie lächelte unverbindlich.

„Sie haben ihm gesagt, dass er in Gefahr sei."

„Ja."

Tenbrock verdrehte die Augen. Sidonia bemerkte es sehr wohl.

Sie lächelte wieder. Ein bisschen überlegen, wie Jan fand.

„Ich habe das in seinen Karten gesehen und in seinen Handlinien. Sie sagten, Sie glauben nicht daran. Aber dennoch war es so. Und ich habe auch gesehen, dass er kein guter Mensch ist. Dass Egoismus und Profitdenken sein Antrieb waren, nicht die Liebe. Vermutlich auch nicht zu seiner Geliebten. Aber das wiederum weiß ich nicht."

Kerstin hob endlich ihr Gesicht und sah Sidonia direkt an. „Wie können Sie so über ihn sprechen? Ich habe ihn geliebt."

„Sie haben das Bild geliebt, dass sie von ihm hatten oder dass er Ihnen gezeigt hat."

Einen Moment herrschte Schweigen. Sidonia hatte freundlich gesprochen, aber die Aussage war hart.

„Ja, das stimmt vielleicht sogar." Kerstin hielt der Älteren ihre Handfläche entgegen. „Bitte, was sehen Sie über mich?"

Sidonia zögerte einen kurzen Moment. Handlesen und Kartenlegen war ihr Job. Sie hatte keine Lust, eine Demonstration abzugeben. Wohl eher aus Mitleid mit der gebrochenen Frau nahm sie schließlich doch Kerstins zarte, schmale Hand in ihre und konzentrierte sich auf die Linien darin.

„Auf Sie wartet eine schwere Zeit. Sie sind erfolgreich, verdienen Ihr eigenes Geld, aber Sie stehen an einem Wendepunkt. Ihr Weg wird in eine andere Richtung weiter gehen. Ich fühle zurzeit viel negative Energie, aber das wird sich ändern, wenn auch nicht so schnell.

Sie hatten ein gutes Elternhaus, haben immer viel bekommen, aber sich niemals verstanden und geliebt gefühlt. Vielleicht haben Sie deshalb in Ihrer Ehe zuviel Zugeständnisse gemacht und zu wenig eigene Forderungen gestellt. Sie haben immer getan, was erwartet wurde. Sie sind eine Suchende. Elegant und vornehm nach außen. Unsicher nach innen. Wenn Sie das überwunden haben, finden Sie Ihre Bestimmung."

Sidonia ließ die Hand sinken.

Kerstin lachte bitter. „Das hilft mir nicht wirklich weiter."

„Trifft es denn zu?"

Kerstin nickte. Ja. Oh ja. Gut, dass sie an einem Wendepunkt stand, war nicht weiter bemerkenswert nach diesem Schicksalsschlag. Aber alles, was Sidonia Okebe sonst noch gesagt hatte, stimmte auch. Kerstin fühlte es in diesem Moment intensiver als jemals zuvor und sie wusste, es stimmte. Es hatte immer gestimmt und sie hatte es immer gewusst, aber verdrängt.

„Was ist mit Ihnen?", fragte Sidonia den Anwalt, der mit skeptischer Mine daneben saß. Er schob etwas nervös seine Brille zurecht.

„Nein, es reicht mir schon an Nonsens."

„Mache ich Sie nervös?", lächelte sie.

Diese Frau machte ihn noch wahnsinnig mit ihrem Lächeln.

„Hat es Ihnen irgendwie geholfen, dass Sie bei mir waren?", fragte sie jetzt.

„Um ehrlich zu sein: Nein. Es hätte mir weitaus mehr geholfen, wenn Sie mir gesagt hätten, von wem Sie die Informationen haben, dass Axel Neufeld in Gefahr war. Oder hat Neufeld Sie doch so sehr geärgert, dass Sie selbst die Gefahr waren?"

Jetzt verschwand das Lächeln und ihre Stimme wurde eine Nuance härter. „Ich glaube, es reicht, Herr Tenbrock. Ich habe mit dem Tod dieses Herrn nichts zu tun. Als er hier war, war mir nicht bewusst, dass er eine Denunzierung beabsichtigte. Ich wusste nicht einmal, dass er Journalist war. Und ich weiß auch nicht, wer ihn getötet hat. Ich kann die Handlinien lesen und ich kann Menschen die Karten legen. Aber ich habe keine Visionen, die mir sagen, wer der Täter ist."

Wie praktisch, dachte Jan und verzog etwas den Mund. Aber es stimmte schon. Sie hatte ein Motiv, wenn sie von dem Artikel gewusst hatte, so wie jeder, der von Axel denunziert worden war oder werden sollte. Aber sie hatte sicher nicht im Vorfeld davon gewusst.

„Gut, dann verabschieden wir uns jetzt wohl wieder. Ich danke Ihnen für das Gespräch, Frau Okebe."

Wieder nestelte er an seiner Brille herum. Eine Geste, die offenbar zur Gewohnheit geworden war.

„Gerne. Wenn Sie es sich anders überlegen und doch die Karten gelegt haben möchten, kommen Sie wieder. Aber dann kostet es etwas. Nur heute war es kostenlos. Auf Wiedersehen Herr Tenbrock."

Sie reichte zuerst ihm die Hand, dann Kerstin.

„Auf Wiedersehen, Frau Neufeld. Passen Sie auf sich auf."

Sidonia ging nachdenklich zurück in ihr Arbeitszimmer.

Was sollte dieser Besuch? Steckte sie so tief im Schlamassel? Hielt es wirklich jeder für so wahrscheinlich, dass sie diesen Journalisten getötet hatte? Er hatte doch auch andere denunziert.

Sie griff nach dem Stapel Tarotkarten und legte sie sich selbst.

Sie starrte entsetzt darauf.

Gefahr – Verleumdung – Heuchelei…

Negativer konnte das Kartenbild kaum sein.

Sie musste sich etwas einfallen lassen, um ihren Kopf aus der Schlinge zu ziehen, bevor sie zu fest saß.

Einem Instinkt folgend ging sie zum Schrank und zog die Schublade auf. Sie war nicht überrascht, als sie feststellte, dass das zweite Kartendeck fehlte.

Jan Tenbrock setzte Kerstin zu Hause ab.

„Magst du noch mit hereinkommen? Auf ein Glas?", fragte sie etwas unsicher und kannte doch schon die Antwort.

Er schüttelte den Kopf. „Nein, ich muss nach Hause. Es ist Samstagnachmittag", er warf einen Blick auf seine Armbanduhr, „schon fast Abend. Die Kinder und Katja warten."

Kerstin nickte verständnisvoll, aber sie machte keine Anstalten, aus dem Wagen zu steigen.

„Ist noch etwas?", fragte Jan ruhig. „Wenn du nicht allein sein willst, kannst du gerne mitfahren. Katja hat sicher nichts dagegen. Oder soll ich dich zu einer Freundin bringen?"

„Nein, nein. Es geht schon", erwiderte sie leise. „Sag mal, glaubst du wirklich, dass diese Kartenlegerin etwas mit dem Mord zu tun hat?"

Er schwieg einen Moment, dachte nach. Dann schüttelte er den Kopf.

„Nein, es scheint mir nicht recht zu passen. Ich glaube ihr, dass sie nichts von dem Buch wusste. Und selbst wenn sie davon gewusst hätte, dann hätte sie immer noch nicht gewusst, wo sie Axel findet. Und wenn sie das gewusst hätte, hätte sie zumindest versucht, die Notizen zu vernichten.

Außerdem ist meiner Meinung nach das Motiv zu schwach. Über Wahrsagerei, Kartenlegen, Handlesen und dergleichen ist schon immer kontrovers diskutiert worden. Dennoch laufen die Menschen, die daran glauben, zu Wahrsagerinnen. Ein Spottartikel mehr hätte ihr kaum geschadet, nicht mal, wenn er um sie persönlich ginge.

Ebenso wenig wie dir der Artikel über dich geschadet hätte. Die einen würden Axel zustimmen und die anderen wären trotzdem zu dir gekommen und hätten sich beraten lassen, vielleicht sogar erst recht.

Das ist anders als bei dem Koch, dessen Essen er so vernichtend kritisiert hat. Ich frage mich nur, wie die Frau auf die Idee gekommen ist, dass Axel in Gefahr war."

„Was sie mir gesagt hat, ist zutreffend, weißt du?"

„Dass du an einem Wendepunkt stehst?" Er lachte etwas geringschätzig. „Das ist jetzt aber keine große Wahrsagekunst."

„Alles andere stimmt auch. Dass ich immer alles hatte an materiellen Werten, dass ich mich nach Liebe gesehnt habe…"

„Wer tut das nicht?"

„Dass ich zu viel zugelassen habe, was ich gar nicht wollte." Er seufzte. „Meine Güte, wenn man die Hintergründe kennt…"

Kerstin nickte nachdenklich. „Die kannte sie aber nicht. Wie auch immer, dass ich ihn nicht getötet habe, ist auch klar. Aber darüber hinaus… ich befürchte, Axel hatte viele Feinde."

Jan nickte. „Ja, mehr als wir dachten. Ich fühle mich, als hätte ich ihn gar nicht gekannt."

Kerstin wandte ihr Gesicht ab, damit er nicht merkte, dass ihr eine Träne die Wangen hinab lief. „Schönes Wochenende, Jan", sagte sie und stieg endlich aus. Er antwortete nicht. Er konnte ihr kaum auch ein schönes Wochenende wünschen. Er hörte die zurückgehaltenen Tränen in ihrer Stimme. „Wenn du uns brauchst, komm vorbei", sagte er.

Mercedes kam am Abend mit ihrem Freund David Gersdorf nach Hause. David war ein großer, sympathischer, dreiundzwanzigjähriger Mann, der in seiner Heimatstadt Bielefeld Jura studierte. Dort lebte er inzwischen nicht mehr in seinem Elternhaus, sondern mit einem Studienkollegen in einer WG. Mercedes und er hatten sich auf der Geburtstagsparty eines gemeinsamen Bekannten kennengelernt.

David hatte kurzgeschnittene, dunkelblonde Haare und einen Dreitagebart, weil das Mercedes so gut gefiel. Es ließ sein Gesicht herber und männlicher erscheinen. Er hatte ruhige braune Augen und volle Lippen. Seine Stimme war tief und ruhig.

Sidonia hatte sich von Anfang an hervorragend vorstellen können, wie er im Gerichtssaal auftrat. Groß und raumfüllend, ruhig, aber fest und ohne jeden Zweifel in der Stimme.

Mercedes und David konnten sich aufgrund ihrer unterschiedlichen Studienorte nicht täglich sehen. Umso mehr freute sich auch Sidonia, wenn die beiden bei ihr waren. Jetzt würden sie eine Weile bleiben, denn die Semesterferien hatten begonnen. Später würden sie noch ein paar Tage in Bielefeld bei Davids Eltern verbringen und danach hatten sie einen gemeinsamen Urlaub geplant.

Heute Abend wollte Sidonia für sie drei kochen. Sie wollten zusammen essen und dann hatten die jungen Leute vielleicht andere Pläne – Kino oder auf einen Cocktail ausgehen – und sie selbst würde es sich mit einem Glas Wein vor dem Fernseher gemütlich machen.

Es war in Ordnung so.

Mercedes war deshalb überrascht, als sie ihre Mutter weder in der Küche noch im Wohnzimmer vorfand.

„Mama!", rief sie.

Aber niemand antwortete.

„Sicher hat sie einen Kunden", meinte David.

„Könnte sein", gab Mercedes zu, obwohl sie nicht daran glaubte. Ihre Mutter hatte doch für sie drei kochen wollen. Einen Kunden um diese Zeit hätte sie erwähnt. Aber es war nicht unmöglich, dass sie spontan einen Termin hatte machen müssen.

Mercedes wollten in dem Fall nicht stören, deshalb lauschte sie zuerst an der Tür zum Arbeitszimmer. Als sie keine Stimmen hörte, öffnete sie vorsichtig die Tür und spähte hinein. Doch da saß ihre Mutter allein am Tisch, die Tarotkarten vor sich ausgebreitet.

„Mama, was ist los?", fragte Mercedes.

„Sidonia fuhr herum, sah Mercedes und David und lächelte ihnen verhalten entgegen. Nicht so fröhlich wie sonst, wenn sie sich freute, die beiden jungen Leute zu sehen. Mercedes versuchte die Gefühle hinter dem Lächeln zu erkennen. War ihre Mutter traurig? Nein, das war es nicht. Sie wirkte eher verunsichert. Sie hatte Angst.

„Was sagen die Karten?", fragte sie.

„Sie sagen, dass es einen Menschen in meinem Leben gibt, der mich vernichten will. Und das kann nicht dieser Journalist sein, sondern es muss ein Lebender sein."

Mercedes zog die Stirn kraus.

David stand hinter ihr und verstand noch weniger.

„Was soll das heißen, Mama?", fragte die junge Frau.

„Ein Anwalt und Kerstin Neufeld, die Frau des ermordeten Journalisten waren hier." Sie blickte zu David, als würde sie ihn erst jetzt bemerken. „Kennst du die Geschichte?"

Er nickte.

„Was wollten die denn hier?", fragte Mercedes und setzte sich auf den Stuhl neben ihre Mutter.

„Ach, sie wollten auch nur wissen, woher ich von der Gefahr wusste, in der dieser Neufeld schwebte. Natürlich kann keiner was damit anfangen, dass ich das halt in den Karten und Handlinien gesehen habe. Die Polizei geht sogar davon aus, dass ich Achim Nübel oder Axel Neufeld in seiner Hütte im Haxtergrund aufgesucht habe."

„Aber wie kommen sie denn darauf?", rief David entsetzt aus.

„Zum einen haben sie in der Anrufliste gesehen, dass Neufeld mich angerufen hat und dann wurde auch noch eine einzelne Tarotkarte in der Hütte gefunden. Und ob du es glaubst, oder nicht – mein zweites Tarotdeck fehlt. Es ist offenbar wirklich meine Karte. Das wird die Polizei sehr leicht feststellen können. Vielleicht haben sie das schon. Schließlich haben sie meine Fingerabdrücke genommen."

„Aber du warst doch nicht dort", hakte David nach.

„Natürlich nicht. Er muss das Deck mitgenommen haben, als er bei mir war."

„Aber warum sollte er das tun?"

„Oder…"

„Oder?", hakte David nach.

„Ich habe euch das gar nicht erzählt, aber ich hatte neulich, als ich vom Einkaufen zurückkam, das Gefühl, das jemand im Haus gewesen war. Die Haustür war nicht abgeschlossen und die Tür zu meinem Arbeitszimmer war nur angelehnt. Du weißt, wie sehr ich auf solche Dinge achte, Merci."

„Ja, aber sonst war nichts?"

„Nein. Es war letzten Mittwoch. Du wolltest zu Lena. Bist du noch einmal zurückgekommen?"

Mercedes schüttelte versonnen den Kopf. „Nein. Aber Mama, bist du sicher? Man kann sich bei solchen Dingen leicht vertun. Man vergisst es einfach."

„Du weißt, wie sehr ich auf diese Dinge achte, Merci. Und dann soll ich es gleich bei beiden Türen vergessen haben?", wiederholte Sidonia.

Mercedes nickte und sah zu David. „Das stimmt schon. Die Tür zum Arbeitszimmer ist zum Beispiel niemals offen. Der Bereich gehört nicht zu unserem Privatleben und Mama schirmt ihn dadurch auch optisch ab. Das macht sie schon immer. So was macht man automatisch."

David nickte verstehend. Er kannte Merci schon seit über einem Jahr und damit auch Sidonia und gewisse Gewohnheiten.

„Das ist schon sehr merkwürdig", meinte er. „Wenn wirklich jemand hier drin war, sollten wir herausfinden, warum.

Doch wohl nicht, um Tarotkarten zu stehlen? Und wenn, dann um bewusst eine Spur zu dir zu legen."

Sidonia hob die Schultern. So hilflos hatte sie sich noch nie in ihrem Leben gefühlt. Nicht, als ihre eigenen Eltern bei einem Unfall ums Leben gekommen waren und auch nicht, als sie plötzlich allein mit einem kleinen Kind dastand, weil der Vater sie einfach allein gelassen hatte. Sie war stark, selbstbewusst. Sie verdiente ihr eigenes Geld.

Und jetzt schien ihr das Leben zu entgleiten. Und das, was jetzt passierte, war gerade erst der Anfang. Sie starrte das Kartenbild an, das noch ausgebreitet auf dem Tisch lag. Falsche Menschen und Situationen, die sie nicht kontrollieren konnte. Chaos und Falschheit.

„Ich weiß nicht, was da auf mich zukommt, Merci. Ich habe einen Fehler gemacht, dass ich die Polizei nicht kontaktiert habe, als wir von dem Verschwinden dieses Journalisten gelesen hatten. Aber das ist auch alles. Doch jetzt gerate ich ernsthaft in den Verdacht, ihn getötet zu haben."

David trat näher an die beiden Frauen heran. „Es hätte nichts geändert, wenn du zur Polizei gegangen wärst. Sie hätten deinen Vorhersagen keinen Glauben geschenkt und hinterher vermutlich gegen dich ausgelegt, dass du im Vorfeld gewusst hast, dass ihm etwas passiert."

„Das tun sie jetzt auch", meinte Sidonia.

„Es wäre also sowieso genauso passiert. Es wäre so gekommen wie jetzt, egal, wie du reagiert hättest. Du konntest nicht kontrollieren, dass jemand die Karten stiehlt."

Sidonia griff mit einer Hand die ihrer Tochter und mit der anderen Davids und drückte beide kurz. „Ihr seid so lieb", sagte sie aufrichtig.

„Wir könnten ein wenig recherchieren", schlug David vor.

„Was? Nein, auf keinen Fall", wehrte Sidonia heftig ab.

Er lachte. „Uns kennt doch keiner. Uns droht keine Gefahr. Wir gehen in die Redaktion von dieser Zeitung. Ich könnte sagen, mich interessiert die Arbeit von dem Journalisten, weil ich Jura studiere. Aus rein rechtlicher Sicht. Du weißt schon, inwieweit durfte er das überhaupt alles schreiben oder ab wann gilt so ein Buch als Rufschädigung? Vielleicht komme ich so ins Gespräch und finde etwas heraus."

Mercedes Gesicht hellte sich auf. „Das ist doch eine super Idee! Durchaus glaubhaft. David kommt leicht mit anderen Leuten ins Gespräch."

Sidonias Gesicht blieb verschlossen. „Diese junge Kundin von mir, die nach Detmold gezogen ist – du weißt, Merci - Judith…"

„Ja, die hatte einen Geist im Haus."

David zog skeptisch die Augenbrauen zusammen.

„Genau. Die wollte doch diesen alten Mord, der in ihrem Haus passiert war, aufklären und hat einen Privatdetektiv engagiert."

„Ja."

„Und der kam bei seinen Nachforschungen ums Leben. Denkst du, ich will, dass euch etwas passiert?"

Mercedes lachte auf.

Furchtlosigkeit ist wohl das Vorrecht der Jugend, dachte Sidonia.

„Aber der Fall lag doch ganz anders", rief Mercedes aus.

„Der Detektiv war der alte Polizist, der nun wieder zu stochern begann…" Sie brach ab. Sie merkte selbst, dass es nicht so viel anders war. Jemand stocherte und recherchierte da, wo die Polizei ihre Arbeit machen sollte. Was, wenn auch sie der Wahrheit zu nahe kamen?

„Danke, dass ihr mir helfen wollt. Aber ich möchte nicht, dass ihr euch in Gefahr begebt. Falls sich die Lage zuspitzt, muss ich eben auch einen Detektiv beauftragen. Der hat dann etwas mehr Erfahrung, das Schnüffeln ist schließlich sein Job."

Sidonia schob schwungvoll die ausgebreiteten Karten zusammen und erhob sich. „So! und da ich nicht, wie versprochen gekocht habe, lade ich euch jetzt zum Essen ein. Und danach könnt ihr noch ins Kino gehen - oder was immer ihr unternehmen wollt - und ich fahre nach Hause. Worauf habt ihr Lust? Chinese? Grieche? Spanier?"

Kapitel 6
Sonntag

Klaus Wittek hatte schlecht geschlafen. Die Gedanken kreisten unaufhörlich in seinem Kopf. Er war zu sehr Reporter, um die Angelegenheit einfach auf sich beruhen zu lassen. Zu seinem Job gehörte das Recherchieren, das Erkennen von Zusammenhängen. Das war auch hier notwendig und es schien ihm nahezu unmöglich, das abzugeben. Nicht mal an die Polizei. Er würde selbst Nachforschungen anstellen.

Am Ende war es sowieso nur eine Frage der Zeit, bis er selbst ins Kreuzfeuer geriet. Die Polizei würde herausfinden, dass eigentlich er die Artikelserie schreiben sollte, aus der Axel jetzt ein Buch zaubern wollte. Axel hatte alles an sich gerissen. Auch Alwin Hübner, Chef des *Impuls*, war nicht immer sonderlich erfreut über Axels selbstgerechte Art. Aber er wusste auch, dass Axel erfolgreich war und viele Leser genau darauf ansprangen. Er war ein großer Teil des Erfolgs des kleinen Verlags gewesen.

Die Polizei würde womöglich nicht verstehen, dass er, Klaus, am Ende froh darüber war, dass er die Serie nicht schreiben musste, weil er erkannt hatte, wie viele Feinde man sich mit diesem Thema machen konnte. Axel war das gleichgültig. Der konnte wesentlich besser mit Feindschaft umgehen. Hatte er jetzt die Quittung dafür bekommen? Das hatte er Klaus' Meinung nach nicht verdient. Das ging entschieden zu weit.

Früher war er selbst auch anders gewesen. Rücksichtsloser, karrieregeiler. Er hatte seine Familie dabei aufs Spiel gesetzt, war inzwischen geschieden und lebte nun allein. Zum Glück hatte er heute ein gutes Verhältnis zu seiner Exfrau und seinen zwei Töchtern im Teenageralter.

Er seufzte tief und schüttelte die Gedanken an die Vergangenheit ab. Entschlossen klappte er sein Laptop auf und durchforstete es. Schnell hatte er gefunden, was er suchte.

Madame Sidonia – Kartenlegerin – Handleserin – Lebensberaterin – Meditationsleiterin – Autorin. Autorin? Er runzelte die Stirn und sah sich genauer an, um was es da ging. Ah, sie hatte ein Buch über Hellseherei geschrieben. Ein Begriff, den sie laut Klappentext überhaupt nicht mochte. Er kam nicht in ihren Angeboten vor. Klaus glaubte nicht, dass Axel ihr mit seinem Artikel geschadet hätte. Dadurch wären die Leute doch nur neugierig auf die Frau geworden.

Klaus glaubte nicht an den Spruch *„Es gibt keine schlechte Publicity – jede Publicity ist besser als keine."* Aber in diesem Fall könnte es durchaus zutreffen.

Axels Anliegen war nicht unbedingt, seinen Mitmenschen bewusste zu schaden. Ihm ging es nur darum, Vorteile für sich selbst herauszuschlagen. Dabei ging er dann in der Tat über Leichen und es war ihm gleichgültig, wem er schadete, wer auf der Strecke blieb. Aber der Antrieb für sein Handeln war immer sein eigener Vorteil gewesen.

Klaus sah auf die Zeitangabe seines Handys. Halb neun an einem Sonntagmorgen. Konnte er da schon bei Madame Sidonia anrufen? Er beschloss, noch eine halbe Stunde zu warten, aber das sollte dann reichen. Meine Güte, es musste schließlich auch im Interesse der Frau sein, dieses Rätsel zu lösen. Immerhin stand sie auch unter Verdacht, wenn er die

Polizei richtig verstanden hatte. Wenn er auch nicht genau wusste, warum. Doch nicht etwa wegen des Artikels? Da musste noch etwas anderes sein.

Und Tenbrock würde er auch anrufen und ihm stecken, dass man bei der Suche nach Verdächtigen den *Impuls* nicht vernachlässigen sollte. Die Tätersuche war zwar nicht Tenbrocks Aufgabe, aber der konnte das sicher besser an die Polizei vermitteln als er, Klaus. Er würde doch gleich als Denunziant dastehen, als Nestbeschmutzer. Immerhin ging es um seinen Arbeitsplatz. Vor allem mit einem jungen Kollegen hatte Axel sich in der letzten Zeit häufiger angelegt.

Mercedes lag schon eine ganze Weile wach in ihrem Bett. Sie machte sich Sorgen. Irgendwie lief da gerade etwas ganz schön schief.

David neben ihr erwachte langsam. Er stützte sich auf den Ellebogen und schaute auf Mercedes herab.

„Stimmt etwas nicht?", fragte er.

„Ich mache mir Sorgen."

„Wegen dieser Geschichte mit dem Journalisten?"

„Mmm. Was sonst."

„Das wird sich schon aufklären. Außerdem wird deine Mutter das bestimmt in den Griff kriegen. Wenn ihr wollt, können wir ja mal zusammen in den Haxtergrund fahren und sehen, ob wir diese Hütte finden. Der Ort ist ja inzwischen bekannt geworden."

„Mmm, aber was soll das denn bringen?"

„Vielleicht fühlt Sidonia dort ja irgendetwas."

„Ich glaube nicht, so ist Mama nicht."

„Wahrscheinlich hast du recht. War nur so eine Idee. Eine dumme."

Er beugte sich zu ihr herunter und küsste sie. Mercedes schlang ihre Arme um seinen Hals und zog ihn an sich.

Das Telefon läutete. Die Geschäftsnummer.

Sidonia stöhnte. Sie hatte jetzt keine Lust dazu. Sie wollte keinen Termin - mit wem auch immer - machen. Sie konnte sich gerade nicht damit beschäftigen. Außerdem war Sonntag und diesen freien Tag hatte auch sie verdient.

Eigentlich wollte sie überhaupt nicht so weiter machen. Schon seit einer ganzen Weile spukte ihr der Gedanke im Kopf herum. Sie wollte nicht immer und immer wieder die Schicksale anderer Menschen sehen. Es wurde einfach zuviel. Gerade jetzt in dieser Situation brach das Gefühl deutlich hervor. Sie brauchte mindestens eine Auszeit. Und zwar eine, die länger dauerte als ein normaler Urlaub. Mindestens sechs Wochen, vielleicht auch paar Monate.

Sie ließ es läuten. Der Anrufbeantworter sprang an.

„Guten Tag Madame Sidonia – oder wie soll ich Sie ansprechen?", erklang eine Männerstimme. Sie war angenehm, tief, aber nicht laut, mit einem heiseren Unterton. „Mein Name ist Klaus Wittek. Ich bin… ich war ein Kollege von Achim Nübel bzw. Axel Neufeld. Ich weiß, dass Sie ihm vorhergesagt haben, dass er in Gefahr ist. Und ich weiß…. Ach… ich kann nicht alles auf den AB sprechen. Bitte rufen Sie mich an. Ich würde Sie wirklich gerne sprechen. Ich…"

In dem Moment hob Sidonia den Hörer ab.

Sidonia hatte das Haus verlassen, ohne sich zu verabschieden. Sie wollte nicht über ihren Plan diskutieren. Sie hatte Mercedes und David lediglich einen Zettel hingelegt, auf dem stand, dass sie sich mit einem Kollegen des Ermordeten treffen würde.

Warum tue ich das eigentlich, ging es ihr durch den Kopf, als sie in ihren Renault Twingo stieg, den sie bereits seit vielen Jahren fuhr und Richtung Paderborner Innenstadt steuerte, wo Wittek eine Eigentumswohnung bewohnte.

Sie konnte ihre eigene Frage nicht beantworten. War so ein Gefühl. Und sie hatte gelernt, auf ihre Gefühle zu vertrauen. Vielleicht fand sie in ihm einen Verbündeten, um ihre Unschuld beweisen zu können.

Sie rechnete eigentlich nicht damit, dass der Verdacht gegen sie allzu groß war. Obwohl… die Tarotkarte hatte ihr schon geschadet. Dass es ihre war, stand inzwischen zweifelsfrei fest. Ihre Fingerabdrücke waren gefunden worden, aber das war ihr sowieso schon klar gewesen. Und so war es für die Polizei natürlich unglaubwürdig, dass sie behauptete, niemals in der Hütte gewesen zu sein. Für die Polizei war es viel wahrscheinlicher, dass sie nach Neufelds Anruf hingefahren war und eine Karte dort vergessen hatte. Ja, sie verstand die Sichtweise der Polizei sogar. Dass bei ihr eingebrochen wurde, um ein einziges Deck Tarokarten zu stehlen, kam sogar ihr widersinnig vor.

Auf jeden Fall empfand sie es als sehr belastend, dass auch nur der Hauch eines Verdachtes auf ihr lag.

Sidonia fand einen Parkplatz nur wenige Meter von dem vierstöckigen Haus entfernt und ging mit schnellen Schritten auf die Tür zu. Sie setzte ihre Lesebrille auf, um die Namen auf den Klingelschildern erkennen zu können und drückte auf den Knopf in der obersten Reihe. Wittek wohnte also ganz oben. Sie war nicht nervös, aber sie konnte es nicht erwarten, was er ihr zu erzählen hatte.

„Oh Verdammt!", schrie Mercedes durch das Haus.
David kam aufgeschreckt aus dem Bad und rannte, nur mit Boxershorts bekleidet, die Treppe herunter. „Was ist denn los?"
Mercedes hielt ihm den Zettel mit Sidonias Handschrift entgegen.

> Habe einen Anruf vom Kollegen des Ermordeten
> bekommen. Er will selbst recherchieren und mit
> mir reden. Ich werde mich mit ihm treffen. Lasst
> euch euer Frühstück schmecken.
> Bin bald zurück, Mama.

„Na hoffentlich geht das gut", meinte David lakonisch.
„Du siehst das ja locker", maulte Mercedes.
„Deine Mutter ist erwachsen. Wir sind wirklich nicht für sie verantwortlich. Und das wollte sie auch nicht, sonst hätte sie uns ja Bescheid gesagt. Also bleib ruhig. Wird schon gut gehen."
„Und wenn das der Mörder ist?"
„Und wieso sollte der Mörder deine Mutter zu sich zitieren? Merci, deine Fantasie geht mit dir durch. So, kann ich jetzt duschen?"

Sie nickte. Wahrscheinlich hatte er recht.

Sie sah ihm nach, als er die Treppe hinaufstieg und ging zurück ins Wohnzimmer, wo der gedeckte Frühstückstisch wartete und schenkte sich schon mal einen Kaffee ein.

Sidonia war etwas außer Atem, weil sie die vier Stockwerke zu Fuß hinaufgegangen war. Klaus Wittek schien es nicht zu bemerken oder ging bewusst nicht darauf ein. Er wirkte sympathisch.

Sein Alter schätzte Sidonia auf Mitte vierzig. Er war groß, deutlich größer als dieser Nübel alias Neufeld, dafür aber untersetzt, was ihn ziemlich wuchtig erscheinen ließ. Sein Gesicht wirkte großflächig, aber nicht unattraktiv, obwohl seine Nase ein bisschen zu dick war. Seine Haare waren noch voll und dunkel, seine Augen braun und freundlich. Sidonia las eine Traurigkeit darin, was vermutlich nicht besonders merkwürdig war, er hatte schließlich gerade erst einen Freund verloren. Vielleicht war es sogar Resignation, aber weswegen sollte er resignieren?

„Ich freue mich, dass Sie gekommen sind", begrüßte er Sidonia ohne dass seine Stimme diese Emotion wiedergab. Er führte sie in sein kleines Büro mit Blick auf den Paderborner Dom.

„Ich kann mir nur nicht vorstellen, wie ich Ihnen helfen kann", erwiderte Sidonia, während sie sich ihm gegenüber in die Sitzecke um den niedrigen Glastisch niederließ.

„Das weiß ich auch noch nicht. Ich wollte einfach mit Ihnen sprechen, weil Sie ihm vorhergesagt haben, dass er in Gefahr sei. Woran haben Sie das festgemacht?"

Sidonia stöhnte. Immer wieder dieselbe Frage. Sie konnte es allmählich nicht mehr hören. „Herr Wittek, ich haben Ihrem Kollegen die Karten gelegt. Und die fallen nun mal nicht rein zufällig, sondern werden unbewusst genau so gemischt, dass sie die Situation des Kunden wiedergeben. Es ist mir gleichgültig, ob Sie daran glauben oder nicht, auf jeden Fall sagte die Kartenkonstellation eine Gefahr voraus und offensichtlich hat das gestimmt."

Wittek legte die Stirn in Falten. Sie schien verärgert zu sein über seine Frage.

„Sie werden das genau so hinnehmen müssen, auch wenn Sie selbst nicht daran glauben. Wenn wir das infrage stellen wollen, kann ich gleich wieder gehen. Ich habe keine anderen Anhaltspunkte für meine Vorhersage", fuhr sie fort.

Klaus Wittek hob beschwichtigend die Hände.

„Sie sind in Verdacht geraten, weil Axel den negativen Artikel über Sie schrieb. Dass Sie dann auch noch die Gefahr vorhergesagt haben, verstärkte diesen Verdacht."

„Ja, das weiß ich. Die Polizei hackt auch auf dieser Tatsache herum."

Sie blickte ihn fest an, versuchte zu ergründen, ob er ehrlich war.

„Ich habe nicht vor, Sie anzulügen. Und ich lege Sie auch nicht rein. Okay, ich gebe Ihnen einen kleinen Vertrauensvorschuss. Ich bin Reporter, von daher steckt mir das Recherchieren im Blut. Aber ich befürchte auch, selbst in Verdacht zu geraten. Das Buch über überflüssige Berufe, das Axel schrieb, sollte ursprünglich ein Artikel sein, den ich hätte schreiben sollen. Aber dann kam Axel. Aggressiver in seiner Art zu schreiben, reißerischer, anprangernd statt informierend. Das kam an. Ich war das Thema los. Und Axel schlachtete es noch mehr aus, als geplant. Er begann ein Buch zu schreiben."

„Und? War das für Sie sehr schlimm?"

„Zuerst schon. Immerhin sollte es eine Serie werden. Das hätte auch meiner Karriere gutgetan."

Sidonia nickte. „Zuerst?"

„Ja, später dachte ich, ich könnte niemals so schreiben. Axel hat es nichts ausgemacht, sich Feinde zu machen, mir schon. Also dachte ich, es war vielleicht besser so."

Vertrauen gegen Vertrauen, ging es ihr durch den Kopf.

„Bei dem Toten wurde eine Tarotkarte gefunden", berichtete sie. „Es war eindeutig eine von meinen. Kurz vorher war bei mir eingebrochen worden. Ich habe bemerkt, dass Türen offen standen, die immer geschlossen waren, aber nichts wurde gestohlen. Erst, als diese Karte auftauchte, bemerkte ich, dass ein Tarot-Kartendeck fehlte. Das hatte ich nicht überprüft, wer kommt auch auf so eine Idee. Aber die Polizei ist skeptisch. Ein Einbruch wegen Tarotkarten? Sie glauben, dass ich Axel Neufeld in der Hütte besucht habe. Dummerweise hatte er mich angerufen und tatsächlich eingeladen. Aber ich habe abgelehnt."

„Wieso stiehlt man Tarokarten? Die hätte man doch einfach kaufen können?", wandte Klaus Wittek ein.

Sie nickte. „Aber auf denen wären nicht meine Fingerabdrücke."

„Aaah. Sie glauben, man hat absichtlich eine Spur zu Ihnen gelegt."

Sie hob die Schultern. „So sieht es für mich aus, ja."

Plötzlich schien ihm etwas einzufallen. „Frau Okebe, entschuldigen Sie, ich habe Ihnen gar nichts angeboten. Wie wäre es mit einem Glas Wasser oder einem Saft?"

„Gerne einen Saft."

Er stand auf und holte zwei Gläser und eine Flasche Orangensaft. Nachdem er eingeschenkt und einen großen Schluck getrunken hatte, fuhr er fort: „Ich habe schon überlegt, einen Detektiv zu beauftragen. Was halten Sie davon?"

„Aber die Polizei arbeitet doch an dem Fall."

„Ja, mit unendlich vielen Verdächtigen. Nicht nur uns beiden. Sogar die Ehefrau ist verdächtig. Auch ihr Beruf wurde in dem Artikel denunziert. Typberatung für abgehobene Damen, die nichts anderes als ihr Aussehen im Kopf haben." Er hob die Hände. „Nicht meine Meinung. Außerdem gibt es einen Koch, der aufgrund von Axels Artikel seinen Job verloren hat. Und noch einiges mehr. Axel hat verbrannte Erde hinterlassen. Irgendwann verbeißt die Polizei sich in den oder die Falsche und die oder der wandert dann erst mal in Untersuchungshaft. Ein Detektiv kann ganz anders im Hintergrund agieren. Vielleicht findet er mehr heraus. Wäre eine zusätzliche Möglichkeit."

Er verschwieg, dass er auch schon mit dem Anwalt Tenbrock gesprochen hatte und den Verdacht geäußert hatte, dass in der Zeitung etwas nicht mit rechten Dingen zuging. Er musste jetzt vorsichtig agieren, verschiedene Wege einschlagen.

„Meinen Sie? Das ist sicher ziemlich teuer oder nicht?", fragte Sidonia.

Er winkte lässig ab. „Das soll nicht Ihr Problem sein. Ich kenne da jemanden."

Sidonia kniff die Augen zusammen. Irgendwie war sie miss-trauisch. Was bedeutete das? War das einfach eine Mittei-lung, dass er einen Detektiv kannte oder war das ein Hin-weis? *Ich kenne jemanden, der schustert mir hin und wieder Informationen zu – der recherchiert für uns, um andere denunzieren zu können?*

Egal, es war in ihrem Interesse, dass die Sache schnell aufgeklärt wurde. Sie wollte nicht noch tiefer hinein-verstrickt werden. Oder verstrickte sie sich auf diese Weise erst recht noch tiefer hinein?

Verdammt, was war mit ihr los? Sie hatte sich immer auf ihre Intuition verlassen können. War mit dem Leben ge-schwommen und hatte ihre erste Entscheidung nicht infrage gestellt. Die war immer richtig. Was passierte mit ihrer Intu-ition in dieser verfluchten Angelegenheit? Grübelte sie zu viel?

„Nun? Was halten Sie davon?", hakte er nach. Er war durch-aus freundlich, aber schon etwas drängender.

„Warum brauchen Sie mich dazu?", fragte sie. „Sie hätten einfach jemanden engagieren können."

„Das stimmt. Ich wollte einfach mit Ihnen reden, weil Sie vorhergesagt hatten, dass Axel in Gefahr war. Ich hatte ge-hofft, Sie wüssten mehr."

Sie schüttelte den Kopf. „Wir könnten versuchen, Ihnen die Karten zu legen. Oder in Ihrer Hand zu lesen. Vielleicht gibt es Parallelen."

Doch er verneinte entschieden. „Das möchte ich nicht. Diese Dinge erschrecken mich."

Die letzte Aussage war Humbug, das erkannte Sidonia auch ohne Kartenlegen. Aber wenn er nicht wollte, würde sie ihn nicht drängen.

„Dann reden Sie mit dem Detektiv. Es ist Ihre Entscheidung, denn Sie bezahlen ja auch."

Er nickte. „Gut. Der Mann, den ich anrufen werde, heißt Bruno Feldmann. Ich sage ihm, dass er mit Ihnen sprechen kann."

Sie hob fragend ihr Kinn. Wozu?, dachte sie. Aber sie fragte nicht weiter nach. Sie würde wieder die gleiche Antwort erhalten. Sie hatte die Gefahr vorhergesagt. Er glaubt nicht, dass sie nicht mehr wusste. Ebenso wenig wie alle Skeptiker, wie Markus Otten und wie dieser Anwalt Jan Tenbrock. Vielleicht würde sie Wittek überzeugen können, wenn sie seine Karten legte oder in seiner Hand las. Aber das lehnte er ja nun mal ab.

„Was glaubst du nach unseren ersten Vernehmungen?", fragte Evelyn ihren Kollegen Markus Otten. „Du glaubst nicht wirklich, dass die Wahrsagerin etwas damit zu tun hat?"

„Kartenlegerin und Handleserin", korrigierte er ironisch.

Evelyn warf spielerisch einen Stift nach ihrem Kollegen. „Nun sei nicht so sarkastisch. Es gibt eben mehr zwischen Himmel und Erde als du dir vorstellen kannst. Eine Freundin von mir ist jahrelang regelmäßig zu einer Kartenlegerin gegangen. Also wenn sie hier auftauchen würde mit einer Vision, die ihr von irgendwoher zugeflogen ist, wäre ich ja bei dir. Aber an Handlesen und Kartenlegen ist schon was dran."

„Glaubst du?"

„Mm", sie nickte.

„Na ja, wer weiß. Ich halte trotzdem nichts davon."

„Musst du nicht. Aber glaubst du deshalb, dass sie etwas mit dem Tod des Journalisten zu tun hat?"

„Sie hat immerhin die Gefahr vorausgesagt."

„Jetzt drehen wir uns aber im Kreis", erwiderte sie mit leichtem Vorwurf.

„Mal ganz davon abgesehen, ob etwas dran ist oder nicht – glaubst du, sie sagt ihm eine Gefahr voraus, wenn sie vorhat, ihn zu töten?"

Er verzog missbilligend den Mund. „Natürlich nicht. Sie hat erst danach von dem Buch oder Artikel oder was auch immer erfahren und wollte die Veröffentlichung verhindern."

Evelyn machte eine weit ausholende Armbewegung. „Nonsens. So etwas sind Wahrsager doch gewohnt."

„Ja, das stimmt schon. Ich hatte sie als Verdächtige auch gar nicht auf dem Schirm, das habe ich auch schon mal gesagt. Aber jetzt, nachdem diese Tarotkarte aufgetaucht ist… Wir dürfen das nicht einfach ignorieren", gab Markus Otten zu Bedenken.

„Kann doch wirklich sein, dass der Typ heimlich ein Kartendeck hat mitgehen lassen. Zu Recherchezwecken oder so was."

„Mmmm. Ja, möglich wäre es immerhin. Aber auch nicht wirklich nahe liegend. Das hätte er sich auch kaufen können. Genauso gut kann es sein, dass Frau Okebe seiner Einladung in den Haxtergrund Folge geleistet hat und zu dem Zeitpunkt das Deck mitgenommen hat. Ev, wir haben nur eine einzige Karte gefunden. Wo ist der Rest? Da liegt es doch nahe, dass sie beim Zusammenräumen der Karten eine einzelne übersehen hat."

Evelyn hob die Schultern. „Ja, möglich wäre das natürlich. Und rund ist deine Erklärung auch. Aber ich glaube einfach nicht daran."

Otten grinste. „Weibliche Intuition, was? Okay, überlegen wir mal, was wir bisher haben. Neben Frau Okebe wäre da die Ehefrau Kerstin Neufeld. Sie hat im Grunde dasselbe Motiv: der denunzierende Artikel über ihre Arbeit", meinte Otten.

„Das Motiv ist vielleicht sogar stärker, denn Kerstin Neufeld dürfte so etwas in ihrem Job nicht unbedingt gewohnt sein. Noch dazu von ihrem eigenen Ehemann. Hinzu kommt Eifersucht, falls sie entgegen ihrer Behauptung von der Geliebten gewusst hat."

„Ja, wenn. Offenbar hat sie ja erst davon erfahren, als sie mit ihrem Anwalt die Papiere durchgegangen ist", erwiderte Markus Otten. „Dasselbe gilt dann übrigens auch für diese Charlotte Behrens. Vielleicht hatte sie die Nase voll vom ewigen Warten oder Neufeld wollte sie verlassen und sie ist ausgerastet."

„Stimmt. Allerdings – ob sie riskiert, dass ihre kleine Tochter plötzlich allein dasteht, weil sie ins Gefängnis geht?", überlegte Evelyn.

„Kann ja im Affekt passiert sein. Ich hab schon Pferde kotzen sehen."

„Dann gibt es noch den Koch Theo Rakow. Der hat auf jeden Fall ein Motiv. Er hat aufgrund eines Artikels von Neufeld seinen Job verloren. Und er hat einen Drohbrief geschrieben."

„Oh ja. Der war noch ganz schön sauer. Und wenn er das sogar uns gegenüber so deutlich zeigt…" Markus wedelte vielsagend mit der Hand.

„Und was ist mit diesem Kollegen Klaus Wittek?", fragte er dann.

„Was soll mit dem sein?"

„Na, Neufeld hat die guten und vielversprechenden Artikel bekommen. Auch diese Berufsserie war zuerst ihm angeboten worden. Das hat uns doch Alwin Hübner, der Besitzer des *Impuls*, selbst erzählt."

„Stimmt. Und merkwürdigerweise hat Wittek das mit keinem Wort erwähnt. Das macht ihn schon verdächtig", stimmte Evelyn zu.

„Und das sind nur diejenige, die Neufeld sich in der letzten Zeit zu Feinden gemacht hat. Ich habe Angst vor dem, was wir noch alles finden, wenn wir weiter graben."

Evelyn nickte. „Ja, der war wohl kein angenehmer Zeitgenosse. Man kann sich ja förmlich Verdächtige aussuchen."

Markus Otten stöhnte. „Ja, aber einfacher wird der Fall dadurch nicht."

Klaus Wittek starrte noch immer die Wohnungstür an, als Sidonia schon längst gegangen war. In seinem Kopf kreisten alle Gedanken wild durcheinander. Einen Moment lang hatte er überlegt, reinen Tisch zu machen, die Karten wirklich offen darzulegen. Aber was würde das für ihn bedeuten? Er hatte Sidonia nicht die ganze Wahrheit gesagt. Ob sie es bemerkt hatte? Viele Menschen bemerkten instinktiv, wenn sie belogen wurden und sie war immerhin eine Hellseherin. Na ja, gelogen hatte er auch nicht, nur eben nicht die ganze Wahrheit gesagt. Nicht alles preisgegeben, was er wusste. Er kannte die Hintergründe, warum Axel für seine Recherchen ausgerechnet zu ihr gegangen war. Axel war ein intriganter, morbider Charakter. Jetzt, da er tot war, empfand Klaus das noch viel mehr als zuvor. Und er hatte ein schlechtes Gewissen deswegen. Über Tote sollte man nicht so schlecht denken.

Er ging zurück zu seinem Schreibtisch, schaltete seinen Laptop an und öffnete seine E-Mails.

„Ich bin zurück! Und ich weiß, was vor fünfzehn Jahren gelaufen ist. Ihr habt mir nicht nur meine Fotos gestohlen, sondern auch meine Karriere und Jahre meines Lebens, die ich sicher anders verbracht hätte, wenn ich diese Fotos selbst herausgebracht hätte. Sie waren gut und revolutionär. Egal – das muss ich euch nicht erklären, Ihr wisst ja, was damals geschehen ist. Ich war lange im Ausland, um zu vergessen. Aber jetzt bin ich zurück. Und ich habe nicht vergessen. Axel Neufeld und Klaus Wittek, ich werde mich rächen. Ich werde euch beide vernichten. Jetzt werdet ihr mit eurer Karriere für das, was ihr mir angetan habt, bezahlen."

Klaus hatte die Mail schon so oft gelesen, dass er sie auswendig konnte. Sie war gleichzeitig an ihn und Axel gegangen. Aber Axel hatte sie offenbar gelöscht. Und zwar gründlich. Klaus war sicher, dass die Polizei sich seinen Laptop vorgenommen hatte und wenn sie etwas gefunden hätten, hätten sie ihn, Klaus, wohl darauf angesprochen. Sie hätten in der Mail erkannt, dass sie auch an ihn gegangen war.

Er verzog das Gesicht und schloss die Mail. Es brachte nichts, sie immer wieder anzustarren. Er würde jetzt den Detektiv Bruno Feldmann anrufen und davon berichten. Ihm allein würde er die ganze Wahrheit erzählen müssen, sonst konnte er sich den Anruf gleich sparen. Außerdem musste er ihm von der Verbindung des Mailversenders zu Sidonia berichten, von der die im Moment selbst nichts ahnte.

Ach, warum musste Axel ausgerechnet zu ihr gehen? Wenn die Polizei von der Verbindung erführe, würde sie noch stärker in Verdacht geraten. Und auch er selbst würde tiefer in die Sache verstrickt werden, als er wollte. Auch er würde stärker in Verdacht geraten als er es schon war und sich obendrein für alte Sünden rechtfertigen müssen. Oh Mann, was für ein Schlamassel. Und was für ein Durcheinander.

Er traf Sidonia, damit sie zusammenarbeiteten, er sprach mit der Polizei, mit Jan Tenbrock, mit seinen Kollegen… und allen warf er nur Bröckchen der Wahrheit hin. Gerade so viel, wie in dem Moment nötig war. Genug, um nicht selbst schlecht dazustehen, um keinen falschen Verdacht auf sich zu lenken.

Verdammte Scheiße. Was wollte der Typ nach so langer Zeit wieder hier? Hatte der Axel ermordet? Er wollte ihre Karrieren zerstören, aber vielleicht hatte er ja Axel getroffen und das Wiedersehen war irgendwie eskaliert. Wenn er auf Verständnis von Axel gehofft hatte, wäre er sicher enttäuscht worden. Ach, Klaus wusste einfach nicht weiter. Und er wollte nicht, dass diese alte Geschichte bekannt wurde. Er selbst würde sich dadurch nicht gerade mit Ruhm bekleckern.

Er stöhnte laut vor sich hin.

Man sieht sich immer zweimal im Leben, hieß es. Diese zweite Begegnung mit Rick Foster, wie der sich offenbar inzwischen nannte, war eindeutig für ihn nicht wünschenswert. Und wenn die Begegnung Axel wirklich das Leben gekostet hatte, musste die Polizei am Ende doch eingeweiht werden. Aber erstmal kam jetzt Bruno Feldmann dran.

Die Tür zu Jans Arbeitszimmer wurde vorsichtig aufgeschoben. Der Kopf seiner Ehefrau Katja erschien. „Jan, es ist Sonntag, wollen wir nicht mit den Kindern noch etwas machen? Spazieren gehen oder auf den Spielplatz?"

Er nickte geistesabwesend. Katja trat ein und ging zu ihm. „Die Sache mit Axel nimmt dich ziemlich mit, ja?"

„Ja, schon. Kerstin ist ziemlich fertig."

„Er war nicht so nett, wie du vielleicht denkst."

Er sah sie fragend an. „Weibliche Intuition. Ich hatte nie ein gutes Gefühl in seiner Nähe."

„Vermutlich hattest du recht. Wir haben herausgefunden, dass er eine Geliebte hatte."

Katja lachte unfreundlich auf. „Interessant. Wieso fallen die Frauen nur immer auf so einen rein?"

„Sie hat eine kleine Tochter."

Jetzt horchte sie auf. „Seine Tochter?"

„Ja, sie ist fast drei Jahre alt."

Sie stand hinter ihm und begann, seine Schultern zu massieren. „Das ist allerdings eine Neuigkeit. Wie verkraftet Kerstin das? Immerhin wollte er mit ihr nie Kinder haben."

„Sie wollte doch auch keine Kinder. Trotzdem hat sie daran ganz schön zu knabbern. Sie hat ihm wirklich vertraut."

„Erstaunlich. Wie auch immer, lass uns rausgehen, frische Luft wird dir gut tun. Was immer du in deiner Eigenschaft als Anwalt noch klären musst, kannst du auch noch morgen klären. Und als Freund warst du für Kerstin da. Und du hast ihr angeboten, zu uns zu kommen."

Er nickte leicht, ohne wirklich ihre Worte zu hören. Er fühlte, wie seine Schultern sich entspannten und nahm erst jetzt wahr, wie verspannt sie gewesen waren.

„Klaus Wittek hat angerufen. Er meint, dass Axel auf irgendwelche Ungereimtheiten in der Zeitung gestoßen ist", erzählte er.

„Was genau?"

„Weiß Wittek nicht. Axel hat nicht viel erzählt. Es gab wohl mal eine Andeutung, dass in einem Wohltätigkeitsfonds Geld unterschlagen wurde."

„Was wirst du unternehmen?"

Er hob die Schultern. „Vielleicht setze ich unseren Referendar darauf an. Mal sehen. Vielleicht stecke ich das auch der Polizei. Vielleicht beides."

„Das ist Aufgabe der Polizei und der Staatsanwaltschaft", erwiderte Katja eindringlich.

„Papa! Papa!" Die beiden Kinder stürmten ins Arbeitszimmer.

„Liest du uns eine Geschichte vor?"

„Oder spielst du mit uns Memory?"

Jan breitete seine Arme aus und die zwei Kleinen flogen hinein. Er umfing sie, küsste sie aufs Haar.

Er blinzelte seiner Frau über ihren Köpfen hinweg zu. Sie nickte leicht.

„Ich weiß, die Sache bewegt dich mehr als andere Fälle, das ist auch verständlich, aber du kannst heute nichts mehr ausrichten."

Nein, das konnte er nicht. Er wünschte, Axel hätte ihm mehr vertraut. Er hatte das untrügliche Gefühl, dass da viel mehr unter der Oberfläche schwelte, als er ahnte. Aber auch das brauchte ihn heute nicht weiter zu interessieren.

„Ich komme. Zuerst machen wir einen Spaziergang und dann spielen wir Memory. In Ordnung?", fragte er.

Die Kinder lösten sich von ihm und hüpften jubelnd aus dem Zimmer. Er lächelte ihnen nach und stand auf. Er zog Katja an sich und verließ gemeinsam mit ihr ebenfalls den Raum. Das Zusammensein mit der Familie würde ihn ablenken und die kreisenden Gedanken hoffentlich zum Stillstand bringen.

Bruno Feldmann hatte sich gerade eine Stulle dick mit Salami belegt und ein Bier eingeschüttet, als das Telefon klingelte.

„Sonntagabend", brummte er vor sich hin, biss herzhaft in sein Brot und erhob sich etwas träge.

„Feldmann", meldete er sich mit vollem Mund.

„Hallo Bruno, hier ist Klaus. Ich brauche dringend deine Hilfe."

Klaus hatte durchaus darüber nachgedacht, ob er bis morgen warten sollte, bis Bruno in seinem Büro erreichbar war. Erst am Abend hatte er sich entschlossen, doch noch anzurufen, weil er immer unruhiger wurde und die Nacht über wohl durchgedreht wäre, wenn er sich nicht alles von der Seele geredet hätte. Außerdem konnte Bruno so gleich morgen früh mit seinen Recherchen beginnen.

„Hab schon gehört, dem Axel ist was passiert", brummte Feldmann.

„Er wurde ermordet."

„Oh Mann. Hat die Polizei schon einen Verdächtigen?"

„Einen? Mehrere. Aber es gibt da etwas, das sie nicht wissen. Das würde ich gerne mit dir besprechen. Kannst du herkommen? Oder soll ich zu dir kommen?"

Bruno sah sich in seinem kleinen Wohnzimmer um. Seine Wohnung war in Ordnung für eine Person - kleine separate Küche, die man direkt vom Wohnzimmer aus betreten konnte, mit einer Küchenzeile und einem kleinen Tisch, an dem gerade mal zwei Personen Platz nehmen konnten - Sessel, ausziehbares Sofa, Couchtisch, Fernseher im Wohnbereich, Terrassentür, durch die er in den Gemeinschaftsgarten gehen konnte - Schlafzimmer, das ebenfalls direkt an das Wohnzimmer grenzte - Bad. Nichts aufregendes, aber okay.

Besonders aufgeräumt war es allerdings nicht. Und er hatte keine Lust auf Besuch. In seinem Büro in der Stadt war das etwas anderes. Das war geschäftlich, hier war privat. Aber noch mal losfahren? Er sah auf das Bier neben seinem Brot auf dem Couchtisch und versuchte etwas unentschlossen abzuwägen.

„Okay, ich bin in einer halben Stunde bei dir. Auf einen Sprung", entschied er. Auf die Art konnte er wenigstens gehen, wann er wollte.

„Ja, danke. Nur ganz kurz, ich verspreche es", erwiderte Wittek.

Bruno legte auf und stöhnte. So viel also zu seinem gemütlichen, faulen Sonntagabend. Er hatte ein ganz merkwürdiges Gefühl. Er würde zwar Klaus nicht gerade als Freund bezeichnen, aber doch irgendwie als Kumpel. Axel hatte er nicht besonders gemocht, aber Klaus schon. Sie hatten sich vor zwei Jahren bei Recherchen kennen gelernt. Damals ging es um die Arbeit eines Detektivs. Seitdem gingen er und Klaus hin und wieder ein Bier trinken. Na ja, er machte sich keine Illusionen. Axel und Klaus arbeiteten schon lange zusammen, obwohl Axel sehr viel skrupelloser war. Die zwei mussten mindestens eine gemeinsame Leiche im Keller haben, anders konnte er sich diese anhaltende Zusammenarbeit nicht denken. Vielleicht war jetzt der Zeitpunkt gekommen, sie auszubuddeln.

Er setzte sich an den Tisch und genehmigte sich einen weiteren Schluck Bier. Nachher würde es warm und schal sein. Aber immer noch besser, als am Ende mit Klaus hier zu versumpfen.

Er schob sich seine Salamistulle in den Mund und brach auf.

Kapitel 7
Montag

Bruno Feldmann wusste nicht recht, wo er anfangen sollte.

Als erstes fuhr er am Morgen bei der Kartenlegerin vorbei. Er musste mit ihr über diese Mail sprechen. Entweder wurde jetzt mit offenen Karten gespielt oder er ließ die Finger von dem Fall. Diese Verschleierungstaktik mitzumachen, war ihm jedenfalls zu anstrengend und würde ihn nur hemmen. Das hatte er Klaus Wittek auch klar gemacht.

Er war gerade noch rechtzeitig auf die Idee gekommen, Sidonia Okebe vorher anzurufen, damit er sie nicht völlig unvorbereitet überfiel. Sie hatte schon mal eine angenehme Stimme, fand er.

Als er vor dem Haus stand, war er überrascht. Ein so verwildertes Durcheinander hatte er nicht erwartet. Warum eigentlich nicht? Nur, weil es so ungewöhnlich war? Eigentlich war es wunderschön.

Eine attraktive, dunkelhäutige Frau, die deutlich älter war, als er erwartet hatte, öffnete ihm und führte ihn in einen sehr spirituell eingerichteten Raum, vermutlich ihr Arbeitszimmer.

Sidonia lächelte ihm ermunternd zu, als sie seine Anfangsschwierigkeiten bemerkte.

Der Detektiv, den Klaus Wittek ihr angekündigt hatte, war wohl auch schon um die fünfzig, mittelgroß, nicht ganz einen Meter achtzig, mit einer drahtigen, sportlichen Figur. Wahrscheinlich musste er sich schon aus beruflichen Gründen fit halten. Sein mittelblondes Haar wurde an der

Stirn schon schütter, dafür war es im Nacken etwas länger. Eigentlich mochte sie solch leicht unperfekte Frisuren und Styles.

Seine Augen waren grau und wurden von vielen kleinen Falten umrahmt, während seine Stirn bereits einige tiefe Falten aufwies.

Sein Gesicht wirkte insgesamt etwas zu kantig, aber Sidonia fand, dass es ihm eine maskuline Ausstrahlung verlieh.

Er trug eine knielange Jeans und ein T-Shirt. Unter dem kurzen Ärmel blitzten auf dem rechten Arm schwarze Ornamente eines Tattoos hervor und auf der Innenseite seines Unterarms prangte ein Wolfskopf.

Ein merkwürdiges Gefühl kribbelte durch ihren Körper. Es war fast so wie damals, als sie die Gefahr ahnte, in der Judith Schlüter in Detmold schwebte. Doch Judith war eine Freundin. Dieser Mann war ihr fremd. Ebenso wie Klaus Wittek. Wieso also diese unterschwellige Angst?

„Ich weiß nicht, was Klaus Wittek sich von unserem Gespräch erhofft", sagte sie jetzt. „Ich kann Ihnen nicht helfen."

„Haben Sie eine Ahnung, wo ich mit meinen Recherchen anfangen kann?", fragte er.

Sie hob die Schultern. „Nein, da müsste Klaus Wittek mehr wissen als ich."

„Er weiß mehr. Er hat mir gestern Abend noch eine Drohmail gezeigt. Diese Mail ging an Axel Neufeld, der ja inzwischen ermordet wurde und an ihn selbst, Klaus Wittek. Neufeld scheint die Mail ignoriert und gelöscht zu haben. Die Polizei hat jedenfalls nichts auf seinem Computer gefunden. Es war keine Morddrohung. Der Absender hat angekündigt, die Karrieren von Wittek und Neufeld zu vernichten. Aber was heißt das schon. Es wäre immerhin möglich, dass ein eventuelles Gespräch zwischen Axel Neufeld und dem Absender eskaliert ist und derjenige Axel im Affekt getötet hat."

„Und? Was habe ich damit zu tun?"

„Es geht um eine alte Geschichte. Das Ganze ist über fünfzehn Jahre her. Dieser Mann - der Absender der Mail - ist ein Fotograf und steht offenbar in Verbindung mit Ihnen, Frau Okebe. Wenn die Polizei davon erfährt, werden Sie möglicherweise noch tiefer in alles verstrickt. Herr Wittek will, dass ich die Sache ohne Polizei kläre. Es geht ihm dabei auch darum, dass seine eigenen alten Sünden nicht ans Tageslicht kommen, denn offenbar haben er und Neufeld dem Mann damals Fotos gestohlen und damit eine länger angelegte Arbeit zerstört. Dafür will der sich jetzt, fünfzehn Jahre später, rächen, indem er seinerseits deren Karrieren zerstört. Klaus Wittek will, dass der Mann aus dem Verkehr gezogen wird. Am liebsten so, dass er die Stadt einfach wieder verlässt, so dass Klaus selbst unbeschadet aus der Angelegenheit herauskommt und dass Sie geschützt sind, Frau Okebe. Herr Wittek glaubt nämlich nicht, dass Sie etwas mit Neufelds Tod zu tun haben."

Sidonia wurde es während dieser kleinen Ansprache ganz heiß. Wie eine Hitzewelle, aber die hatte sie inzwischen hinter sich. Ihr Herz klopfte heftig, ohne dass sie wusste, warum. Die Vorahnung einer Katastrophe.

„Axel Neufeld hat Sie übrigens wegen Ihrer Verbindung zu diesem Mann bewusst für seine Recherchen ausgesucht. Er fand das wohl irgendwie… passend oder witzig, man weiß es nicht. Herr Neufeld war schon ein etwas... spezieller Mensch."

Sie nickte geistesabwesend.

Der Mann redete und redete, aber er redete am Thema vorbei.

Auch Bruno war klar, was er tat. Er wollte einfach nicht mit der Tür ins Haus fallen. Wieso um Himmels Willen musste ihm diese Aufgabe zufallen? Hätte Klaus das bei seinem Treffen mit der Frau nicht selbst erzählen können?

„Der Mann heißt Rick Foster und lebte in den letzten Jahren in Amerika."

Sie hob die Schultern. „Kenne ich nicht."

„Früher hieß er Richard Voss."

Das Zimmer drehte sich um sie herum. Die Bilder an den Wänden verzerrten sich, die Karten im Regal bewegten sich wellenförmig auf ihrer Unterlage, die Glaskugel verschwomm.

„Frau Okebe, stimmt etwas nicht? Kann ich Ihnen helfen?"

Die Stimme hallte aus weiter Ferne.

Sie krallte beide Hände fest in die Lehne ihres Stuhles. Sie rang nach Atem.

„Frau Okebe, soll ich Ihnen ein Glas Wasser holen?"

Sie schüttelte den Kopf.

Die Gegenstände nahmen wieder feste Formen an, blieben unbeweglich und starr an ihrem Platz liegen.

„Es geht schon wieder", jappte sie. Ihr Hals war wie zugeschnürt.

„Stehen Sie dem Mann noch sehr nahe?", fragte er.

Sie schüttelte den Kopf. Unfähig, etwas zu sagen.

„Frau Okebe, Madame Sidonia!" Er war aufgestanden und hockte vor ihr, tätschelte ihre Wange.

„Nein, nicht mehr", brachte sie mühsam hervor.

„Bitte gehen Sie jetzt lieber, ja?"

„Kann ich Sie denn allein lassen?", fragte er und in seinen Augen stand aufrichtige Besorgnis. Eigentlich würde er gerne noch mit ihr darüber reden, aber sie stand ja völlig neben sich.

„Ich bin nicht allein. Meine Tochter und ihr Freund sind hier."

„Wenn Sie mehr wissen, müssen Sie es mir sagen. Ich kann Ihnen und Klaus nur helfen…"

„Jetzt nicht", unterbrach sie ihn etwas schroff.

„Ich weiß doch von Ihrer Verbindung zu dem Mann. Ich sagte doch, dass Axel Neufeld Sie genau deswegen aufgesucht hat."

„Jetzt nicht", wiederholte sie ruhiger. „Bitte gehen Sie. Wir können später noch einmal darüber sprechen. Jetzt muss ich erst einmal verdauen, was Sie mir erzählt haben. Haben Sie eine Adresse oder Telefonnummer von dem Mann? Von Rick Foster?"

Er nickte. „Die konnte ich inzwischen herausfinden."

„Können Sie mir die geben?"

„Natürlich, ich möchte nur erst mit Wittek drüber sprechen. Ich handele nicht gerne über den Kopf meiner Auftraggeber hinweg."

Sie nickte. „Ja, das verstehe ich."

Sie wollte fragen, ob er genau wusste, was vor fünfzehn Jahren geschehen war. Was war diese alte Geschichte? Warum hatte Voss Wittek und Neufeld gedroht? Aber die Worte kamen nicht über ihre Lippen. Sie konnte einfach nicht. Nicht jetzt. Für den Augenblick hatte sie genug an der Nachricht zu knabbern, dass er wieder aufgetaucht war. Der spurlos verschwundene, schon totgeglaubte Richard Voss.

Bruno Feldmann nickte. Erkannte, dass es gerade keinen Sinn mehr hatte, weiter in sie zu dringen. Er bemerkte aber auch, dass da mehr war, als er ahnte. „Gut, dann Auf Wiedersehen, Frau Okebe. Und verzeihen Sie mir, dass ich Sie so aufgeregt habe."

Sie lacht leicht irritiert. „Sie sind nur der Bote, Herr… Herr…" Der Name war ihr entfallen. Das passierte ihr normalerweise nie, aber in diesem Fall war es wohl verständlich.

„Feldmann."

„Ach ja. Auf Wiedersehen, Herr Feldmann."

Er ging durch die Haustür und ließ sie hinter sich ins Schloss fallen.

Er hoffte, es ging ihr gut und es war richtig, sie allein zu lassen. Er hatte schon oft erlebt, dass ein Mandant oder jemand, mit dem er während seiner Recherchen zu tun hatte, zusammengeklappt war. Aber hier war es so unvorhergesehen passiert. Irgendwie musste es eine Verletzung geben, die tiefer ging, als Wittek gewusst hatte.

Irgendwas war auch hier passiert. Genauso wie zwischen Rick, Axel und Klaus. Auch dieser Rick schien verbrannte Erde hinterlassen zu haben.

Bruno kickte mit dem Fuß einen Stein vor sich her. Verdammt, das würde ein Haufen Arbeit, das alles zusammen zu puzzlen. Und womöglich brachte das nicht mal den gewünschten Erfolg. Er war nicht sicher, ob es gut war, ganze ohne Polizei zu arbeiten.

Er schloss seinen Wagen auf, setzte sich hinein und schlug aufs Lenkrad.

„Verdammt!", schrie er laut. „Das geht nicht gut. Das geht niemals gut!"

Sidonia saß regungslos auf ihrem Stuhl. Das konnte doch nicht wahr sein. Wo kam Richard plötzlich wieder her? Nach so vielen Jahren? War er damals verschwunden, weil irgendetwas geschehen war? Hatte er verschwinden müssen? Aber warum kam er dann nach so langer Zeit zurück? War er etwa wirklich auf Rache aus? Hatte er mit Axels Tod zu tun? Wieso wollte er die Karrieren von Neufeld und Wittek zerstören? Ach Mist, sie hätte doch genauer nachfragen sollen.

Wenn damals etwas geschehen war, könnte es gut mit seinem spurlosen Verschwinden zu tun haben. Sie und Richard waren zu der Zeit schon nicht mehr zusammen gewesen, aber dass er so vollkommen ohne sich zu verabschieden verschwunden war, war dennoch merkwürdig.

Und was hatte Axel für ein morbides Gemüt? Kam zu ihr aus Recherchezwecken, um sich die Karten legen zu lassen und das Ganze, weil er ihre Verbindung kannte zu einem Mann, der ihn bedrohte.

Sidonia saß da und schüttelte verwirrt den Kopf. Was für ein Chaos. Sie musste Richard Voss erreichen. Mit ihm sprechen. Auch wenn es das Letzte war, was sie jemals wieder tun wollte. Aber jetzt…

Sie verstand jetzt ihr merkwürdiges intensives Gefühl, dass sie so verwirrt hatte. Es ging um keinen Fremden. Es hatte mit Richard zu tun.

Bruno beschloss, damit anzufangen, diesen Rick Foster aufzusuchen. Er verzog das Gesicht, als er an den Namen dachte. Warum mussten die Menschen unbedingt einen anderen Namen annehmen? Egal, ob er in Amerika lebte oder nicht. Richard Voss wäre doch auch in Amerika ein guter Name gewesen. Na, ihm konnte es egal sein.

Richard Voss alias Rick Foster.

Axel Neufeld alias Achim Nübel.

Bruno musste ein Stück weit fahren. Er hatte herausgefunden, dass Richard oder Rick nicht direkt in Paderborn lebte, sondern in der kleineren Stadt Salzkotten, etwa fünfzehn Kilometer entfernt. Er war froh über die kurze Fahrtstrecke. Er konnte sie nutzen, um noch ein wenig darüber nachzudenken, wie er das Thema bei Foster ansprechen konnte. Sollte er mit der Tür ins Haus fallen oder sich erst mal vorsichtig rantasten? Und die wichtigste aller Fragen: War der Mann wirklich gefährlich? War Bruno auch in Gefahr, wenn er zu erkennen gab, dass er von der Bedrohung wusste?

Bruno merkte, dass er sich überhaupt nicht auf den Straßenverkehr konzentrierte, blickte auf, merkte, dass es zu spät war, um die Ausfahrt von der B1 nach Salzkotten zu nehmen.

„Verflucht!", schrie er. Jetzt musste er weiterfahren bis zur Abfahrt Flughafen Ahden, um dort nach Salzkotten abzubiegen. Ein ziemlicher Umweg, aber Wendemöglichkeiten gab es hier nicht.

Tja, nutzte nichts.

Als er endlich in Salzkotten ankam, war er ganz ruhig. Er fand die Straße und das Haus, in dem Rick Foster wohnte, ohne Probleme. Es war ein dreistöckiges Mehrfamilienhaus älteren Baujahres. Bruno fragte sich, welcher Name wohl auf dem Klingelschild stehen würde. Er parkte, ging zum Hauseingang und suchte den Namen. Tatsächlich, da stand R. Foster. Er drückte auf die Klingel. Wartete. Er legte die Hand auf den großen, quadratischen Türgriff, um sie gleich aufdrücken zu können, wenn der Summer ertönte. Aber der ertönte nicht.

Er klingelte ein weiteres Mal. Doch die Tür wurde ihm nicht geöffnet.

Dafür kam gerade ein junger Mann aus dem Haus. Er ging schnell, hatte es offenbar eilig. Trotzdem hielt Bruno ihn auf. „Entschuldigung, ich suche einen gewissen Rick Foster. Kennen Sie ihn?"

Der junge Mann blieb stehen. Sein Gesicht war etwas missmutig, weil er aufgehalten wurde. „Ja, das ist doch der neue Mieter im zweiten Stock. Wohnt erst seit ein paar Wochen hier."

„Ja, genau. Wissen Sie, ob er zu Hause ist?"

„Woher soll ich das denn wissen?", murrte der Mann.

Da hat er schon recht, dachte Bruno. Wieso sollte ein Nachbar immer vom anderen wissen, wo der ist?

„Tut mir leid, hätte ja sein können."

Der junge Mann wollte schon weiter gehen, doch dann schaute er sich kurz auf dem Anwohnerparkplatz um. „Sein

Auto ist nicht da. Fährt so einen alten klapprigen Corsa. Meinte, wäre zwar nicht sein Traumauto, aber er bräuchte ganz schnell einen fahrbaren Untersatz, jetzt, da er wieder in Deutschland sei. Später wollte er sich ein richtiges Auto kaufen. Na ja, hält vermutlich sowieso nicht ewig, so wie das aussieht. Ist echt ne alte Karre."

„Ah. Danke. Sie haben mir sehr geholfen."

Der junge Mann nickte ihm zu und eilte davon.

Bruno blieb zurück. Scheiße, dachte er. Umsonst gekommen. Vielleicht hätte ich mich doch besser anmelden sollen. Aber eigentlich war in solchen Fällen ein Überraschungsbesuch immer besser. Er konnte dann viel besser die Reaktion der Menschen erkennen. Wenn sie vorbereitet waren, war nichts mehr spontan. Vielleicht auch nicht mehr echt. Bei Sidonia war das etwas anderes gewesen, sie war ja sowieso von Klaus Wittek auf seinen Besuch vorbereitet worden und sie war für ihn auch keine Verdächtige, dieser Rick-Richard aber schon.

Nun, er würde es sich, so gut es ging, in seinem Mazda bequem machen und eine Weile warten. Vielleicht kam Foster ja bald zurück. Vielleicht war er nur einkaufen oder so etwas.

Klaus Wittek hatte lange geschlafen. Er schlief seit Axels Tod nicht gut. Er befürchtete, dass er auch in Gefahr war. So hatte er die halbe Nacht wachgelegen. Er hatte den Fernseher eingeschaltet und versucht, sich abzulenken, hatte ihn wieder ausgeschaltet, hatte versucht, ein paar Seiten zu lesen bis er merkte, dass er überhaupt nicht wusste, was er gerade gelesen hatte.

Er hatte das Licht wieder ausgeschaltet und sich ruhelos von einer Seite auf die andere gewälzt.

Irgendwann war er dann doch noch in den Schlaf gefallen.

Jetzt war es Morgen, die Sonne schien durch die Ritzen der Jalousien und er wunderte sich, dass er davon nicht aufgewacht war. Er musste wirklich sehr erschöpft sein.

Er war froh, dass er gestern Bruno noch hatte bewegen können, mit ihm zu sprechen. Sie hatten länger zusammen gesessen, als beabsichtigt, Bruno hatte nur ein Bier getrunken, aber er selbst hatte viel zu viel Alkohol getrunken.

Jetzt war Bruno sicher schon unterwegs. Hatte der Hellseherin alles berichtet und die fragte sich nun, warum er, Klaus, das nicht selbst gestern Morgen getan hatte. Ach verflixt, eigentlich war er schlicht und ergreifend eine feige Socke. Auch, dass er die Polizei nicht rief, war Feigheit. Er wollte nicht zu seinen eigenen Missetaten stehen, obwohl die ewig her waren.

Er schlurfte barfuss und nur mit einer kurzen Pyjamahose bekleidet durch die Küche, schob eine große Tasse unter die moderne Kaffeemaschine und drückte auf den Knopf. Heiß und stark brauchte er ihn heute Morgen.

Schlagartig fiel ihm jetzt erst ein, dass Montag war. Er müsste längst in der Redaktion sein. Ein Blick auf die Wanduhr verriet ihm, dass er es nicht mehr pünktlich schaffen konnte, um den Termin mit seinem Chef Alwin Hübner wahrzunehmen.

Sie wollten über Axels Beerdigung sprechen. Würde jemand aus der Redaktion eine Ansprache vorbereiten? Würden sie einen Kranz für das Grab besorgen? Wie sollte der Nachruf in der Zeitung aussehen? Er, als engster Kollege und Freund, war prädestiniert, diese Entscheidungen mit dem Chef zusammen zu treffen. Er wusste, dass Hübner jetzt nach Axels Tod ihn als seinen Nachfolger als obersten Chef des *Impuls* sah, wenn Alwin Hübner sich in zwei Jahren zur Ruhe setzen wollte.

„Oh Gott", er fuhr sich nervös durch sein wirres Haar. Sein Kopf schmerzte und ihm wurde siedend heiß bewusst, dass darin ein weiteres Motiv für ihn gesehen werden konnte, Axel zu töten. Die Leitung des *Impuls*.

Verdammt. Er konnte Alwin in der Redaktion förmlich fluchen und seine Sekretärin Melanie anschreien hören, die natürlich alle Hebel in Bewegung setzen würde, ihn schnell herzubeordern.

„Ach Scheiß, egal!", murrte er vor sich hin. „Ich rufe an und melde mich krank. Kann ich mir auch mal leisten. Wie oft habe ich schon gefehlt in den letzten Jahren? Jedenfalls nie wegen Krankheit."

Er nahm die volle Tasse, trank einen Schluck, fluchte, weil der Kaffee so heiß war und bewegte sich wie ein Schlafwandler zum Telefon. Automatisch blickte er durch das Fenster, das auf die Straße hinausging. Er kniff die Augen zusammen und schob den Kopf leicht nach vorne. Das konnte doch nicht wahr sein? Bekam er etwa Besuch? Was wollte der denn hier? Darauf hatte er jetzt wirklich gar keinen Bock.

Er blickte missmutig an sich herunter. Er sollte wohl besser schnell etwas überziehen.

Mercedes und David kamen verschlafen und barfuss ins Arbeitszimmer.

„Mama, was machst du schon wieder hier?", fragte Mercedes und hockte sich neben den Stuhl.

Sidonia sah sie an. Ihre Augen sahen traurig aus.

„Was ist passiert?", fragte Mercedes dieses Mal eindringlicher.

David stand daneben und fühlte sich etwas fehl am Platz.

„Ich decke schon mal den Frühstückstisch, in Ordnung?", verkündete er.

Sidonia sah zu ihm auf. „Ja, gerne."

Sie war ihm dankbar, dass er ging. Sie mochte den Freund ihrer Tochter, doch diesen Moment wollte sie mit Mercedes allein haben. Sie musste ihr erzählen, dass ihr Vater hier war und dass er in die Sache um diesen Journalisten verstrickt war.

„Zieh dir den Stuhl ran und setz dich zu mir", bat sie leise.

Mercedes gehorchte. Aber sie war alarmiert. „Du machst mir richtig Angst, Mama", sagte sie.

Sidonia lächelte sanft. „So schlimm ist es auch wieder nicht."

Mercedes setzte sich ihrer Mutter gegenüber und sah sie erwartungsvoll an.

„Okay, es nützt nichts. Du musst es erfahren. Also am besten einfach raus damit, nicht wahr?" Sie lachte etwas unbeholfen. „Dein Vater ist wieder hier."

„Mein Vater? Ich kann mich nicht an ihn erinnern."

„Ja, das ist kein Wunder. Er ist spurlos verschwunden, als du sehr klein warst und hat sich nie wieder gemeldet. Heute Morgen hat mich ein Privatdetektiv besucht, den dieser Fotograf Klaus Wittek beauftragt hat."

„Den du gestern besucht hast."

„Ja." Sidonia nickte. „Offenbar war dein Vater die ganzen Jahre über in den USA, nennt sich nun Rick Foster und ist zurückgekommen, um sich für irgendetwas zu rächen, das damals passiert ist und das offenbar der Grund für sein Verschwinden war. Der Detektiv sagte etwas von Fotos, die Richard angeblich gestohlen worden waren. Und zwar von Axel Neufeld und Klaus Wittek. Dein Vater war damals ziemlich idealistisch und hat sehr gute Fotos gemacht. Es wäre durchaus möglich. Besonders dieser Axel scheint ja auch ein sehr skrupelloser Mensch gewesen zu sein."

Mercedes saß mit großen Augen da und hörte zu. Die ganze Geschichte schien ihr ziemlich haarsträubend zu sein.

„Und jetzt will er sich rächen? Nach so vielen Jahren?", hakte sie nach.

„Ja, er hat definitiv Klaus Wittek per Mail bedroht. Die Mail hat der Detektiv gesehen. Auch Neufeld soll bedroht worden sein. Der hat die Mails aber wohl gelöscht. Dein Vater hat gedroht, die Karriere der beiden zu zerstören. Noch weiß die Polizei nichts davon, weil Neufeld ja seine Mails gelöscht hat. Aber wenn sie davon erfahren, gerät er garantiert auch in den Verdacht, Neufeld getötet zu haben."

„Klar. Selbst wenn es nicht beabsichtigt war. Es könnte im Affekt geschehen sein."

„Das Tollste ist, dass Axel Neufeld ausgerechnet bei mir als Kartenlegerin war, weil er meine Verbindung zu Rick Foster kannte."

„Aber woher?", rief Mercedes aus.

„Das weiß ich nicht. So vieles liegt noch im Dunkeln. Warum ist Richard überhaupt zurückgekommen? Was treibt ihn an und was ist damals wirklich passiert – also in allen Einzelheiten?"

„Ja, es kommt mir auch gerade sehr konfus vor. Willst du mit… Rick sprechen?" Die Worte ‚Vater' kamen Mercedes nicht über die Lippen. Er war ihr schließlich niemals ein Vater gewesen. Sie kannte ihn nicht einmal.

Sidonia nickte. „Ja, das würde ich schon gerne. Ich weiß aber nicht, wo ich ihn erreichen kann. Der Detektiv wollte mir die Adresse oder Telefonnummer nicht geben ohne vorher mit seinem Auftraggeber zu sprechen. Aber weißt du was, ich rufe Klaus Wittek nachher an und frage ihn selbst danach. Oder besser: ich besuche ihn. Es gibt Dinge, die man besser persönlich klärt."

„Das ist eine gute Idee. Ich komme auch mit, wenn du möchtest. Aber zuerst frühstücken wir zusammen. Sicher hat David den Tisch inzwischen gedeckt."

Sidonia tätschelte die Hand ihrer Tochter. „Du bist lieb", flüsterte sie.

Sie erhoben sich beide, umarmten sich, standen einen Moment so da und genossen die innige Nähe, bevor sie in die Küche gingen, wo David wirklich den Tisch gedeckt hatte.

Bruno Feldmann saß im Auto, hatte die Zeitung auseinandergefaltet und stöberte mit halber Aufmerksamkeit darin herum, die andere Hälfte seiner Aufmerksamkeit lag auf dem Hauseingang für den Fall, dass Foster alias Voss zurückkam. Aber noch rührte sich nichts. Also – der war nicht nur mal kurz einkaufen, soviel stand fest.

Jemand klopfte an die Fensterscheibe, er blickte auf und sah direkt in das Gesicht eines uniformierten Polizisten. Himmel, was wollte der denn? Bruno drückte den Knopf für den elektrischen Fensterheber und die Scheibe fuhr herunter.

„Guten Tag", grüßte er. „Etwas nicht in Ordnung?"

„Tag. Ein Anwohner hat uns angerufen. Zitat: Ein Typ in einem dunklen Japaner lungert schon die ganze Zeit vor unserem Haus herum."

„Ich störe keinen und habe keinen belästigt", gab Bruno zurück.

„Das will ich hoffen. Aber die Anwohner sind offenbar verunsichert. Sie wissen ja nicht, was Sie vorhaben."

Die Anwohner, dachte Bruno missmutig. Es war doch nur einer. Oder hatte der im Auftrag Aller angerufen? Die hatten sicher nicht mal eben 'ne Versammlung einberufen wegen ihm. Es waren ja nicht mal alle da. Rick Foster nicht und der junge Typ, den er vorhin gefragt hatte, fehlten schon mal ganz sicher. Und den meisten war sicher noch nicht einmal aufgefallen, dass er hier stand.

„Ich wollte nur einen alten Bekannten überraschen, der vor kurzem hierher gezogen ist. Leider habe ich ihn nicht angetroffen. Da dachte ich, ich warte einfach 'ne Weile, vielleicht ist er nur kurz einkaufen und kommt schnell zurück", erklärte Bruno.

Der Uniformierte nickte verständig. „Mag sein. Dann warten Sie doch einfach in einem Cafe und kommen später noch mal zurück. Aber jetzt gehen Sie wohl besser. Den Wagen können Sie ja hier stehen lassen."

Bruno nickte. Es blieb ihm ja doch nichts anderes übrig.

„Ja, mache ich. Danke."

Er verschloss wieder das Fenster, stieg aus und drückte auf den Knopf. Das Klicken verriet ihm, dass der Mazda abgeschlossen war. Er würde wirklich kurz bis in die Stadt gehen, einen Kaffee oder Kakao trinken und ein belegtes Brötchen essen und es dann noch einmal versuchen.

Der Polizist sah zu, wie er mit großen Schritten davonging.

Sidonia hatte schließlich doch versucht, Wittek telefonisch zu erreichen. So verhinderte sie zumindest, dass sie völlig unnötiger Weise von einem zum anderen fahren musste. Sie wusste ja nicht, ob Wittek zu Hause war, in der Redaktion oder vielleicht sogar einen Außentermin hatte.

Allerdings hatte sie ihn nirgends erreicht und seine Handynummer hatte sie nicht. In der Redaktion war man sehr verärgert, da man ihn längst erwartete.

„Merkwürdig", murmelte sie leise.

„Ach wieso, vielleicht ist er einfach durch den Wind und geht nicht ans Telefon. Immerhin wurde sein langjähriger Kollege und Freund ermordet", meinte David.

Doch Sidonia schüttelte gedankenverloren den Kopf. „Irgendwas ist da los. Ich fahre trotzdem mal zu seinem Wohnhaus."

„Und was soll das bringen?", fragte Mercedes.

„Wahrscheinlich nichts. Aber manchmal muss man einfach seinem inneren Impuls folgen und sei es nur, um sich selbst zu beruhigen."

Mercedes nickte. Sie kannte das. „Soll ich dich begleiten?"

„Nein, schon in Ordnung. Erzähl du David die Neuigkeiten über Rick Foster."

Die Frau aus dem vierten Stock des schicken Wohnhauses in der Paderborner Innenstadt schloss ihre Wohnungstür ab. Sie wollte sich auf den Weg zu ihrer Arbeitsstelle machen, einem Immobilienbüro ganz in der Nähe. Sie hatte ihren ersten Termin heute erst am Nachmittag, aber sie wollte noch einiges an Büroarbeit aufarbeiten. Sie drückte auf den Knopf des Aufzuges, entschied sich dann um und steuerte die Treppe an. Das war gesünder und ganz nebenbei ein bisschen Sport.

Ihr Blick fiel auf die Wohnungstür der gegenüberliegenden Wohnung. Dieser Fotograf lebte dort. Der, der immer mit dem toten Journalisten zusammen gearbeitet hatte. Aber wieso war seine Tür nur angelehnt? War er zur Arbeit gegangen und hatte sie nicht richtig zugezogen?

Sollte sie die Tür jetzt einfach zuziehen? Aber vielleicht hatte er ja auch im letzten Moment etwas vergessen und war nur noch mal schnell hineingegangen, um das zu holen.

Sie wollte die offene Tür nicht ignorieren. Die Menschen kümmerten sich sowieso viel zu wenig umeinander.

„Herr Wittek", rief sie vom Flur aus in die Wohnung hinein.

Keine Antwort.

Sie drückte auf den Klingelknopf.

Nichts.

Sie schob die Tür etwas weiter auf und steckte den Kopf hinein.

„Herr Wittek!", rief sie lauter.

Was, wenn Einbrecher in der Wohnung waren? Ein tiefer Schrecken überfiel sie und ließ ihren Körper kurz erzittern.

„Herr Wittek!"

Da stimmte doch etwas nicht!

Sie ging jetzt doch einen Schritt hinein. Und plötzlich sah sie ein Paar Beine aus der Wohnzimmertür herausragen.

Ihr Herz klopfte wild. Sie stellte ihre Aktentasche ab und ging zögernd näher. Dabei sah sie sich aufmerksam und ängstlich um. Hier mussten wirklich Einbrecher gewesen sein. Sie hoffte, sie waren nun fort. Nicht, dass sie auch noch überfallen wurde.

Sie stand nun in der offenen Wohnzimmertür. Auf dem Fußboden direkt vor ihr lag Klaus Wittek. Sein Kopf lag in einer Blutlache.

Sie schlug die Hand vor den Mund, um nicht zu schreien. Dann rannte sie panikartig aus der Wohnung. Vor der Tür im Flur lehnte sie sich gegen die Wand und atmete hektisch durch.

Sie konnte kaum einen klaren Gedanken fassen. Was war da passiert? Direkt gegenüber ihrer eigenen Wohnung? Mein Gott. Sie musste noch mal hineingehen. Musste sehen, ob sie helfen konnte. Musste seinen Puls fühlen. Aber zuerst würde sie jetzt den Notarzt anrufen und die Polizei.

Sidonia kam bei dem Haus, in dem Wittek seine Eigentumswohnung hatte, an. Aber was war denn hier los? Sie sah
einen Krankenwagen, ein Polizeiauto, Menschen, die
herumstanden, als gäbe es irgendetwas Sensationelles.

Sie runzelte die Stirn, stieg aus ihrem Auto und ging auf das
Haus zu. Ihr Gefühl hatte sie nicht getrogen. Hier war etwas
passiert.

„Ach, Frau Okebe", hörte sie plötzlich eine bekannte
Stimme hinter sich. Sie drehte sich um. „Herr Kommissar
Otten, Guten Tag."

„Was führt Sie denn hierher? Haben Ihre Karten Ihnen gesagt, dass ein weiterer Mord passiert ist?"

Sie riss die Augen weit auf. „Was?"

„Sie wissen es nicht?"

„Nein."

Er schluckte eine weitere, unflätige Bemerkung zum Thema
Hellsichtigkeit herunter. „Warum sind Sie dann hier?"

„Ich wollte Herrn Wittek etwas fragen. Er – er hat mich
gestern Morgen angerufen."

„Ach tatsächlich? Warum?"

Sie hob die Schultern. „Ehrlich, ich weiß es nicht genau. Er
meinte, er wollte einen Privatdetektiv anheuern und fragte
mich, ob der mit mir sprechen könne. Ich habe keine
Ahnung, warum. Den Detektiv konnte er auch ohne mich
beauftragen."

Sie konnte ihm jetzt unmöglich die wahren Beweggründe
nennen, auch wenn sie die ja inzwischen durch den Detektiv
kannte.

„Und? Hat er ihn beauftragt?"

Sie stutzte einen Moment. Mein Gott, der Mann war tot. Ermordet. Der Mann, mit dem sie gestern gesprochen hatte. Derjenige, der die zweite Drohmail von Rick Foster erhalten hatte. Hatte der wirklich etwas damit zu tun?

Sie nickte. „Ja."

Ermordet. Erst ganz allmählich drang die ganze Tragweite des Geschehens in ihr Bewusstsein. Die Welt drehte sich um sie, ihre Beine gaben nach und sie brach zusammen. Otten konnte sie gerade noch auffangen.

„He, Sanitäter!", brüllte er.

Markus Otten überließ Sidonia den Händen der Sanitäter, natürlich nicht ohne den Hinweis, sie nicht einfach gehen zu lassen, bevor er mit ihr gesprochen hatte. Die hatten zwar Klaus Wittek nicht mehr helfen können, dafür hatten sie sich aber um die Nachbarin kümmern müssen, die die Leiche gefunden und den Notarzt alarmiert hatte und jetzt mussten sie sich eben um die Hellseherin kümmern.

Otten eilte in die Wohnung in der vierten Etage, wo die Spurensicherung ihre Arbeit aufgenommen hatte.

„Hei Ev, du glaubst nicht, wen ich unten getroffen habe", rief er schon von der Wohnungstür her seiner Kollegin entgegen.

Evelyn Dierkes steckte ebenfalls in einem der weißen Ganzkörperanzüge und sah ihn erwartungsvoll an.

„Die Hellseherin."

„So überraschend ist das gar nicht", erwiderte sie. „Sie hat heute Morgen schon zweimal hier angerufen. Ich habe natürlich die Anrufliste gecheckt."

„Tatsächlich? Was wollte sie nur? Vielleicht stand der Mord in den Karten?", mutmaßte Markus Otten.

„Sei nicht so sarkastisch, das bringt uns auch nicht weiter", antwortete Evelyn, der diese herablassende Art gegenüber Sidonia Okebe wirklich allmählich auf die Nerven ging. „Sie hat vielleicht nur zurückgerufen, denn gestern wiederum hat Wittek versucht, die Okebe anzurufen. Allerdings hat sie ihn nicht erreicht, die Nummer taucht in der Liste der entgangenen Anrufe auf; vielleicht weil er schon tot war."

„Und weil sie ihn nicht erreicht hat, kommt sie einfach her? Nicht besonders schlau."

Evelyn hob die Schultern. „Außerdem hat er gestern eine Nummer angerufen, die wir natürlich auch schon zurückverfolgt haben. Leider habe ich nur den Anrufbeantworter erreicht. Es ist die Privatnummer von Bruno Feldmann, einem Privatdetektiv."

Markus Otten zog die Augenbrauen hoch. „Von einem Detektiv hat die Hellseherin auch schon berichtet."

„Ich habe im Büro Bescheid gegeben, dass man seine Büroadresse herausfindet und ihn vorlädt."

„Gute Arbeit, Ev."

„Danke. Dann wäre da natürlich noch der Laptop. Aber der ist passwortgeschützt. Komme ich auf die Schnelle nicht rein."

„Das kriegen unsere Leute schon hin. Auf uns wartet eine Menge Arbeit."

„Das stimmt. Wir haben übrigens noch etwas Interessantes gefunden."

Otten zog fragend die Augenbrauen hoch.

Evelyn hob ein kleines Päckchen, das fein säuberlich in ein Tütchen verpackt war, um es vor neuen Fingerabdrücken und Spuren zu schützen. Otten erkannte es und pfiff durch die Zähne. „Tarotkarten?"

Evelyn nickte. „Scheint ein ganzes Deck zu sein. Ich wage mal einen Schuss ins Blaue und behaupte, die eine, die wir bei Neufeld gefunden haben, fehlt. Aber das müssen wir natürlich noch checken. Ich weiß nicht, welche Karten zu so einem Deck gehören."

Otten kniff die Augen zusammen. „Irgendwie ergibt das keinen Sinn. Das könnte ja darauf hindeuten, dass Wittek die Karten gestohlen und seinen Kollegen getötet hat."

„Oder jemand hat sie hier deponiert, damit wir das denken."

„Mmm", Otten nagte nachdenklich an seiner Unterlippe. „Auf jeden Fall hängen diese beiden Morde zusammen. Aber dann kommen Kerstin Neufeld und diese Geliebte – Charlotte Soundso – nicht mehr in Frage. Die haben kein Motiv, Wittek zu töten."

„Das stimmt. Und der Koch auch nicht. Für den Artikel ist Neufeld allein verantwortlich, damit hat Wittek nichts zu tun."

„Vermutlich. Gut, wir müssen das später mal genau auseinanderdividieren. Ich gehe jetzt wieder runter und schaue, wie es Frau Okebe geht, die ist nämlich umgekippt. Ich würde sie gerne mitnehmen und auf dem Präsidium befragen. Ist doch schon sehr merkwürdig. Erst sagt sie den einen Mord voraus und beim zweiten steht sie auch direkt auf der Matte."

Damit drehte er sich um und ging wieder.

Evelyn schaute ihm nach und wusste selbst nicht recht, was sie davon halten sollte. Er hatte schon recht, es war merkwürdig, dass die Okebe hier auftauchte. Warum sollte sie Kontakt mit Wittek aufnehmen? Aber Evelyn konnte sich einfach nicht vorstellen, dass Sidonia etwas mit den Morden zu tun hatte. Aber wenn sie Otten jetzt noch mal mit weiblicher Intuition kam, würde er sie nur auslachen.

Sidonia weigerte sich, mit dem Krankenwagen ins Krankenhaus zu fahren, um sich durchchecken zu lassen. Sie fühlte sich schon wieder ganz gut. Es war nur die Aufregung gewesen. Ihr Kreislauf war im Keller, was kein Wunder war. Sie bekam ein Glas Wasser und   erklärte sich dann für stabil genug, mit der Polizei ins Präsidium zu fahren bzw. ihnen im eigenen Wagen dorthin zu folgen.

Vorher schickte sie Mercedes noch eine WhatsApp. Es kam ihr unpassend vor, aber sie hatte jetzt keine Lust zu telefonieren. Da würde nur ein Wort das andere ergeben und sie wäre in endlosen Diskussionen verstrickt. Sie tippte: *Mal wieder zur falschen Zeit am richtigen Ort gewesen. Klaus Wittek wurde ermordet – ich muss für meine Aussage zum Polizeipräsidium fahren.* Das musste reichen.

Sie fuhr los, hielt bei einem Supermarkt, holte sich eine Cola, um ihren Kreislauf in Schwung zu bringen, trank einen Schluck direkt aus der Flasche und fuhr weiter.

In ihrem Kopf herrschte heilloses Durcheinander. War sie jetzt etwa verdächtigt, eine Doppelmörderin zu sein? Erst sagte sie die Gefahr für Axel Neufeld voraus, jetzt tauchte sie scheinbar grundlos direkt nach dem Mord bei Wittek auf.

Die Polizei würde feststellen können, dass er auch sie angerufen hatte, würden jetzt doch von der Bedrohung von Richard erfahren, was Wittek hatte verhindern wollen, und die Verbindung zu ihr herausfinden. Und was war mit dem Detektiv? Oh Mann, es wäre für die Polizei eine Kleinigkeit, diese ganzen Verbindungen zu ziehen. Brauchte sie einen Anwalt? Sie kannte keinen. David war noch Student. Okay, sie kannte diese Anwältin in Detmold, mit der Judith damals zusammengearbeitet hatte. Tatsächlich hatte sie mal einen Termin mit ihr gehabt, um sich bei ihrem Buch abzusichern, ob sie wahre Beispiele darlegen durfte. Aber Detmold war ein ziemliches Stück entfernt und dieses Mal ging es vielleicht nicht nur um ein einziges Beratungsgespräch.

Dieser windige Sozius, der damals in der Kanzlei angestellt gewesen war, hatte angeblich in eine Kanzlei nach Paderborn gewechselt. Aber der Name fiel ihr nicht ein. Vielleicht kannte David jemanden, der ihr zur Not zur Seite stehen konnte. Er hatte bereits Praktika absolviert.

Das Ganze schwirrte so wild durch ihren Kopf, so dass sie kaum bemerkte, woher sie fuhr und sich plötzlich völlig überrascht vor dem Präsidium wiederfand. Sie atmete tief durch, stieg aus dem Wagen und betrat das rot verklinkerte Gebäude.

Mercedes und David wollten Sidonia nicht allein lassen und machten sich sofort auf den Weg zum Polizeipäsidium. Mercedes fühlte sich keineswegs verantwortlich für ihre Mutter, aber sie hatte ein sehr enges Verhältnis zu ihr, da sie beide immer allein gelebt hatten.

Im Präsidium wurden sie jedoch nicht zu Sidonia vorgelassen, denn die machte gerade ihre Aussage. Also warteten Mercedes und David auf dem Gang.

„Wenn sie als Beschuldigte vernommen wird, sollte sie ohne Anwalt nichts sagen", raunte David Mercedes zu.

„Spinnst du? Sie kann doch keine Beschuldigte sein. Was für einen Grund sollte sie haben, Klaus Wittek zu töten?"

David hob die Schultern. „Stimmt schon."

Der Anruf der Polizei erreichte Bruno Feldmann auf seinem Handy, dessen Nummer Evelyn Dierkes von seinem Büro erfahren hatte. Er saß gerade in einem Cafe und genoss einen Kakao mit viel Sahne und ein belegtes Fladenbrot. Danach wollte er noch einmal zu dem Haus zurückkehren, in dem Richard Voss alias Rick Foster lebte und nachsehen, ob der inzwischen zurückgekehrt war.

Die Nachricht der Paderborner Polizei ließ ihn erschauern.

„Klaus Wittek ist tot?", fragte er ungläubig zurück.

„Laut Anrufliste hat er Sie gestern Abend angerufen."

„Ja, das stimmt. Ich war sogar bei ihm."

Ihm ging durch den Kopf, dass er möglicherweise die letzte Person war, die Klaus Wittek gesehen hatte – abgesehen vom Mörder natürlich.

„Worum ging es?", fragte der Polizist am Telefon.

„Also… es war ein Auftrag", druckste Bruno herum.

„Herr Feldmann, ich bitte Sie dringend, zum Präsidium zu kommen, wir müssen natürlich mit Ihnen reden", forderte der Polizist ihn mit Nachdruck und ohne auf die ausweichende Antwort einzugehen, auf. Wenn Feldmann jetzt nicht antworten wollte, war das gleichgültig, sie würden alle offenen Fragen in der Vernehmung klären können.

„Natürlich", erwiderte Bruno. Es blieb ihm ja sowieso nichts anderes übrig. „Ich bin allerdings gerade in Salzkotten, es dauert eine Weile."

„Beeilen Sie sich!" Der Tonfall war fordernd.

Bruno beendete das Gespräch. Er nahm einen Schluck seines Kakaos und ließ den Rest stehen. Damit war der gemütliche Teil also beendet.

Er drehte sich um, suchte die Bedienung und winkte sie heran. „Ich möchte zahlen."

„Ist etwas nicht in Ordnung?", fragte sie verwirrt, weil der Gast kaum etwas angerührt hatte.

„Oh doch, alles prima. Eine wichtige Angelegenheit."

„Soll ich Ihnen das Brot einpacken?"

Er nickte. „Sehr gerne."

Als Bruno Feldmann eine gute halbe Stunde später das Präsidium in Paderborn betrat, kam ihm Sidonia, begleitet von zwei jungen Leuten, entgegen. Das Mädchen war sicher ihre Tochter, die war ja eine jüngere Ausgabe von ihr selbst mit etwas hellerer Hautfarbe.

„Frau Okebe, was machen Sie denn schon hier?"

„Ich wollte Klaus Wittek aufsuchen, weil ich mehr über Richard wissen wollte. Zu dem, was damals passiert ist, warum er zurückgekommen ist. Denken Sie, das lässt mich alles kalt? Sie wollten mir ja seine Adresse nicht geben."

„Tut mir leid", erwiderte er lakonisch.

„Als ich dort ankam, wimmelte es bereits von Polizisten. Wittek war kurz vorher von einer Nachbarin tot aufgefunden worden. Und was machen Sie hier?"

„Man hat mich auf dem Handy angerufen. Meine Nummer tauchte natürlich in der Anrufliste von Wittek auf. Dann reichte ein Anruf in meinem Büro und die Polizei hatte meine Handynummer. Und schwupp, hier bin ich. Frau Okebe, ich werde von Rick Foster berichten müssen. Die Polizei hat sicher sowieso Witteks Laptop mitgenommen und wird die Mail finden. Im Übrigen könnte das tatsächlich im Zusammenhang mit dem Mord an Neufeld stehen."

Sidonia nickte sacht. „Ich habe das schon erzählt. Ich dachte mir: Erzähl es lieber gleich, die kriegen deine Verbindung zu Richard sowieso raus. Außerdem musste ich irgendwie erklären, warum ich Klaus Wittek heute Morgen überhaupt aufsuchen wollte."

Bruno tätschelte aufmunternd ihren Arm. „Das war richtig. Die hätten sich sonst nur gefragt, warum Sie das verschwiegen haben. Okay, ich melde mich später noch mal. Jetzt muss ich erst mal rein."

„Herr Feldmann, können wir jetzt die Adresse von Rick Foster oder Richard Voss – ich weiß gar nicht, wie ich ihn nennen soll – bekommen?"

Bruno stieß einen nachdenklichen Seufzer aus.

„Ihr Auftraggeber ist tot. Und Voss gegenüber haben Sie keine Verschwiegenheitspflicht", mischte sich jetzt David ein.

„Ich denke darüber nach."

„Die Adresse können wir auch anders herausbekommen", gab David zu bedenken.

Bruno Feldmann nickte. „Dann tun Sie das", erwiderte er etwas verärgert.

Damit verschwand er mit großen Schritten im Gebäude.

Mist, dachte Bruno, hoffentlich hat dieser Foster nicht wirklich etwas mit dem Mord zu tun. Immerhin war er die ganze Zeit nicht da. Vielleicht war der in Paderborn und hatte Klaus Wittek ermordet, während er, Bruno, in Salzkotten auf ihn gewartet hatte. Verdammte Scheiße!

Im Präsidium herrschte Hektik.

Markus Otten öffnete die Verbindungstür und betrat das benachbarte Büro. „Frank, Simone, ihr findet sofort die Adresse von diesem Rick Foster alias Richard Voss heraus. Und dann schafft mir den Typen her! Und zwar pronto. Der Typ hat ein Motiv für den Mord an Neufeld und Wittek. Der hat beide per Mail bedroht. Wieso hat hier eigentlich jeder zwei Namen – so eine verquirlte Scheiße."

Er reichte seiner Kollegin einen Zettel mit der E-Mail-Adresse. „Mehr habe ich im Moment nicht. Also hopp, an die Arbeit!"

„Ja, wir machen ja schon", erwiderte Simone. Sie war nicht sauer über Ottens geschnauzten Anweisungen. Sie kannte das schon, so war er eben, wenn er hektisch wurde.

„Markus, der Privatdetektiv ist jetzt auch da", meldete Evelyn dazwischen.

„Hervorragend. Geh schon mal mit ihm ins Büro. Ich komme sofort. Und ihr zwei – auf geht's!"

„Ja, schon gut, Chef", murmelte Frank. Otten ging zurück in das Büro, das er mit Evelyn teilte und in dem der Privatdetektiv schon wartete.

Endlich kam etwas Bewegung in diese Sache.

Sidonia ging zu Hause direkt in ihr Arbeitszimmer und legte sich selbst die Karten. Sie legte das Poker-Kartendeck auf die eine Hälfte des Tisches und die Tarotkarten auf die andere.

Diese Unruhe, die in ihr tobte, war enorm.

„Was sagen die Karten?", fragte Mercedes, die ihr bisher schweigend zugesehen hatte.

„Gefahr."

„Gefahr?"

„Ja. Und ein Mensch in meiner Nähe, der nicht gut für mich ist."

„Könnte mein sogenannter Erzeuger sein."

„Möglich."

„Komm, lass uns deine Karten auch legen."

Mercedes war einverstanden. Sie raffte die Pokerkarten zusammen, mischte sie und Sidonia legte die Karten nach vorgegebener Folge aus. Immer sechs in einer Reihe.

Sie erstarrte.

„Was ist?", fragte Mercedes.

„Gefahr. In Verbindung mit dem Kreuz König – deinem Vater. Tränen und Warnungen."

Sidonia blickte auf. „Die Gefahr, die ich für mich gesehen habe, gilt auch für dich." Sie griff nach den Händen ihrer

Tochter. „Merci, du musst mir versprechen, dich nicht zu tief in diese Sache zu verstricken. In Ordnung?"

„David würde gerne ein bisschen recherchieren, wie du weißt."

„Für David scheint das ein Abenteuer zu sein. Das ist es aber nicht. Zwei Menschen wurden ermordet. Und wir stecken tiefer drin, als ich gedacht hätte. Nicht nur wegen der Vorhersage."

„Du denkst, Richard hat etwas damit zu tun?"

Sidonia hob die Schultern. „Ich weiß es nicht. Genauso wenig wie ich weiß, was damals geschehen ist. Was hat er überhaupt mit Neufeld und Wittek zu tun? Was sind das für Fotos, die sie angeblich gestohlen haben? Und waren die wirklich so viel wert, dass er ihnen für diesen Diebstahl die Zerstörung der Karriere androht? Nach so vielen Jahren? Warum jetzt? Warum ist er damals einfach verschwunden? So viele offene Fragen." Sidonia schüttelte resigniert den Kopf.

„Das sollten wir auf jeden Fall versuchen, herauszufinden."

„Ja, da hast du recht. Diese Sache mit Richard Voss wäre auch eine Erklärung dafür, dass ich mit starken plötzlichen Vorhersehungen reagiere. Das habe ich nicht verstanden, weil das sowieso nur sehr selten passiert ist und dann auch nur, wenn mir Menschen sehr nahe stehen."

„Ja, ich weiß. Aber Richard steht dir nicht nahe."

„Aber für uns scheint eine Gefahr zu bestehen. Die Verbindung ist da."

Mercedes verstand. „Komm, wir unternehmen etwas zusammen. Lass uns rausfahren, irgendwo im Wald spazieren gehen, das tut dir immer gut", schlug sie vor.

„Unternehmt ihr beide etwas, du und David", erwiderte Sidonia, obwohl sie wusste, dass ihr ein Waldspaziergang wirklich guttun würde. Sie mochte David und sie unternahm gerne etwas mit Merci, aber sie unternahm nicht gerne etwas mit beiden zusammen. Da kam sie sich einfach wie das dritte Rad am Wagen vor. Eine Ausnahme war, wenn sie zusammen in ein Restaurant gingen. Das war aber auch etwas anderes. Da saß man zusammen um den Tisch herum, aß, trank und sie dackelte nicht neben einem Liebespärchen her. Bei dem Gedanken schmunzelte sie unwillkürlich vor sich hin.

„Müsst ihr nicht auch packen? Ihr wollt doch morgen zu Davids Eltern fahren und ein paar Tage dort bleiben?"

„Klar, aber wir lassen dich doch jetzt nicht allein."

„Was ist mit eurem Urlaub in Spanien?"

Mercedes winkte ab. „Der ist erst in zwei Wochen. Passt schon."

Sidonia nickte und schob entschieden die ausgebreiteten Karten wieder zusammen. Sie wollte das Kartenbild nicht mehr sehen. Einmal mehr dachte sie: Ich will das nicht mehr. Es muss sich etwas ändern. Keine Vorhersehungen mehr, kein Kartenlegen. Keine Verstrickungen mehr in fremde Schicksale. Ich will das nicht mehr! Es ist zu viel. Viel zu viel.

„Dann lass uns wenigstens in der Innenstadt etwas essen gehen", schlug Mercedes vor ohne die Gedanken der Mutter zu erraten.

Damit war Sidonia einverstanden. „Ja, das können wir machen. Wenn ich euch einladen darf."

Mercedes lachte. „Klar. Du weißt doch, wir sind arme Studenten."

Als sie gemeinsam den Raum verließen, wusste Sidonia so sicher wie sie ihren Namen kannte: Das Chaos in ihrem Leben hatte gerade erst begonnen.

Kapitel 8
Immer noch Montag

„Dann lass uns das Ganze doch mal zusammenfassen", sagte Otten, nachdem die Vernehmungen beendet waren. Neben seiner Kollegin Evelyn Dierkes waren auch ihre beiden Kollegen Frank und Simone bei der informellen Besprechung anwesend.

„Also – Kerstin Neufeld und der Koch Theo Rakow fallen für mich als Täter aus. Kerstin Neufeld hatte gleich mehrere Motive, Axel zu töten. Der denunzierende Artikel und eventuell Eifersucht – falls sie von Charlotte Behrens gewusst hat, was wir ihr bisher nicht nachweisen konnten. Rakows Motiv könnte ebenfalls der Artikel sein. Aber damit hatte Wittek als Fotograf nichts zu tun. Beide hatten kein Motiv, Wittek zu töten. Und wir sind uns doch einig, dass die Morde zusammenhängen?" fragte Markus Otten.

„Der Meinung bin ich durchaus. Bei Kerstin kann man allerdings nicht hundertprozentig wissen, ob Wittek sie eventuell mit irgendwas in der Hand hatte. Er könnte Neufeld beruflich schaden, vielleicht hatte er genug von dessen Rücksichtslosigkeit. Und wie man es dreht und wendet – Kerstin und Axels Schicksal hängen zusammen. Wenn Wittek Neufeld beruflich geschadet hätte, dann auch zumindest finanziell Kerstin", gab Frank zu bedenken.

Otten wiegte den Kopf. „Das scheint mir weit hergeholt, sie hatte ihr eigenes gutes Einkommen. Aber stellen wir das erstmal zurück. Sie bleibt bei unseren Verdächtigen eine

Randerscheinung. Nicht sehr wahrscheinlich, aber auch nicht unmöglich."

„Das Gleiche gilt übrigens für Sidonia Okebe. Was hatte sie mit Wittek zu tun? Allerdings wurde dort ihr Tarotkartendeck gefunden", fuhr Evelyn fort.

„Ja, von dem leider genau die Karte fehlt, die wir bei Neufelds Leiche gefunden haben. Hat Wittek die Karten gestohlen?", fragte Simone.

Otten hob die Schulter. „Möglich. Auch er hatte durchaus ein Motiv, Neufeld zu töten. Wie wir ja inzwischen wissen, sollte Neufeld der Nachfolger vom Besitzer des *Impuls* werden. Nach Neufelds Tod kam Wittek dran. Obendrein hat Neufeld Wittek die Artikelserie über diese überflüssigen Berufe vor der Nase weggeschnappt", bröselte Markus Otten auseinander.

„Dann hätten wir zwei Mörder, denn Wittek wurde ja nun mal auch getötet", überlegte Evelyn.

„Ja – und damit komme ich nicht ganz klar. Wie sollte ein zweiter Mörder darein passen?"

„Wenn Wittek Neufeld ermordet hat und Kerstin Neufeld das wusste oder ahnte, könnte sie Wittek aus Rache getötet haben", meinte Frank.

„Das wäre möglich. Ach, alles hat noch viel zu viele Ungereimtheiten. Und mein Gefühl sagt mir etwas anderes. Obwohl – möglich wäre es immerhin. Vielleicht hat Wittek auch mit Neufelds Ermordung seinem eigenen Mörder einfach die Arbeit abgenommen", meinte Otten.

„Du meinst, jemand wollte beide töten, Wittek ist ihm zuvorgekommen und der andere brauchte nur noch Wittek töten?", hakte Evelyn nach.

Otten hob resigniert die Arme. „Ist schon ziemlich verworren. Was zum Teufel tut das Kartendeck bei Wittek? Hat er es gestohlen? Oder hat doch Neufeld es mitgenommen und irgendwann bei ihm liegen lassen? Zwischen Vorhersage und seiner Ermordung liegt ja eine Weile, es wäre möglich gewesen."

Evelyn nickte. „Schon. Und wie passt Sidonia Okebe in das Verwirrspiel?"

„Sie hat ein schwaches Motiv für Neufelds Ermordung. Insgesamt wird es etwas stärker durch ihre Verbindung zu diesem Rick oder Richard. Aber nach eigener Aussage hat sie mit ihm seit beinahe zwanzig Jahren nichts mehr zu tun, seit sechzehn Jahren hat sie gar nichts mehr von ihm gehört. Ich glaube, sie sagt die Wahrheit", führte Otten aus.

„Ich auch", seufzte Evelyn. „Das stärkste Motiv hat bisher dieser Richard Voss, auch wenn alles, was passiert ist, schon so lange zurück liegt. Aber immerhin ist es noch so gegenwärtig, dass er beide bedroht hat. Zwar nur, ihre Karrieren zu zerstören, aber da kann eine Situation leicht entgleisen."

„Gleich zweimal?", fragte Otten.

Evelyn hob die Schultern. „Vielleicht wollte er sie töten und hat nur nicht offen damit gedroht. Auch er weiß, dass wir seine Mail finden würden."

„Bei Neufeld haben wir das nicht", meinte Otten.

„Weil der selbst sie gründlich gelöscht hat. Vielleicht hat er ja sogar eine neue Festplatte. Vermutlich, weil er keine Altlasten wieder aufleben lassen wollte. An seine Ermordung hat er nie geglaubt, dazu war er viel zu selbstgerecht", vermutete Evelyn.

„So gesehen hätte Neufeld eigentlich Richard Voss töten müssen", meinte Simone. „Vielleicht ist ja auch nur ein Unfall passiert?"

„Selbst das wäre möglich, wenn nicht dieser zweite Mord wäre", erwiderte Markus Otten. „An zwei Unfälle glaube ich nicht."

„Und vergesst mal nicht den Chef der beiden, diesen Alwin Hübner", gab Frank zu bedenken. „Nach seiner Aussage sollte die Berufesserie schlicht über ungewöhnliche, vielleicht sogar unbekannte Berufe handeln. Sie sollte belegen, wie man dazu kommt, was man für Aufgaben hat und so weiter. Schreiben sollte sie ursprünglich Wittek, wie wir wissen, obwohl der Fotograf war und kein Journalist. Und natürlich sollte er sie mit Fotos bestücken. Neufeld hat sie an sich gerissen und wollte daraus zuerst eine reißerische Serie über Berufe machen, die die Welt nicht braucht. Am Ende sollte das sogar ein Buch werden. Das Ganze hat sich völlig verselbstständigt und Neufeld hat gemacht, was er wollte. So wie immer. Sein Geschreibsel hätte viele Menschen bloßgestellt und beleidigt. Und das im Namen des *Impuls*. Das hat Alwin Hübner vielleicht gar nicht gefallen."

„Das könnte sein. Andererseits war er der Chef und hätte es einfach nicht drucken müssen, stattdessen wollte er ihn sogar zum nächsten Chef aufbauen", überlegte Otten zu. „So oder so ist das aber wieder nur ein Motiv für Neufelds Ermordung."

„Na ja, es könnte sein, dass Wittek dahinter gekommen ist und Hübner erpresst hat", überlegte Simone.

Otten hob den Arm und zeigte zustimmend mit dem Finger auf sie. „Möglich wäre das. Er ist zu Wittek in die Wohnung gegangen, um über die Angelegenheit zu sprechen, Wittek wollte sich nicht darauf einlassen und..." Otten knallte die flache Hand auf den Schreibtisch. Simone schrak zusammen.

„Irgendwie haben wir einen Container von Hinweisen und Möglichkeiten, die kein zusammenhängendes Bild ergeben. Irgendetwas fehlt", sinnierte Evelyn.

Markus Otten nickte. Er wusste im Moment auch noch nicht so recht, wohin das führen sollte.

Es klingelte an der Haustür und Sidonia dachte, es sei Bruno Feldmann. Sie hoffte durchaus, dass der Detektiv weiter ermittelte. Sie war noch nicht aus dem Schneider.

Aber vor ihr stand nicht Bruno, sondern ein unbekannter Mann.

„Guten Tag", sagte sie leicht irritiert. Sie erwartete niemanden.

Hinter ihr erschienen Mercedes und David, ebenfalls in der Annahme, dass Feldmann gekommen wäre.

„Guten Tag, Sidonia", grüßte der Mann.

Sidonia kam die Stimme vage bekannt vor. Es war eine Stimme aus der Vergangenheit. Sie betrachtete das Gesicht genauer, erkannte die grauen Augen, erkannte das schmale Gesicht von damals unter dem dicken Gesicht von heute und die sportliche Gestalt hinter dem dicken Bauch.

„Richard?"

„Ja, ich bin's."

Sie rührte sich nicht.

„Du siehst gut aus", sagte er, aber sein Versuch zu lächeln misslang.

Sie straffte sich. „Und du bist dick geworden", sagte sie betont barsch.

Sie wollte keine Wogen der Vergangenheit, die über sie hereinbrachen, zulassen.

Außerdem stimmte es. Er war damals schon ein fast vierzigjähriger Mann gewesen, groß, mit sportlicher Figur, etwas schlacksig sogar. Er hatte ein schmales Gesicht mit grauen Augen, dunklem, dichtem Haar und Bart gehabt.

Heute war er natürlich noch immer genauso groß und hatte dieselben grauen Augen, aber sein Haar war schütter geworden, er hatte mächtig an Gewicht zugelegt, was sich sogar in seinem speckig gewordenen Gesicht zeigte, seine Figur wirkte irgendwie mächtig und sein Bauch hing deutlich über dem Hosenbund.

„Das liegt an dem guten amerikanischen Essen", sagte er und schlug sich in selbstgefälliger Geste auf den Bauch. „Darf ich trotzdem reinkommen?"

Sidonia zögerte. Nein, sie wollte nicht, dass er hereinkam. Sie wollte nicht ihre Vergangenheit aufwärmen. Und der Mann, der vor ihr stand, war ihr unangenehm und fremd.

Mercedes und David standen immer noch im Flur und sahen schweigend zu.

„Ist das…", fragte Richard.

Sidonia sah sich um. „Ja, das ist Mercedes."

„Mercedes", wiederholte er und streckte ihr die Hand zum Gruß entgegen. „Ich bin Richard Voss."

„Ich weiß, wer du bist", erwiderte die junge Frau schroff ohne die Hand zu ergreifen. Er war ein Fremder. Ein Mann aus der Vergangenheit ihrer Mutter, nicht einmal aus ihrer

eigenen. Trotzdem fühlte sie ein wenig Neugier in sich aufsteigen. Neugier – nichts weiter.

Sidonia seufzte und trat zur Seite. „Ich weiß zwar nicht, was
du nach so langer Zeit hier willst, aber bitte, komm rein.
Aber eins muss dir klar sein: Du wirst nicht drum herum
kommen, uns zu erzählen, was du mit diesen verfluchten
Morden an Neufeld und Wittek zu tun hast. Wieso sind
Drohmails von dir auf dem Rechner des Fotografen? Wieso
kommst du nach so vielen Jahren aus Amerika zurück und
drohst diesen Menschen?"

Er war überrascht. Sie wusste also schon, dass er in Amerika
gewesen war. „Ach Sido, immer noch wie früher. Direkt
und ohne Umschweife. Aber du wirst dich wundern: genau
deshalb bin ich hier. Ich habe erfahren, dass du in dieser
Sache verstrickt bist. Aber ich warne dich - es ist eine lange
Geschichte. Sie beginnt vor vielen Jahren."

„Gut, dann erfahren wir ja endlich, was damals alles geschehen ist. Wieso du ohne ein Wort plötzlich fort warst."

Hörte er da etwa Groll in ihrer Stimme? Na, das war vermutlich verständlich. Er redete sich nicht ein, dass sie ihn
damals noch geliebt hatte, das war schon längst vorbei gewesen. Aber immerhin hatten sie ein gemeinsames Kind, für
das er hätte da sein müssen. Ja, er wusste es heute. Aber
damals hatte er nicht anders handeln können.

„Ich setze Tee auf", bot Mercedes an.

„Ja, Liebes, mach das. Und bring alles ins Wohnzimmer.
David, du kannst ruhig auch mitkommen."

Richard fühlte sich nicht wirklich wohl in seiner Haut, aber
dieser Gang zu Sidonia musste sein. Er wusste, dass sie als
Kartenlegerin in die Angelegenheit verstrickt war. Er wusste

auch, dass ihr bekannt war, dass er wieder in der Gegend war und dass er diese Mails geschrieben hatte. Und nun musste er ihr zumindest erklären, warum er Neufeld und Wittek so hasste. So viel schuldete er ihr und seiner Tochter, das war ihm klar.

Im Jahr 2002

Der vierzigjährige Richard Voss hatte sich entschieden. Er wusste, er hatte hier in Paderborn Verpflichtungen. Er hatte eine Exfreundin und eine kleine Tochter, die gerade mal drei Jahre alt war. Aber er hatte niemals Kinder haben wollen. Als Sidonia ihm eröffnet hatte, schwanger zu sein, hatte er sich nicht gefreut. Sie hatte sich gefreut, das war deutlich gewesen. Ganz so jung war sie nicht mehr, fünfunddreißig, bis das Kind geboren wurde, war sie schon sechsunddreißig. Es war ihr erstes Kind. Vielleicht nicht ihre letzte Chance, aber die biologische Uhr hatte auf jeden Fall begonnen zu ticken. Er glaubte keine Sekunde daran, dass sie ihn hereingelegt hatte. Nein, geplant hatte sie es nicht. Sie hatte immer allein gelebt so wie er und wollte das auch nicht anders. Die Schwangerschaft war auch für sie eine Überraschung gewesen, über die sie sich allerdings, im Gegensatz zu ihm, gefreut hatte. Eine Abtreibung kam für sie keinen Moment infrage. Es war ihre Entscheidung, die er jetzt seit drei Jahren mittrug. Er hatte bis heute keine Bindung zu dem kleinen Mädchen aufbauen können, auch wenn es noch so süß war – und das war es. Wunderschön sah es aus mit den schwarzen Locken seiner Mutter. Mercedes sah ihrer Mutter überhaupt unglaublich ähnlich, nur etwas hellere Haut hatte sie. Das war natürlich, denn er hatte ja weiße Haut.

Er sah sie sehr selten und Sidonia schien es nichts auszumachen. Vermutlich hatte sie sowieso gewusst, auf was sie sich einließ, als sie sich entschloss, das Kind zur Welt zu bringen. Immerhin hatte sie den meisten anderen etwas voraus, sie verstand die Kunst, in den Karten zu lesen. Und sie war auch kein naiver Teenager mehr, sie kannte die Menschen und insbesondere ihn.

Außerdem war sie nicht ganz allein, sie hatte ihre Mutter, die ihr bei der Versorgung der Kleinen half.

Und Geld bezahlte er ja. Monatlich ging die Überweisung ganz automatisch an Sidonia. Darauf konnte sie sich immerhin verlassen. Es tat ihm nicht weh. Er war erfolgreich in seinem Beruf als Fotograf. Er fotografierte für große Zeitungen, er zeigte Naturschauspiele ebenso wie Bauwerke, er fotografierte bei großen Veranstaltungen und wurde sogar zu politischen Ereignissen oder in Katastrophengebiete geschickt.

Und gerade jetzt hatte er eine Wahnsinnsidee, die er unbedingt in die Tat umsetzen wollte. Es war eine Riesenchance für seine Karriere, die er wahrnehmen würde.

Das bedeutete allerdings, dass er für geraume Zeit an den Amazonas gehen würde, mindestens für ein halbes Jahr, vielleicht sogar länger.

Er würde das nicht mit Sidonia ausdiskutieren.

Mercedes würde er noch etwas Geld auf einem Sparbuch dalassen. Er hatte genug Rücklagen. Nicht, weil er so wahnsinnig verantwortungsvoll war und sie vorsorgen wollte - das entsprach nicht seinem Lebensstil - nein, er brauchte einfach nicht so viel Geld wie er verdiente. Er hatte weder ein Haus noch eine Wohnung gekauft, sondern lebte in einer Zweizimmer-Mietwohnung, er brauchte nicht ständig neue Klamotten und vor allem keine feudale Kleidung. Wenn er Urlaub machte, dann mit dem Rucksack, auf Camping-plätzen oder in günstigen Gasthöfen. Große Hotels lagen ihm nicht. Er hatte sogar mal im Schlafsack direkt am Strand im Sand geschlafen.

Sein Wesen schlug sich auch in seiner äußeren Erscheinung nieder, die nicht ganz in diese Zeit und in diese Welt des Luxus passte. Seine Haare waren immer ein bisschen zu lang, er trug einen Bart und seine Kleidung war immer weit und leger. Er verstand sich als Künstler und so wollte er auch wirken.

Vermutlich war es sogar diese Ursprünglichkeit, zu der sich Sidonia einmal hingezogen gefühlt hatte. Auch sie war anders als die meisten.

Am Ende hatten sie aber doch nicht zusammengepasst. Möglicherweise war es am Ende die Geburt des kleinen Mädchens, die sie getrennt hatte.

Gleichgültig, nun würde er sein Leben weiterführen so wie er es wollte.

Die Reise konnte er sich leicht leisten. Kosten entstanden ja nur durch den Flug. Etwas zum Essen musste er dort wie hier kaufen.

Er würde einen Führer bekommen und mit ihm durch den Regenwald ziehen. Er würde Tiere fotografieren, die vielleicht noch nie jemand gesehen hatte. Und das Wich-tigste: Er würde Völker sehen, die noch ganz ursprünglich lebten.

Das war sein Traum. Deswegen hatte er Journalismus und Fotografie studiert. Und obendrein wollte er damit seinen Beitrag zur Rettung des Regenwaldes leisten, der immer weiter abgeholzt wurde.

Eine Zeitung, die sich die Vorkaufsrechte an den Bildern sicherte und bereit war, nach seiner Rückkehr eine Dokumentation über sein Leben und seine Abenteuer am Amazonas herauszubringen, war schnell gefunden. Er hatte einen guten Ruf in der Branche und das Thema war interessant und brisant.

Das bedeutete, dass er nach seiner Rückkehr sofort wieder Geld verdiente und nicht in ein großes Nichts fiel. Er zweifelte keinen Augenblick daran, dass er seine Bilder für viel Geld verkaufen konnte. Vielleicht konnte er sogar einen Bildband herausbringen.

Er vermietete nach Rücksprache mit seinem Vermieter seine Wohnung für ein halbes Jahr unter, verkaufte sein Auto, was ihm fürs erste zusätzliches Geld einbrachte und fuhr einfach los. Das Sparbuch für Mercedes hatte er in einen Briefumschlag gesteckt, den er erst am Düsseldorfer Flughafen aufgab. Sidonia sollte keine Möglichkeit bekommenen, ihn noch einmal zu sprechen. Dem Konflikt mit ihr wollte er sich nicht stellen.

Als er in das Flugzeug stieg, das ihn nach Brasilien brachte, ließ er alle Gedanken an sein Leben in Paderborn hinter sich zurück.

Ca. ein dreiviertel Jahr später:

Er war wieder in Paderborn. Um eine fantastische Erfahrung reicher. Es war das Beste gewesen, das er jemals getan hatte und es würde sicher nichts Vergleichbares mehr kommen in seinem Leben, das dieses Erlebnis toppen konnte.

Er war randvoll mit Erlebnissen, über die er berichten wollte, er hatte monatelang ein Leben geführt, das von seiner zivilisierten Welt in Deutschland noch weiter entfernt war als die Kilometer, die sie trennten.

So aufgewühlt, hatte er auf dem Flughafen in München einen Journalisten und einen Fotografen kennengelernt, die dort zum Oktoberfest angereist waren, um darüber zu berichten. Nichts Aufregendes. Etwas, das er früher auch getan hatte, das ihm jetzt aber vollkommen bedeutungslos erschien. Aber – die beiden waren deutlich jünger als er, Mitte zwanzig vielleicht. Sie hatten noch Zeit auf ihr eigenes Abenteuer, ihren eigenen beruflichen Höhepunkt hinzuarbeiten. Andreas Neuhaus und Kai Winter flogen mit ihm gemeinsam nach Hause und hingen an seinen Lippen, als er, der Ältere und Erfahrenere, von seinem langen Aufenthalt im Amazonas Regenwald berichtete. Er war in dieser Zeit noch mehr zum Naturburschen mutiert, als er es sowieso schon war. Sein Haar war noch länger geworden und wirkte leicht ungepflegt, genauso wie sein Bart, der dringend einen Schnitt brauchte, seine Kleidung war zerschlissen. Er war vollkommen übermüdet, denn er hatte von Tabatinga aus eine fast vierzigstündige Reise mit mehreren Zwischenstopps hinter sich. Ein Nickerchen im Flugzeug war eben nicht dasselbe wie eine Nacht in einem weichen, kuscheligen Bett oder im Schlafsack auf weichem Moosboden.

Sein Körper machte nicht mehr lange mit, aber seine Augen strahlten.

Während seines gesamten Aufenthaltes im Amazonasgebiet hatte er nicht ein einziges Mal an Sidonia und ihre gemeinsame Tochter gedacht. Der Gedanke an sie war tatsächlich erst wieder aufgetaucht, als er seinen Rückflug geplant hatte. Er hatte überlegt, ob er sich wieder bei ihr melden sollte, wenn er zurück war. Der Gedanke verflüchtigte sich allerdings vollständig, als er seinen beiden jungen Zuhörern in München von seinen Erlebnissen im Regenwald erzählte. Von den Tieren, die er gesehen hatte und von jenem Volksstamm, der noch vollkommen unberührt von der Zivilisation tief im Wald lebte und der ihn, einen weißen Fremden, für eine Weile aufgenommen hatte. Er hatte bei ihnen gelebt, ohne jede moderne Technik, hatte von dem gelebt, was der Wald hergab und was die Buschleute aßen.

Seine Prioritäten waren klar und eindeutig und hatten sich durch seinen Aufenthalt am Amazonas nicht verändert. Er wusste, dass er egoistisch und rücksichtslos war und dass ihn dieser Wesenszug nicht sehr sympathisch machte, aber er stand zu seiner Natur. Und er musste ja nicht jedem auf die Nase binden, dass er ein Kind hatte, um das er sich nicht zu kümmern gedachte.

Die Geschichte seines Aufenthaltes im Regenwald dagegen brachte ihm Aufmerksamkeit und Anerkennung.

Er hatte jetzt die letzte Etappe seiner langen Reise vor sich, dann würde er erstmal wieder in Paderborn ankommen. Seine Wohnung wartete auf ihn, sein Untermieter war inzwischen ausgezogen. Er freute sich auf ein heißes Bad und ein kuscheliges Bett.

Dann würde er anfangen, seine Bilder und seinen Bericht, den er jeden Abend akribisch geschrieben hatte, zusammenzustellen, um ihn der Zeitung vorzustellen und anzubieten. Ach, es waren so fantastische Bilder geworden! Er hatte das Gefühl, in einer Parallelwelt gelebt zu haben. Jetzt kam er zurück in die harte Realität der Zivilisation und er kam nicht auf Anhieb gut damit zurecht. Es war laut und unruhig auf den Flughäfen, Beton, Leuchttafeln, grelle Schriften, Lautsprecherdurchsagen, das Dröhnen von Motoren. Ob er sich je wieder eingewöhnen würde? Sein Körper rebellierte dagegen, er war vollkommen erschöpft und fühlte sich beinahe unfähig, in dieser Welt wieder zurechtzukommen.

Es gab viel zu tun, bevor er seinen Alltag wieder in eingefahrenen, aber unkomplizierten Bahnen leben konnte. Es begann schon damit, dass nicht das Geringste zum Essen im Haus war. Das Wasser und der Strom mussten wieder angeschlossen werden und seine Klamotten, die er im Regenwald dabei hatte, konnte er wahrscheinlich in die Mülltonne stecken.

Er kümmerte sich erstmal nicht darum, sondern schmiss sein Gepäck in eine Ecke im Flur. Auch wenn es ihm absolut widerstrebte – zuerst musste er einkaufen gehen. Er brauchte dringend Getränke und etwas Essbares und die nötigsten Hygieneartikel. Himmel, nicht mal Klopapier war im Haus!

Als er zurückkam, genehmigte er sich das ersehnte, heiße Bad und genoss es ausgiebig.

Nachdem er gebadet und seinen Bart einigermaßen gestutzt hatte und in sauberen Jeans und Hemd steckte, die er in Koffern im Keller zwischengelagert hatte, fühlte er sich frischer und schon etwas besser. Er entschied, ein paar Fotos als kleinen Vorgeschmack an die Zeitung zu mailen.

Sie waren alle noch auf der Kamera und zur Sicherheit außerdem auf CD-Rom gespeichert. Die Zeitung hatte ja das Vorkaufsrecht, aber eigentlich glaubte er, dass diese Serie eine Nummer zu groß für das Provinzblättchen war. Und er gedachte nicht, sich unter Wert zu verkaufen.

Er wollte seine CD-Tasche aus dem Handgepäck holen, aber er fand sie nicht. Was war los? Er war hundertprozentig sicher gewesen, dass er sie ins Handgepäck gepackt hatte. Nicht in den Koffer – Koffer konnten verloren gehen, das war ihm viel zu gefährlich erschienen.

Er suchte trotzdem in seiner Reisetasche, aber er fand sie nicht. Er wurde nervös. Okay, die Fotos waren auch noch auf dem Apparat, aber er wollte wirklich nicht, dass sie in falsche Hände gerieten, bevor er sie veröffentlicht hatte. Das wäre ja haarsträubend.

Konnte es sein, dass er die Mappe mit den CDs irgendwo liegengelassen hatte? Hatte er in München am Laptop damit gearbeitet? Dort hatte er schließlich einen längeren Aufenthalt gehabt. Nein, er konnte sich nicht erinnern. Er war so verdammt müde gewesen.

Er war mit den beiden jungen Journalisten ins Gespräch gekommen. Ihm wurde plötzlich siedend heiß. Er stürzte zu seiner Kameratasche, riss den wertvollen Apparat heraus, schaltete ihn an. Keine Speicherkarte. Das konnte doch nicht sein. Nein, das war völlig unmöglich!

Er schrie. „Neiiiiiiin!"

Ein Verdacht keimte auf. Konnte es wirklich sein, dass die beiden jungen Männer ihn bestohlen hatten? Er hatte doch

aufgepasst. Aber er hatte viel erzählt. Und im Flieger war er schließlich eingenickt, auch wenn der Flug nur kurz war, er hatte einfach eine so anstrengende Zeit hinter sich gehabt.
Aber: Keine CD-Roms, keine Speicherkarte! Zufall war das nicht.
Er musste der bitteren Tatsache ins Auge sehen: Er war bestohlen und betrogen worden. Nicht nur um die Fotos, sondern um Monate seines Lebens, um seinen Lebenstraum.

Sie verharrten schweigend. Voller Entsetzen.
Dann brach Sidonia das Schweigen. „Das ist ja schrecklich, Richard. Das tut mir wirklich leid. Haben diese beiden Journalisten deine Unterlagen wirklich gestohlen?"
„Ja."
„Und du hast sie nicht wiederbekommen?"
Er schüttelte den Kopf. Noch heute traf ihn diese Erkenntnis.
„Ich konnte die beiden nicht finden. Diese Namen gab es bei keiner Zeitung."
„Es waren Axel Neufeld und Klaus Wittek, nicht wahr?" fragte Sidonia.
Er nickte. „Das weiß ich heute. Damals hatte ich keine Chance. Ich habe aufgegeben und bin wieder nach Südamerika gegangen. Nach Brasilien. Dort lernte ich eine tolle Frau kennen – Margarita." Seine Augen begannen ein wenig zu strahlen, als er an sie dachte.
„Das ist schön", sagte Sidonia.
„Ja, wir hatten fantastische Jahre, wir lebten zuerst in Rio. Nach ein paar Jahren zogen wir nach Los Angeles. Sie hatte einen Sohn, der war aber damals schon vierzehn Jahre alt."

Sidonia schluckte. Sie hatte einen Sohn. Richard war einem fremden Jungen ein Vater gewesen, während seine eigene kleine Tochter ohne Vater aufwachsen musste.

Als könnte er ihre Gedanken erraten, sagte er: „Es tut mir leid. Es war auf einmal so einfach, das lag sicher daran, dass Juan schon ein Teenager war und obendrein ein Junge."

„Ich verstehe", würgte sie hervor.

Mercedes hörte schweigend zu. Sie konnte einfach nichts sagen.

David strich sich betreten durchs Haar. „Und jetzt, nach so vielen Jahren haben Sie herausgefunden, wer die beiden Journalisten von damals waren?", brachte David die Sprache auf das ursprüngliche Thema zurück.

„Ja."

„Warum sind Sie überhaupt zurückgekommen?"

„Margarita ist vor eineinhalb Jahren an Krebs gestorben. Danach regte sich in mir der Gedanke, mal wieder nach Deutschland zurückzukehren, in die alte Heimat. Es war eine Art Wehmut. Ich war während der vielen Jahre nicht ein einziges Mal hier gewesen. Aber vor einem dreiviertel Jahr flog ich her und blieb. Ich hatte sogar in Amerika mitbekommen, dass meine Bilder in einem Bildband erschienen waren. Diesen Bildband hätte ich erstellen müssen. Es war mein Werk! Es tat sehr weh, doch ich unternahm nichts dagegen. Aber immerhin stieß ich dadurch auf die richtigen Namen. Nämlich Axel Neufeld und Klaus Wittek. Auf den Fotos in dem Buch erkannte ich sie auch sofort wieder."

„Vielleicht hätten Sie beweisen können, dass Sie die Bilder geschossen haben. Sie hatten sicher mit vielen Menschen

Kontakt, die bezeugen könnten, dass Sie in Brasilien waren und nicht diese beiden jungen Männer."

„Ja, vielleicht. Aber ich wollte nur vergessen. Es ging mir gut. Und ich hätte das Buch nicht wiederholen können. Das Buch gab es ja jetzt schon."

David schüttelte sich. Er konnte das nicht so ganz verstehen. „Sicher hätten Sie mit einem Anwalt Schadenersatz beanspruchen können. Aber das ist Ihre Sache. Sie haben also nach Ihrer Rückkehr herausgefunden, wo Sie die Männer finden konnten. Was haben Sie dann gemacht?"

Richard nickte. „Ja. Irgendwo habe ich ein Bild von dem Fotografen gefunden. Ich glaube, es war auf der Homepage vom *Impuls*. Bei dem Journalisten war es schwieriger. Aber über den Fotografen kam ich auch daran. Facebook, Instagram… Die beiden waren älter geworden, aber man konnte sie erkennen. Neufeld hatte als Journalist wieder einen anderen Namen, Achim Nübel, aber die Initialen behielt er immer bei. Ich hatte sie gefunden, sie arbeiteten beide beim *Impuls*."

Mercedes stand auf und lief aus dem Zimmer. Es war zu viel für sie.

David erhob sich und folgte ihr. Doch in der Tür drehte er sich noch einmal um. „Sie haben ein Eins-A-Motiv für beide Morde, ist Ihnen das eigentlich klar?" Damit verschwand er.

„Ja? Habe ich das? Nach so vielen Jahren?"

„Sag du es mir", erwiderte Sidonia leise.

Er nickte gedankenverloren. „Ja, ich hatte es wohl. Sido, ich bin ein verbitterter, alter Mann. Das begann aber erst nach Margaritas Tod. Aber jetzt bin ich genau das. Der Gedanke kam auf, dass ich viel erfolgreicher in meinem Beruf gewesen wäre, wenn ich die Fotos hätte herausbringen können. Ich hätte meinen Reisebericht hinzugefügt, meine Erlebnisse und Gefühle geschildert. Es wäre fantastisch geworden. Aber nein. Alles weg. Wegen zwei skrupellosen, nichtsnutzigen, egoistischen Möchtegernjournalisten."

„Ja, aber du hättest dich dagegen wehren können. So wie David es gesagt hat."

„Möglich. Aber ich habe es nicht getan."

„Und jetzt bedauerst du deine verpasste Chance?"

„Ja."

„Und es ist einfacher, andere zu hassen, als das eigene Unterlassen zu beklagen", fuhr Sidonia fort.

„Na hör mal…", begehrte er auf.

Sie hob die Arme. „Nein, ich will nicht entschuldigen, was die Zwei getan haben. Nur hast du deinen Anteil an dem Dilemma. Du hast angeben wollen, als du sie getroffen hast. Du hast die Sachen ungesichert herumgetragen. Und du hast einfach aufgegeben, statt einen Anwalt zu nehmen und für deine Fotos und dein Recht zu kämpfen."

Er ließ matt den Kopf hängen. „Das muss ich mir wohl gefallen lassen."

„Ja. Und übrigens: Du hast mehr als nur eine Chance in deinem Leben verpasst. Was ist mit der Chance, dein Kind aufwachsen zu sehen? Du hast einen Hang zum Davonlaufen, Richard Voss. Auch vor der Verantwortung für Mercedes bist du davongelaufen."

Er hob resigniert die Arme und ließ sie wieder fallen. „Jetzt bin ich ja da."

„Jetzt ist es zu spät", kam eine schneidende Stimme von der Tür her. Sie gehörte Mercedes.

Kapitel 9
Dienstag

Bruno Feldmann stand etwas abseits und geschützt hinter einem Baum auf dem Friedhof. Die Beerdigung von Axel Neufeld an diesem Dienstagmorgen war nicht sehr groß. Bruno überlegte, warum es Kerstin Neufeld überhaupt so eilig hatte. Sie hätte gut noch ein paar Tage warten können. Aber kaum war die Leiche frei gegeben worden, fand die Beerdigung statt.

Na ja, vermutlich wollte sie diesen schweren Gang einfach hinter sich bringen; vor allem nachdem, was er ihr alles zugemutet hatte – eine Geliebte mit Kind, ein Buch, in dem er sie denunzieren wollte – was alles erst nach seinem Tod ans Tageslicht gekommen war.

Vermutlich waren deshalb auch nur so wenige Menschen anwesend. Es war ja nicht einmal genug Zeit gewesen, eine Zeitungsanzeige mit dem Datum zu drucken.

Bruno überlegte, dass er selbst auf diese Art wohl nicht beerdigt werden wollte, auch wenn es ihm eigentlich gleichgültig sein konnte. Er würde es ja nicht mehr merken. Am liebsten hätte er eine Seebestattung. Ja, auf jeden Fall. Das Wasser war sein Element. Er träumt davon, später, wenn er nicht mehr als Detektiv tätig sein würde, irgendwo ans Meer zu ziehen, auf einem Hausboot zu leben und jeden Tag zu schwimmen, dem Wasser zuzusehen, die Wellen zu hören. Ja, dort gehörte er hin. Er würde ja nicht viel Platz brauchen. Ein Hausboot wäre genau das Richtige. Vielleicht in Holland, dort gab es diese Wohnmodelle.

Er straffte sich entschieden. Weg mit diesen Gedanken. Er war kein sentimentaler Mensch, es musste an der Beerdigung dieses jungen Mannes liegen. Und Bruno war immerhin auch schon einundfünfzig, da wusste man, dass man über die Hälfte seines Lebens hinter sich hatte.

Er konzentrierte sich wieder auf die Beerdigungsgesellschaft. Axels Frau Kerstin war natürlich dort. Und zwei ältere Ehepaare. Das waren sicher die Eltern von Kerstin und natürlich von Axel. Die alte Frau wurde von einem Mann in den Vierzigern gestützt. Konnte es ein Bruder von Axel sein? Hatte er einen Bruder?

Eine weitere Frau war dort und zwei Kinder von etwa zehn Jahren.

Die paar anderen Leute waren mit Sicherheit Familie – vielleicht hatte Kerstin ja auch Geschwister.

Eine der Frauen war aus der Boutique, die erkannte Bruno wieder. Er hatte aus Recherchegründen die Boutique von Kerstin besucht. Es war immer gut zu wissen, wie die Menschen im Umfeld aussahen, in dem er recherchierte.

Und dann stand da auch noch Klaus' Ex-Ehefrau Sabine. Das wäre nicht allzu erstaunlich gewesen, denn immerhin waren die Familien befreundet, wenn Klaus nicht ebenfalls getötet worden wäre und seine Beerdigung vermutlich in wenigen Tagen stattfinden würde. Gut, sie war die Exfrau, aber immerhin hatten sie zwei gemeinsame Kinder, die sie jetzt sicher trösten musste. Obendrein schien sie gar nicht allzu traurig zu sein.

Na ja, vielleicht verband sie etwas mit Kerstin, dass sie sich irgendwie verpflichtet fühlte, hier zu sein.

Auch dieser Otten und eine weitere Polizistin standen am Rand.

Und dann waren da noch drei Leute, die miteinander flüsterten. Die schien etwas anderes zu beschäftigen als die Beerdigung. Wer waren die und wieso benahmen die sich hier so? Am erstaunlichsten aber war eine junge Frau, die ganz allein etwas abseits hinter einem Baum stand, als würde sie nicht dorthin gehören. Das musste Charlotte Behrens sein. Bruno wusste nicht, wie sie aussah, aber die ganze Art, wie sie da stand, voller Trauer, aber abseits der Familie, ließ darauf schließen. Sie wollte es sich nicht nehmen lassen, ihn bei seiner letzten Reise zu begleiten, aber eigentlich gehörte sie nicht hierher.

Bruno war so in das Beobachten der verschiedenen Menschen vertieft, dass er kaum mitbekam, wie der Sarg in die Erde gelassen wurde, die Menschen Blumen oder eine Schaufelspitze Erde darauf warfen und die kleine Gesellschaft sich allmählich auflöste. Die Menschen strömten in einer kleinen Prozession den schmalen Weg zwischen den Gräbern hindurch. Außer zwei Frauen. Die junge, sehr traurige, die abseits gestanden hatte und Sabine Wittek, die zwar zur Gesellschaft gehörte, aber offenbar nichts empfand.

Die drei Leute, die auf der Beerdigung miteinander geflüstert hatten, gingen an Brunos Versteck vorüber. Es waren eine junge Frau und zwei Männer. Er konnte nicht alles verstehen, was sie sagten, aber er wusste, dass es Mitarbeiter des *Impuls* waren. Auch dort hatte er sich umgesehen. Er hatte vor dem Verlagshaus gestanden und sich die

Personen eingeschärft, die das Gebäude betraten. Diese drei hatte er alle gesehen und er glaubte nicht, dass es sich um Kunden handelte. Was hätten die auch auf der Beerdigung zu suchen gehabt? Außerdem kannten die drei sich ja und sprachen hektisch aufeinander ein. Was war da nur los?

Bruno trat hinter dem Baum hervor und sah ihnen nach. Das war auf jeden Fall interessant gewesen. Hatte sich doch gelohnt, auf die Beerdigung zu gehen. Im *Impuls* schien etwas nicht gut zu laufen. Man hatte doch die ganze Zeit deutlich erkennen können, dass sie irgendein Problem diskutierten, so heftig, wie sie gedämpft aufeinander einsprachen.

Klaus Wittek hatte ja auch schon vermutet, dass im Verlag irgendetwas nicht stimmte. Bruno sollte die Zeitung auf jeden Fall näher unter die Lupe nehmen.

Charlotte schlenderte langsam nach Hause. Sie hatte die giftigen Blicke von Axels Ehefrau bemerkt, als diese auf dem Rückweg mit forschem Schritt an ihrem Baumversteck entlang geschritten war. Eine Freundin war an Kerstins Seite und dieser Anwalt, der sie besucht und ihr die Todesnachricht überbracht hatte.

Charlotte war es gleichgültig, wie die Ehefrau sie ansah. Sie war traurig, trauriger als Kerstin. Charlotte war erschüttert und hätte nie und nimmer einfach zu Hause bleiben können, ohne an diesem Tag von Axel Abschied zu nehmen.

Sie wusste, er hatte einen schlechten Ruf und sie wusste auch, dass er manchen Menschen auf den Schlips getreten war. Er war nicht gerade ein Gutmensch gewesen. Sie wusste auch von der Drohmail dieses alternden Fotografen, den er und Klaus vor vielen Jahren um einen Auftrag gebracht hatten. Aber das war lange her und Charlotte hatte Axel vollkommen anders kennengelernt.

Sie war so tief in Gedanken versunken gewesen, dass sie den Mann, der hinter ihr herkam erst bemerkte, als er schon direkt neben ihr war und sie ansprach. Sie zuckte zusammen.

„Sie sind doch die Freundin von Axel Neufeld?", fragte er.

Sie sah ihn überrascht an. Er war schon etwas älter und ihr völlig unbekannt. „Ich wüsste nicht, was Sie das angeht", erwiderte sie abweisend.

„Entschuldigen Sie, mein Name ist Bruno Feldmann. Ich bin Privatdetektiv. Und ich hoffe, Sie können mir etwas weiterhelfen."

„Privatdetektiv?"

„Ja." Er zückte seinen Ausweis und hielt ihn ihr unter die Nase.

„Wissen Sie, Klaus Wittek hat mich vor seinem Tod noch beauftragt."

Sie sah ihn abwartend von der Seite an.

„Haben Sie eine Ahnung, ob Axel und Klaus Streit mit Kollegen hatten?", fragte er.

„Streit? Nein, aber Axel hätte mir so etwas auch nicht erzählt. Das hat ihn überhaupt nicht sonderlich interessiert und er hätte unsere wenige gemeinsame Zeit damit nicht belastet. Warum denken Sie das?"

„Das Verhalten seiner Kollegen war sehr auffällig. Die ganze Zeit haben sie miteinander geflüstert – sogar während der Beerdigung."

Charlotte blieb stehen und sah ihn jetzt mit zusammengekniffenen Augen an. „Ja, das ist mir auch aufgefallen."

„Was also könnte da los gewesen sein?"

Sie hob die Schultern. „Sicher hat es mit diesem Buch über ungewöhnliche Berufe zu tun. Damit hat Axel sich wohl einige Feinde gemacht. Auch in der Zeitung hat das nicht jeder begrüßt."

Waren seiner Meinung nach auch eher überflüssige Berufe, nicht ungewöhnliche, dachte Bruno. Aber das sagte er nicht, er wollte diese Charlotte nicht verärgern. Sie schien eine sehr nette junge Frau zu sein.

„Wissen Sie, dass es noch einen Fotografen gibt, der einen uralten Groll gegen Axel und Klaus hegt und beiden gedroht hat? Normalerweise hat Axel gar nicht über so etwas geredet. Aber das hat er erwähnt. Allerdings hatte er keine Angst. Es hat ihn eher amüsiert", berichtete Charlotte.

„Amüsiert?", fragte Bruno verständnislos.

„Er hat es nicht ernst genommen. Er sagte wörtlich: Da kommt der nach mehr als fünfzehn Jahren und möchte alte Streitereien aufwärmen. Der glaubt doch nicht, dass er mir damit Angst machen kann?"

„Wissen Sie, um was es dabei ging?"

„Nicht im Detail. Natürlich habe ich gefragt. Axel und Klaus haben ihm damals einen Auftrag vor der Nase weggeschnappt. Und der war immer noch neidisch. Vermutlich war es der Auftrag seines Lebens." Sie zuckte die Schultern.

„Axel meinte, es seien Alte Kamellen."

„Ich kenne die Geschichte. Sie war schon etwas ernster. Axel und Klaus haben durchaus kriminelle Energie aufgebracht, um den Mann um den Auftrag zu bringen." Ihre Augen weiteten sich überrascht.

Bruno berichtete ihr so kurz es ging, was er darüber wusste. Ihre Augen wurden immer größer. In ihrem Gesicht stand deutlich das Erschrecken über das Vorgehen ihres Geliebten. Das war ein starkes Stück, was Axel sich da geleistet hatte.

Plötzlich konnte sie fast verstehen, dass der Mann noch immer Groll gegen Axel und Klaus hegte. Aber eben nur fast. Es war doch so lange her. Und für sie am wichtigsten war sowieso, dass Axel sich ihr und Marie gegenüber immer anders verhalten hatte.

„Frau Behrens, darf ich Sie anrufen, wenn ich noch Fragen habe?"

„Gerne, allerdings wüsste ich nicht, wie ich Ihnen helfen könnte." Sie nannte ihm ihre Telefonnummer, die er direkt in sein Handy eintippte, dann ging sie davon.

Er sah ihrer schlanken Gestalt nach. Charlotte ging langsam und kerzengerade. Aber irgendetwas an ihrer Haltung verriet, dass sie gerade das fast übermenschliche Kraft kostete.

Merkwürdig, dachte Bruno, was hat sie nur an Neufeld gefunden? Er musste wohl zwei Seiten haben, wenn Frauen wie Kerstin Neufeld und diese Charlotte ihn geliebt hatten.

Aber weitergeholfen hatte ihm das Gespräch nicht. Bruno schüttelte ratlos den Kopf. Wo sollte er nur anfangen? Er war ein Ein-Mann-Betrieb. Er konnte nicht überall gleichzeitig sein. Er kratzte sich nachdenklich am Hinterkopf und dann fiel ihm plötzlich etwas ein.

Jan Tenbrock fuhr zusammen mit seiner Frau Katja, Kerstin und deren Geschäftspartnerin und Freundin Frauke zu dem Lokal, in dem der Leichenschmaus stattfinden sollte.

Ein makabrer Brauch, wie er fand. Die Menschen trauerten und weinten am Grab und dann gingen sie schnurstracks zum Essen, schlugen sich die Bäuche voll, hielten Small Talk und lachten.

Katja meinte, es sei gut so. Man habe Abschied genommen und müsse danach das eigene Leben und das Lachen wieder finden.

Aber so unmittelbar?

Na ja, es war sowieso egal, der Brauch war nun mal so und Kerstin hatte nicht vorgehabt, die wenigen Freunde und Familienmitglieder, die anwesend waren, ohne Leichenschmaus zu verabschieden.

„Hat die Polizei wohl schon eine Idee, wer der Täter ist?", fragte Kerstin jetzt. „Nein, ich glaube nicht. Ich muss dir leider sagen, dass es an Tatverdächtigen nicht gerade mangelt", erwiderte Jan wenig taktvoll.

Katja stieß ihn mit ihrem Ellenbogen in die Seite.

Er bemerkte Kerstins entsetzten Blick.

„Tut mir leid, ich meine wegen des Buches. Das weißt du doch."

Das war nicht ganz das, was er meinte. Er wusste, Axel hatte sich im Laufe seines Lebens so einige Feinde gemacht. Nicht nur wegen des Buches. Das war nur das Letzte, was geschehen war, aber nicht das Einzige.

„Ja", sie nickte. „Aber ich will, dass der Täter gefunden wird. Ich will ihm ins Gesicht sehen und ...." Sie brach ab.

„Und?", hakte Jan nach.

„Hineinspucken."

Ja, genau das wollte sie tun. Trotz ihrer eigenen Wut und Enttäuschung über Axels Verhalten. Oder gerade deshalb?

Wenn sie zu seinen Lebzeiten von dem Buch und der Geliebten erfahren hätte, hätte sie mit Axel streiten können, hätte ihm ihre Wut ins Gesicht schreien können. Jetzt war ihr das genommen worden. Jetzt musste sie alles in sich hineinfressen.

„Kerstin, mach keine Dummheiten", mahnte Jan.

Dummheiten? So ein Unsinn. Dummheiten machten Kinder beim Spielen.

„Es gab diese Drohmail von dem Fotografen. Kurioserweise ist er der Ex dieser Handleserin und der Vater ihrer Tochter. Ist das nicht merkwürdig?", äußerte sie.

Die Polizei hatte sehr offen mit ihr darüber gesprochen. Offenbar hatte Axel die Mail gelöscht. Warum? Hatte er sie so wenig ernst genommen? Wie gut, dass Klaus sie noch hatte, sonst wären sie dem Mann nie auf die Spur gekommen.

Sie waren vor dem Lokal angekommen, Jan parkte den Wagen und sie stiegen aus.

„Nicht halb so merkwürdig wie du denkst. Axel ist garantiert genau deshalb absichtlich zu Madame Sidonia gegangen", vermutete Jan.

„Wie kommst du denn darauf?" Kerstin blieb stehen und sah ihn mit großen Augen an.

„Das wäre genau Axels Art von Humor", antwortete Jan. „Und jetzt komm, lass uns hineingehen oder willst du hier Wurzeln schlagen?", sagte er so harmlos er konnte.

Bruno Feldmann war vor Sidonias Haus angekommen. Mercedes öffnete und ließ ihn herein.

Er wurde in die Küche geführt, wo Sidonia am Herd stand und dieser David auf einem Stuhl am Tisch saß. Wohnte der Typ hier? Na ja, es waren Semesterferien, vermutlich wollten Mercedes und er einfach zusammen sein.

Sidonia bot Bruno einen Stuhl und etwas zu trinken an, was er beides gerne annahm. Er hatte Durst und konnte eine Cola gut brauchen.

Dann eröffnete er ihnen, was er auf dem Friedhof beobachtet hatte und äußerte seinen Verdacht, dass in der Zeitung etwas nicht ganz in Ordnung war.

„Die Zeitung sollte man unter die Lupe nehmen", sagte er und trank einen Schluck Cola. „Vielleicht gibt es ja irgendeinen Skandal. Aber wie soll ich das herausbekommen?"

„Wie wäre es damit einfach zu fragen?", schlug Mercedes vor.

„Klar, da reden die bestimmt ganz offen drüber."

„Tja dann… im Fernsehen gehen Detektive in solchen Fällen getarnt in eine Firma und schnüffeln ein wenig herum", schlug Mercedes vor.

Bruno unterdrückte ein Grinsen. Das lief ja besser, als erwartet. Das Mädchen schlug auf Anhieb einen Undercover-Einsatz vor.

„An sich eine gute Idee, aber ich bin quasi ein Ein-Mann-Betrieb. Ich fürchte, dieser Fall ist eine Nummer zu groß für mich. Vielleicht sollte man eine größere Detektei hinzuziehen."

„Oder sich auf die Polizei verlassen. Haben Sie denen schon gesagt, was Sie gehört haben?", fragte Sidonia.

„Nein."

„Das sollten Sie auf jeden Fall tun."

„Ja, mache ich", knurrte er.

Davids bisher grüblerisches Gesicht hellte sich plötzlich auf. „Wie wäre es, wenn ich als Praktikant im *Impuls* anfange?"

„Auf keinen Fall!", schrie Sidonia.

„Gute Idee", jubelte Bruno Feldmann.

„Spinnst du?", fragte Mercedes gleichzeitig.

„Nein. Das wäre doch auch eine Chance für mich. Ich meine, ich studiere Jura und so könnte ich undercover ermitteln. Ich hatte doch sowieso schon vorgehabt, etwas zu recherchieren."

„Ein Undercover Einsatz gehört nicht zum Job eines Anwalts", warf Sidonia scharf ein. „Außerdem wollt ihr doch zu deinen Eltern nach Bielefeld fahren. Und euer Urlaub ist auch gebucht."

David winkte lässig ab. „Hab noch eine Woche Zeit. Meine Eltern werden das verstehen. Es kann doch gar nichts passieren. Sieh mal, dort fehlen jetzt zwei Journalisten – die brauchen jemanden. Wenn ich mich als Journalistikstudent dort vorstelle…"

„…wollen sie vielleicht einen Nachweis?", hielt Mercedes dagegen.

Wieder das lässige Abwinken. „Schlimmstenfalls nehmen sie mich halt nicht."

Bruno Feldmann strahlte. Genau das war ihm vorhin durch den Kopf gegangen. David als unterstützende Kraft im *Impuls*.

Sidonia schaute ihn grimmig an. Das konnte doch nicht gutgehen.

Und Mercedes dachte nur: Hoffentlich nehmen sie ihn nicht.

„Aber wir dürfen uns nicht nur auf den *Impuls* versteifen", redete Bruno Feldmann in ihre Gedanken hinein. „Es gibt immer noch dieses Buch, dessen Protagonisten alle ein Motiv haben, mit Ausnahme von Ihnen natürlich, Frau Okebe. Und es bleibt die Frage, warum hier eingebrochen wurde und die Tarotkarten entwendet wurden."

„Ich dachte, das hat Klaus Wittek getan, um den Verdacht auf Sidonia zu lenken", warf David ein.

„Möglich, nur weiß man da auch wieder nicht, warum er Sidonia so bewusst unter Verdacht bringen wollte. So skrupellos war vielleicht Axel, aber nicht Klaus. Das würde höchstens Sinn machen, wenn er selbst Axel getötet hätte und den Verdacht von sich ablenken wollte. Und ich persönlich glaube nicht daran."

„Oder wenn er jemanden schützen wollte?", überlegte David. Bruno wiegte nachdenklich mit dem Kopf. Möglich wäre natürlich auch das. „Aber wen? Ach, es ist schon verzwickt. Das beste Motiv für beide Morde hat bisher wirklich dieser Richard Voss."

Wieso arbeite ich eigentlich überhaupt weiter an dem Fall, dachte er plötzlich. Mein Auftraggeber ist tot. Reizt mich dieser Fall so sehr, dass ich sogar ohne Honorar arbeite? Denn darauf wird es ja wohl hinauslaufen. Oder fühle ich mich Klaus gegenüber verpflichtet?

„Wir sollten uns auch noch mal in der Hütte umsehen", schlug er wie von selbst vor.

„Da hat doch die Spurensicherung alles von links auf rechts gedreht", meinte David.

„Und wenn schon. Diese Hütte war Axels Refugium. Wenn er etwas versteckt hat, dann dort", beharrte Bruno.

„Okay, ich komme mit!", bot David sofort an.

Mercedes verdrehte die Augen. Oh Scheiße, jetzt hatte David die Abenteuerlust gepackt. Nur spielten sie hier nicht *Räuber und Gendarm*. Das hier war echt.

David ließ sich nicht davon abhalten. Der Gedanke, an der Aufklärung dieses Verbrechens maßgeblich mitzuwirken, motivierte ihn enorm. So machte er sich nur kurze Zeit später auf den Weg zum Zeitungsverlag.

Er wollte auf jeden Fall versuchen, sich als Praktikant dort einzuschleusen.

Und während David in die Paderborner Innenstadt unterwegs war, machte sich Bruno Feldmann auf den Weg zum Haxtergrund, wo er die Hütte aufs Korn nehmen wollte.

Er hatte Davids Angebot, ihn dorthin zu begleiten, nicht angenommen, sondern ihm gesagt, er solle sich lieber zeitgleich um den Job beim *Impuls* bewerben. Er fand, es war besser, die Aufgaben aufzuteilen und gleichzeitig an verschiedenen Stellen zu arbeiten.

Das Geheimnis um die Lage der Hütte war längst gelöst. Klaus Wittek hatte die ja schon in seinem Artikel erwähnt. Dann hatte er Bruno ungefähr beschrieben, wo sie sich befand. Inzwischen hatte es sogar Fotos der Hütte im *Impuls* gegeben. Bruno hatte eine ziemlich genaue Vorstellung.

Er konnte sich allerdings auch vorstellen, wie Markus Otten toben würde, weil durch den *Impuls* die polizeilichen Ermittlungen nahezu öffentlich ausgetragen wurden.

Sidonia schüttelte ein wenig ratlos den Kopf, als die beiden Männer fort waren. „Ich weiß nicht, was ich davon halten soll."

„Ich schon. Und ich bin stocksauer!", kreischte Mercedes. „Wie kann David so einen Scheiß machen. Und alles, was ich sage, ist ihm egal."

„Männer. Erstens machen die sowieso, was sie wollen und zweitens hat ihn ganz offensichtlich die Abenteuerlust gepackt. Für Bruno ist es sein Beruf. Aber dein David scheint wohl zum Helden mutieren zu wollen."

„Der ist nicht mehr lange **mein** David, wenn er das wirklich durchzieht", maulte Mercedes. „Der bringt sich doch in Gefahr, verdammt!"

Plötzlich lief durch Sidonias Körper ein Schauer, der sie zum Erzittern brachte.

„Was ist, Mama?", fragte Mercedes, die das kurze Zittern bemerkt hatte.

Sidonias Herz raste und sie hatte das Gefühl, als ob durch ihre Haut Tausende von Ameisen krabbelten.

„Es besteht Gefahr", hauchte sie. „Ich denke, wir sind alle in Gefahr. Nicht nur die beiden Männer."

Bruno Feldmann hielt seinen Wagen am Waldweg, schulterte seinen Rucksack mit verschiedenem Equipment und ging das letzte Stück zur Hütte zu Fuß.

Seine Schritte knirschten auf dem Schotterweg. Er mochte das Geräusch, er mochte diese unebenen aufgeschütteten Wege, er mochte es, in dem Grün einzutauchen. Er mochte den Wald beinahe genauso gerne wie die See. Am besten wäre es, er würde am Meer leben und gleich dahinter begann auch noch ein Wald. Er musste es sich eingestehen: Er war kein Stadtmensch, er war durch und durch ein Naturbursche. Noch ein paar Jahre, dann würde er gehen, sein letztes Lebensdrittel in der Natur verbringen.

Ach Gott, er wurde offenbar wirklich alt. Daran dachte er jetzt heute schon zum zweiten Mal.

Währenddessen ging er weiter, Spaziergänger kamen ihm entgegen, grüßten gut gelaunt. Er grüßte zurück, etwas geistesabwesend.

Und dann tauchte die Hütte auf. Zwischen Bäumen lag sie da. Einsam.

Er stapfte durch das Unterholz darauf zu. Das Absperrband der Polizei war entfernt worden und flatterte achtlos auf dem Boden. Die Durchsuchungen hier waren abgeschlossen. Was würde jetzt mit der Hütte passieren? Wenn Axel der Eigentümer war, würde sie jetzt sicher seine Frau erben. Aber was sollte die mit einer Hütte im Wald? Bruno lachte etwas missmutig vor sich hin. Die elegante Kerstin Neufeld, Eigentümerin einer exquisiten Boutique, Beraterin in Sachen Schönheit, Kleidungsstil und Typfragen – hier im Wald?

Er schüttelte sich. Das ging ihn nichts an. Das war nun wirklich nicht sein Problem. Er ging weiter. Da – war da nicht ein Geräusch gewesen? Er sah sich um. Nein, er konnte niemanden sehen. Er sah wieder zur Hütte, kniff seine Augen zusammen. War dort gerade jemand hinter dem Fenster gewesen? Oder sah er Gespenster?

Er wurde vorsichtiger. Wenn dort jemand war, konnte er nicht sicher sein, ob er willkommen war.

Er war jetzt direkt vor dem Häuschen, drückte auf die Klinke. Die Tür sprang auf. Er runzelte die Stirn. Warum war die Tür nicht abgeschlossen? Er dachte an sein Dietrich-Set in seinem Rucksack. Auch er hätte die Tür leicht öffnen können. War noch jemand da, der das konnte? Oder gab es jemanden, der einen Zweitschlüssel hatte? Die Geliebte vielleicht?

Bruno schob die Tür ganz sacht auf, sie knarrte leise. Im Inneren war es leicht dämmrig, obwohl es ein heller Tag war. Natürlich – sie lag mitten im Wald und verfügte nur über kleine Sprossenfenster.

Er setzte einen Schritt auf den Holzboden, sah sich um. Es war nichts zu sehen. Ein Fenster schwang auf. Hatte der- oder diejenige ihn auch gesehen und war aus dem Fenster geflohen? Ach, was war das denn für ein Unsinn? Wieso sollte er? Oder hatte die oder der Angst vor Bruno? Hieß es nicht, Täter kommen immer an den Tatort zurück? In dem Fall könnte es natürlich gut sein, dass der andere der Täter war. Bruno war wachsam, ging einen Schritt weiter, schob den Kopf vor, spähte vorsichtig um die Ecke.

In gleichen Moment wurde die Zimmertür so heftig gegen seinen Kopf geschlagen, dass er einen Augenblick lang ganz benommen war.

Und noch bevor er wieder ganz bei sich war, bekam er von der Seite einen Fauststoß gegen die Schläfe.

Sterne tanzten vor seinen Augen, ihm wurde schwindelig. Er taumelte.

Ein zweiter Schlag traf ihn am Kopf. Er stürzte auf den Fußboden, der Raum um ihn her verschwamm. Er bekam einen Tritt in den Bauch, er krümmte sich vor Schmerzen, die

Umgebung um ihn herum wurde schwarz. Dann blieb er regungslos liegen.

David kam überschwänglich von dem Zeitungsverlag zurück.

„Sie haben mich mit Kusshand genommen. Ich kann gleich morgen anfangen. Ich habe ihnen gesagt, dass ich Journalismus studiere und sie haben angebissen. War ganz einfach. Die sind echt in der Bedrouille wegen des Verlustes der beiden Mitarbeiter."

Er stutzte, als er die verschlossenen Gesichter von Mercedes und Sidonia bemerkte. „Is' was?"

„Natürlich ist was. Denkst du, mir gefällt, was du da tust? Dort arbeitest du vielleicht mit einem Mörder zusammen."

„Ach", er winkte ab. „Der hat doch kein Motiv, mir etwas anzutun."

„Ach nein? Und wenn er merkt, dass du gar kein Journalismusstudent bist und nur herumschnüffelst?", keifte Mercedes. „Verdammt, David, das ist einfach nicht deine Aufgabe. Nicht deine Sache. Lass das die Polizei machen."

„Merci", er griff nach ihrer Hand, doch sie zog sie entrüstet weg.

„Ich bin ganz vorsichtig. Ich unterstützte da nur die Mitarbeiter, habe kein eigenes Projekt. Am Ende ist es doch wirklich interessant für mich. Wegen der Recherche, aber auch, um einen Einblick in die Zeitungsarbeit zu bekommen."

„Du studierst aber nicht wirklich Journalismus und hast das auch nicht vor. Also ist das vollkommen unwichtig für dich", hielt Mercedes dagegen, dann drehte sie sich um und rannte wütend aus dem Zimmer und die Treppe hinauf.

David sah ihr verdattert nach. Verwirrt blickte er Sidonia an. Die hob die Schultern. „Du musst das verstehen. Sie macht sich Sorgen. Und ich auch."

David stürzte hinter Mercedes her die Treppe hinauf.

Der junge Mann warf einen letzten Blick auf den verletzten, bewusstlosen Mann auf dem Fußboden. Verdammt, wie hatte das passieren können? Was hatte der Typ hier zu suchen? Er hatte extra die Zeit ausgenutzt, in der er davon ausgehen konnte, dass sowohl Familie als auch Kollegen der Zeitung bei der Beerdigung von Axel Neufeld waren. Die Polizei hatte hier sowieso schon genug herumgeschnüffelt, es war also nicht davon auszugehen, dass die hier auftauchen würden. Trotzdem – er war sich so verdammt sicher, dass dieser Neufeld hier in der Hütte etwas versteckt haben musste. Was hatte der ihn unter Druck gesetzt, regelrecht erpresst und immer mit dem zarten Hinweis auf Beweise, die er hatte. Die konnten doch nur hier sein. Aber die Polizei hatte nichts gefunden… Er hatte doch überhaupt keine andere Wahl gehabt, als sich hier noch mal gründlich umzusehen. Und dann kam dieser Typ hier herein geschneit. Wer war der überhaupt? Zum Glück hatte er ihn vom Fenster aus gesehen und sich rechtzeitig verstecken können. Er hatte ihn bewusstlos geschlagen, damit er nichts mitbekam und er hatte ihn mit groben Stricken gefesselt, damit der ihn nicht plötzlich überraschen konnte, wenn er aufwachte. Denn bisher hatte er noch nicht gefunden, was er suchte.

Er wollte schon aufgeben, als ihm doch noch aufgefallen war, dass diese eine Bodenlatte lockerer zu sein schien. Er konnte sie ganz leicht heraushebeln und darunter waren tatsächlich die Aufzeichnungen, die er gesucht hatte. Bei der Durchsuchung der Polizei war die lose Latte zu seinem Glück nicht aufgefallen. Warum auch? Üblicherweise wurde dabei nicht der Fußboden aufgehebelt.

Okay, Neufeld war tot, der konnte ihm nichts mehr anhaben. Und die Aufzeichnungen hatte er jetzt auch und würde sie verbrennen. Aber es war doch gut gewesen, dass er das nicht nach der polizeilichen Untersuchung hatte auf sich beruhen lassen. Man sah es ja – da kam aus dem Nichts ein Typ, der ebenfalls in der Hütte herumschnüffelte. Was sonst könnte er hier wollen?

Sollte er ihn am Leben lassen? Ein Mord mehr würde nichts bedeuten. Aber er war überflüssig. Der hatte ihn nicht gesehen und am Ende konnte er nichts aussagen. Nur, dass jemand hier war und das würde man beim Fund einer Leiche schließlich auch schlussfolgern.

Und diesen Mord konnte man möglicherweise nicht mehr der Hellseherin anlasten. Diese Vorhersehung gepaart mit Neufelds Buch hatte er für ein Geschenk des Himmels gehalten. Das war die Chance, aber offenbar glaubte niemand wirklich daran, dass sie die Täterin war. Obwohl er sogar zur Sicherheit diese Tarotkarten besorgt und an den Tatorten hinterlassen hatte. Die zu stehlen war gar nicht so schwierig gewesen. Man brauchte nur das richtige Werkzeug, dann kam man in fast jedes Haus rein.

Wie auch immer - richtig gut hatte dieser Teil seines Planes nicht funktioniert. Und bei diesem Typ würde kein Mensch an die Hellseherin als Mörderin glauben.

„Also scheiß drauf, darfst weiterleben", murmelte er vor sich hin und verließ die Hütte.

Er versteckte die Papiere unter seinem Sweatshirt und joggte durch den Wald. So würde er wohl am wenigsten auffallen, auch wenn das Sweatshirt, das er trug, zu warm für das Wetter war. Aber ein T-Shirt würde die Papiere zu wenig tarnen.

Er würde in der nächsten Zeit sehr aufpassen müssen, wem er was erzählte.

Richard Voss hockte vor dem Fernseher, als es an der Tür klingelte. Er öffnete und zwei Polizisten drängten sofort herein.

„Herr Voss, Sie sind festgenommen wegen des dringenden Tatverdachts, Axel Neuhaus und Klaus Wittek ermordet zu haben."

Richard starrte die Uniformierten vollkommen erschüttert an. Die Aussage brauchte einen Moment, um in sein Bewusstsein zu dringen. Dann platzte es aus ihm heraus: „Was? Sind Sie verrückt geworden?"

„Sie haben verstanden", erwiderte einer der beiden Polizisten völlig ungerührt. „Haben Sie den Herd oder ein anderes Elektrogerät eingeschaltet? Dann stellen Sie es bitte aus, ziehen Sie sich Schuhe an, nehmen Sie Ihren Hausschlüssel und folgen Sie uns."

„Gar nichts werde ich. Wie kommen Sie auf diesen Schwachsinn? Sie haben mich doch schon verhört und gehen lassen."

„Eine Zeugin hat Sie zur fraglichen Zeit vor Witteks Haus gesehen. Und jetzt..."

„Ich muss Sie darauf aufmerksam machen, dass Sie zu der Tat nichts sagen müssen", belehrte ihn der zweite Polizist.

„Wie sollte ich? Ich weiß ja nichts darüber."

„Bitte, machen Sie es nicht so kompliziert. Kommen Sie einfach ruhig mit oder ist es Ihnen lieber, dass Ihre ganze Nachbarschaft etwas von ihrer Festnahme mitbekommt?"

„Ist mir doch Scheiß egal", murrte er und schlurfte in die Wohnung. Die Polizisten folgten ihm. Richard wurde klar, dass er keine Chance hatte, sich aus dieser Situation zu winden. Sie machte ihm Angst wie schon lange nichts mehr. Da stand er also mit fast sechzig Jahren mal wieder vor einem Wendepunkt. Oder sogar vor dem totalen Aus?

„Was für eine Zeugin soll das sein?", fragte er, während er die Schalter am Herd kontrollierte, die Stecker von Kaffeemaschine und Toaster auszog, gekippte Fenster schloss – alles mehr, um Zeit zu gewinnen als aus Notwendigkeit. Aber dieses Zeitschinden war am Ende auch völlig sinnlos.

„Ziehen Sie sich Schuhe an und folgen Sie uns", drängte jetzt einer der Polizisten. Richard tat es, während in seinem Kopf unaufhörlich Schreckensbilder von Gefängniszellen auftauchten. Er konnte nicht eingesperrt sein. Nein, das nicht. Nicht hinter Gittern. Und dabei hatte er doch nichts getan. Himmel, wer konnte ihm helfen? Er kannte hier doch niemanden.

In Panik begann er zu toben, schlug um sich, versuchte, aus der Wohnung zu stürmen. Doch er kam nicht an den Polizisten vorbei. Die reagierten schnell und entschlossen, packten ihn, drehten seinen Arm auf den Rücken und legten ihm Handschellen an.

Richard schrie vor Schmerz auf.

„Was war das denn für eine völlig dämliche Aktion?", fuhr einer der Polizisten ihn an. Damit führten sie ihn aus der Wohnung, die Treppe hinunter, über den Hof zum Parkplatz, wo sie ihn in den Polizeiwagen schoben und losfuhren.

Sidonia fühlte ihr Herz wild klopfen. Die Unruhe war in ihrem ganzen Körper zu spüren. Eine vage Vorahnung von Unheil griff nach ihr. Irgendetwas stimmte nicht. Aber was?

Sie erhob sich und schüttete sich ein Glas Rotwein ein. Sie tat das selten und sie wusste, dass es nicht der richtige Weg war, ihr Nervenkostüm zu beruhigen, aber das war ihr jetzt gleichgültig. Sie konnte dieses Gefühl kaum aushalten.

Sie setzte sich mit dem Glas an den Küchentisch, nahm einen kräftigen Schluck und stützte ihren Kopf in die Hände. Ich will das nicht mehr fühlen, dachte sie. Ich will nicht mehr.

Vielleicht sollte sie ein wenig meditieren. Aber so aufgekratzt, wie sie gerade war, bezweifelte sie, dass sie sich darauf konzentrieren konnte.

Das Festnetztelefon läutete. Sie stöhnte. Auch das noch.

Sie dachte einen Moment darüber nach, es einfach klingeln zu lassen, stand dann aber doch auf und hob den Hörer ab.

„Hallo Sidonia, hier ist Richard."

„Richard?"

„Ja. Sido, die Polizei hat mich festgenommen. Ich brauche Hilfe. Kannst du mir helfen, kennst du einen Anwalt?"

Sie überlegte. Einen Anwalt… Sie hatte doch letztens noch selbst überlegt, ob sie einen Anwalt kannte. In diesen Fernsehserien schien immer jeder ganz selbstverständlich einen Anwalt zu haben, so wie einen Hausarzt oder Friseur, den er sofort anrufen konnte, wenn ein unvorhergesehenes Problem auftauchte. Und der hatte dann auch immer sofort Zeit und eilte los. Im echten Leben war das nicht unbedingt so. Martha Verhoeven war in Detmold, aber ihr Sozius war inzwischen in Paderborn. Sidonia hatte nicht mehr länger über den Namen nachgedacht, als ihr klar wurde, dass sie keinen Anwalt brauchte.

Wie hieß der noch?

„Sido? Bist du noch da?", kam es aus dem Telefonhörer.

„Ja, ich überlege. Mir fällt gerade kein Name ein, aber ich kümmere mich darum. Wiederhören." Damit legte sie ohne auf weitere Antwort zu warten auf. Es war ihr gleichgültig, wie Richard sich dabei fühlte. Was ging sie Richard überhaupt an. Es reichte wohl, dass sie sich um einen Anwalt kümmerte.

Martha Verhoeven hatte ihren Sozius damals kurzerhand hinausgeworfen, weil er sich nicht ganz korrekt verhalten hatte. Auch privat war der eher ein etwas windiger Typ. Aber das war gleichgültig. Aber wie hieß der Typ noch? Sie hatte das vollkommen verdrängt. Sie schloss die Augen, versuchte, den Namen heraufzubeschwören. Sie könnte natürlich Judith anrufen oder Paderborner Anwälte googlen. Oder sie konnte David fragen, ob er jemanden kannte.

Sebastian hieß er, schoss es ihr plötzlich durch den Kopf. Ja, genau. Und der Nachname? Eisen. Sebastian Eisen? Nein, das klang vollkommen falsch, aber so was in der Richtung war es. Ach Mist, warum fiel ihr der Name nicht ein?

Kupfer. Sebastian Kupfer, ja, das war's.

Sie ging in ihr Arbeitszimmer, klappte ihren Laptop auf und googlete nach dem Namen Sebastian Kupfer. Sie fand ihn sofort. Er war in eine Anwaltskanzlei in Paderborn eingetreten. *Vogt & Sander.* Dort – unter *Unser Team* standen sein Name und sein Bild.

Sie würde ihn anrufen und fragen, ob er zur Polizei fahren konnte. Und wenn nicht er selbst, dann hatte vielleicht jemand anderes aus der Kanzlei Zeit.

Bruno wurde langsam wach. Er lag auf dem nackten Holzfußboden. Sein Kopf und sein Bauch schmerzten. Seine Hände und Füße waren gefesselt. Er kniff die Augen zusammen, stöhnte, atmete tief, stellte sich auf die nächste Schmerzwelle ein, bevor er sich mühsam aufsetzte. Scheiße, wie hatte ihm so etwas passieren können. Der Typ musste hinter der Tür gelauert haben. Er, Bruno, hatte sich überrumpeln lassen wie ein Anfänger. Er fühlte die rauen Stricke an seinen Handgelenken und zog daran. Er musste sie lösen, dann könnte er auch die Fußfesseln öffnen und hier abhauen. Wieso hatte der Typ ihn so verschnürt anstatt zu töten? Aber die Antwort war nicht so schwierig. Er brauchte ihn nicht töten. Wozu? Bruno hatte ihn ja nicht erkannt. Und durch das Fesseln hatte er nur verzögert, dass Bruno handeln konnte. Vermutlich war brauchte er nicht mehr als Zeit gewinnen. Bruno hatte nicht die leiseste Vorstellung, wer der Typ gewesen sein könnte. Er hatte überhaupt kein Bild, wusste nicht, wie groß er war, dick oder schlank, alt oder jung, welche Haarfarbe oder welche Hautfarbe er hatte. Er hatte nichts, aber auch gar nichts wahrgenommen, nur die Tür, die ihn mit Wucht getroffen und ausgeknockt hatte.

Er sah sich um. Das Fenster war wieder geschlossen, ebenso wie die Tür.

Das offene Fenster hatte ihn sowieso nur ablenken sollen, das war ihm inzwischen klar.

Eines der Holzbretter war herausgebrochen. Hatte er doch noch etwas gefunden, dass die Polizei übersehen hatte? Meine Güte, was war hier los? Diese Sache war eine Nummer zu groß für ihn. Und er hatte den armen David in die Zeitung gehen lassen. Hoffentlich war das eine gute Idee gewesen und ging nicht erbärmlich nach hinten los.

Sidonia und Mercedes würden ihm das wohl niemals verzeihen. Obwohl es immerhin Davids eigene Entscheidung gewesen war und der war zwar jung, aber doch deutlich erwachsen.

Trotz seiner unglücklichen Situation trat ein Grinsen auf Brunos Gesicht, als er an Sidonia dachte. Das war mal eine tolle Frau. Hübsch, gute Figur, noch dazu in ihrem bereits fortgeschrittenen Alter. Wie alt war sie? Anfang, Mitte fünfzig? So alt wie er selbst auf jeden Fall, schätzte er, obwohl ihr Gesicht nicht gerade faltenreich war. Aber sie strahlte diese gewisse Reife aus. Ihre Haare waren völlig außer Kontrolle. Er mochte das. Nicht diese perfekten, gestylten Frisuren. Geschminkt war sie nicht, wenn er sich richtig erinnerte, aber das hatte sie auch gar nicht nötig.

Ob sie ihn später, wenn dieser Fall abgeschlossen war, mal besuchen würde? In seiner Wohnung oder seinem Hausboot, wenn er diesen Traum jemals verwirklichen konnte? Einfach so – als Freundin? Oder ob sich ihre Wege nach diesem Fall auf Nimmerwiedersehen trennen würden?

Während er sich diesen kleinen Tagtraum gestattete, zerrte er unaufhörlich an seinen Fesseln. Verflucht, die mussten sich doch lösen lassen. Er zerrte stärker und verzog gleich darauf das Gesicht, als der Schmerz bei der unerwarteten heftigen Bewegung über ihn herfiel. Verdammt, im Moment konnte er nichts tun, um den Schmerz zu lindern, nicht mal eine Tablette konnte er nehmen.

Er war nicht in Panik. Er glaubte nicht, dass der Typ zurückkehrte, denn umbringen hätte er ihn ja sofort können. Und Sidonia wusste, wohin er gegangen war. Sie würde doch hoffentlich irgendwann Alarm schlagen? Oder erwartete sie gar nicht, dass er sich bei ihr melden und von seiner Suche in der Hütte berichten würde? Doch, ganz bestimmt sogar. Schon, weil jetzt auch dieser David in der Sache drinsteckte. Sie mussten sich ja absprechen. Also – es bestand kein Grund zur Panik.

Eine gewisse Nervosität überfiel ihn jetzt trotzdem. Er wollte hier schließlich nicht ewig mit den Fesseln kämpfen. Er wollte hier raus. Und er hatte Schmerzen. Er musste sehen, was die Schläge angerichtet hatten.

„Hast du eigentlich zwischendurch mal was von Bruno gehört?", fragte David Sidonia. „Nein, ich bin auch besorgt. Hoffentlich ist ihm nichts passiert."

„Was soll denn passiert sein? Er wollte doch nur zu dieser Hütte im Haxtergrund."

Sidonia nickte. „Sicher. Und wenn er auf die Idee kommt, dass dort vielleicht noch Hinweise versteckt sind, die die Polizei nicht gefunden hat, dann hatte diese Idee vielleicht auch der Täter."

David nagte an seiner Unterlippe. „Daran habe ich noch gar nicht gedacht."

Sie antwortete nicht. Die Jugend preschte zu leicht vor und bedachte die Konsequenzen zu wenig. Deshalb machte sie sich ja auch Sorgen, wenn David bei der Zeitung arbeitete. Auch dort sah er nur das Abenteuer, nicht die Gefahr.

„Ich versuche mal, ihn anzurufen."

Sie griff nach ihrem Handy, in das sie die Nummer eingespeichert hatte und wählte. Es läutete, aber niemand nahm das Gespräch an.

„Mailbox", sagte sie und legte auf.

„Sprich drauf."

„Was soll das bringen?"

David hob die Schultern. „Vielleicht kann er einfach grad nicht rangehen und meldet sich, wenn es wieder passt."

Sidonia wählte also neu. Überzeugt war sie von Davids Argumentation nicht, Bruno würde ja sowieso ihren Anruf sehen. Aber schaden konnte eine Nachricht ja auch nicht.

Wieder ging die Mailbox ran. „Hallo, hier ist Sidonia Okebe. Wir machen uns Sorgen. Melden Sie sich bitte!"

„Was macht Merci?", fragte sie dann.

„Sie duscht", erwiderte David. Wir wollten später vielleicht noch einen Zug durch die Stadt machen. Ein Glas trinken.

Ist das in Ordnung? Oder sollen wir lieber hierbleiben? Oder nach Bruno suchen?"

„Nein, ich kann euch ja notfalls erreichen. Ich fahre jetzt erst mal zum Polizeirevier und sehe nach Richard."

David sah sie überrascht an. „Richard? Was ist denn mit dem?"

Sidonia hätte sich am liebsten auf die Zunge gebissen. Sie hatte es nicht erwähnen wollen, aber offenbar wuchs ihr diese Sache auch ein wenig über den Kopf. „Er wurde verhaftet. Ich habe einen Anwalt angerufen, der zu ihm fährt. Und ich fahre auch hin. Obwohl... eigentlich ist es mir wirklich egal, was mit ihm passiert. Wenn ich in der Zwischenzeit nichts von Bruno höre, fahre ich in den Haxtergrund und sehe nach ihm."

„Das solltest du aber nicht allein machen", meinte David.

„Ja, stimmt. Dann muss ich eben die Polizei um Hilfe bitten, ob es Bruno gefällt oder nicht."

„Kann ich mitfahren zur Polizei?", fragte David.

Sie hob die Augenbrauen. „Wozu?"

„Berufliches Interesse. Immerhin studiere ich Jura."

Sidonia fuhr mit David zum Polizeirevier. Mercedes blieb in ihrem Zimmer und hörte Musik. Sie hatte sowieso keine Lust, sich um Richard Voss, ihren Erzeuger, zu kümmern, es war ja auch wichtig, dass jemand zu Hause blieb, für den Fall, dass Bruno zurückkehrte. Er sollte nicht vor einer verschlossenen Tür stehen.

Mercedes schmollte etwas, weil David lieber mit ihrer Mutter zu Richard fuhr als bei ihr zu bleiben. Offenbar interessierte ihn alles an diesem Fall mehr als sie. Ob ihr geplanter Kneipenbummel etwas wurde, stand jetzt auch in den Sternen.

Die beiden Katzen Shila und Malou lagen neben ihrem Bett. Mercedes lag auf dem Bauch, ließ ihren Arm herunterbaumeln und kraulte die Tiere. „Wenigstens ihr bleibt bei mir", sagte sie leise und mit ein bisschen Selbstmitleid in der Stimme.

Als Sidonia und David bei der Polizei ankamen, war Sebastian Kupfer bereits da. „Herr Voss spricht mit seinem Anwalt, Sie können jetzt nicht zu ihm", teilte man ihnen mit. Sidonia setzte sich sofort auf einen Stuhl auf dem Flur, aber David blieb hartnäckig. Schließlich erlaubte man ihnen, in den Raum zu gehen, in dem Richard und Sebastian an einem Tisch saßen. Sollten Richard Voss und der Anwalt entscheiden, ob sie die beiden dabei haben wollten oder nicht.

Richard freute sich natürlich, sie zu sehen. Er hatte doch sonst niemanden hier, der ihm beistehen konnte. Bei Sidonias Eintreten erhob er sich und reichte ihr die Hand.

Sidonia ignorierte sie und begrüßte Sebastian Kupfer mit einem zurückhaltenden Lächeln. Menschlich hatte sie ihn nicht unbedingt zu schätzen gelernt. Äußerlich hatte er sich nicht sehr verändert. Er war jetzt sechsunddreißig oder siebenunddreißig Jahre alt und mit einem Meter fünfundsiebzig nicht gerade ein Riese. Er hatte ein ovales Gesicht und einen ziemlich hellen Teint. Seine Haare trug er zwar etwas kürzer als damals, aber noch immer reichten sie blond und füllig bis in den Nacken, die Stirn war frei, er trug einen gepflegten kurzen Bart. Er erinnerte sie ein wenig an Johnny Depp in dem Film „Das geheime Fenster."

Er erhob sich und begrüßte sie freundlich. „Guten Tag, Frau Okebe, wir kennen uns ja noch."

„Guten Tag, Herr Kupfer. Nett, dass Sie so schnell gekommen sind."

„Das ist mein Job."

„Was ist denn nur geschehen?", fragte sie.

Sebastian warf einen Blick auf seinen Mandanten. „Möchten Sie Ihrer Exfrau berichten?", fragte er.

„Ich bin nicht seine Exfrau, wir waren nie verheiratet", begehrte Sidonia auf.

Sebastian sah überrascht von ihr zu seinem Mandanten. „Nicht?"

„Ich habe vielleicht ein klein wenig übertrieben", bekannte Richard mit zerknirschtem Gesichtsausdruck. Dabei zeigte er mit Zeigefinger und Daumen an, wie wenig seiner Meinung nach die Übertreibung betrug.

Sebastian beugte sich vor, stützten seine Arme auf den Tisch und sah Richard direkt in die Augen. „Nun hören Sie mir mal gut zu. Wenn ich Sie verteidigen soll, dann lügen Sie mich nicht an. Nicht über die allergeringste Kleinigkeit. Und Sie übertreiben auch nicht und schwächen nichts ab. Sie bleiben bei der absoluten ungeschönten Wahrheit. In absolut allen Angelegenheiten. Haben wir uns verstanden? Wenn so etwas noch einmal vorkommt, lege ich das Mandat nieder. Denn ich kann dann nicht wissen, wann ich Ihnen glauben kann und wann nicht." Seine Stimme war unnachgiebig und hart.

Richard zuckte unter den Worten und dem harten Gesichtsausdruck zusammen. „Ja, schon gut", brachte er hervor.

„Gut. Also, kann ich offen sprechen?" Sebastian wandte sich um und schien erst jetzt David wahrzunehmen. „Wer sind Sie eigentlich?"

David reichte ihm die Hand, die Sebastian höflich, aber gleichgültig ergriff. „David Gersdorf. Ich bin Jurastudent. Vielleicht kann ich Ihnen helfen?"

„Ich brauche keine Hilfe", erwiderte Sebastian abweisend.

„Er ist der Freund meiner Tochter", mischte sich Richard ein.

Sebastian blickte fragend auf Sidonia. Ein Zeichen, dass er nicht ganz sicher war, ob er das jetzt glauben konnte. Sie verdrehte die Augen. Wie konnte Richard es überhaupt wagen, Merci als seine Tochter zu bezeichnen. So, als hätte er sich seit zwanzig Jahren um sie gekümmert, statt sie zuletzt im Kindergartenalter gesehen zu haben.

Doch dann nickte sie zustimmend. Was soll's, dachte sie. Rein faktisch hat er ja recht.

„Was ist passiert?", wiederholte sie ihre Frage.

„Herr Voss wurde von einer Zeugin vor dem Haus von Klaus Wittek gesehen. Zu der Zeit, als der Mord passiert ist."

Sidonia starrte Richard entgeistert an.

„Leider stimmt das. Ich war hier in Paderborn, vor dem Haus, in dem Wittek wohnte. Ich habe im Auto gesessen, bin ausgestiegen, herumgewandert, habe mich wieder ins Auto gesetzt. Insgesamt habe ich so bestimmt über eine Stunde zugebracht. Ich wusste, dass Axel tot war und ich hatte Wittek und Neufeld bedroht. Ich wollte mit ihm sprechen. Dann verließ mich der Mut. Ich war so hin- und her gerissen. Ich bin tatsächlich erst gefahren, als die Polizei eintraf. In dem Moment ahnte ich, dass ich in Schwierigkeiten geraten würde."

Sidonia verdrehte die Augen. „Also zusammen mit der Bedrohung und der Vorgeschichte…"

„…wird es schwer sein, nachzuweisen, dass Herr Voss nichts mit dem Mord zu tun hat", ergänzte Sebastian.

„Aber Sie glauben mir doch?", fragte Richard.

Sebastian sah ihn zweifelnd an. „Ich verteidige Sie. Das ist mein Job."

Die Antwort war niederschmetternd. „Und ihr?", fragte Richard und blickte von Sidonia zu David. „Glaubt ihr mir?"

Keiner von beiden antwortete.

„Sidonia, du kennst mich doch", flehte Richard.

Sie schüttelte sacht den Kopf. „Nein. Ich dachte einmal, dich zu kennen. Vor zwanzig Jahren. Aber sogar das war ein Irrtum."

„Ich bin kein Mörder!", schrie er und sprang auf. „Ich war das nicht!"

„Haben Sie denn nicht irgendjemanden ins Haus gehen oder herauskommen sehen? Der Mörder muss doch in der Zeit, während Sie draußen standen, dort drin gewesen sein", meinte Sebastian.

„Das mag ja sein. Aber Sie haben keine Ahnung, wie unruhig ich war. Sicher sind dort Leute rein- und rausgegangen, aber wie sollte ich darauf kommen, dass es sich um potentielle Mörder handelt? Das waren für mich Bewohner des

Hauses. Ich habe gar nicht richtig hingesehen." Seine Stimme war hektisch, nervös, etwas zu laut.

Sebastian hob ein wenig hilflos die Arme und setzte sich wieder.

„Ich denke, um die Untersuchungshaft kommen Sie nicht herum. Ich werde aber tun, was ich kann, um entlastendes Material zu finden."

„Ich helfe Ihnen dabei", bot David erneut an.

Sebastian seufzte. Er wollte keine Hilfe von einem über-eifrigen Möchtegernanwalt. Aber vielleicht hatte er ja wert-volle Informationen, wo man ansetzen konnte. „Wenn Sie eine gute Idee haben, können wir das gleich gerne be-sprechen", schlug er deshalb vor. „Zuerst aber werde ich meinen Mandanten durch die Vernehmung begleiten."

Bruno hatte das Telefon gehört. Gleich zweimal hinterein-ander, aber er schaffte es nicht, ranzugehen. Er hoffte in-ständig, dass jeden Moment jemand herkäme, der ihn aus seiner misslichen Lage befreien würde, gleichzeitig kämpfte er selbst weiter gegen die Fesseln.

Sein Blick fiel auf die Schublade in der Küchenzeile. Darin befand sich doch bestimmt ein Messer. Er musste nur irgendwie daran kommen.

Er ignorierte seine Schmerzen am Kopf und im Bauch und wälzte sich mühsam herum, um auf die Knie zu kommen. Und jetzt? Scheiße, war das umständlich. Und er konnte sich nicht vernünftig bewegen. Bestimmt waren ein paar Rippen gebrochen. Er rutschte auf den Knien weiter bis zur Küchenzeile. Jede Bewegung schmerzte, aber er biss die

Zähne zusammen. Es nützte ja nichts. Wenn seine Hände nicht auf dem Rücken gefesselt wären, könnte er ganz anders agieren, aber so…

Er musste an die Schublade herankommen.

Er stemmte seine Zehen in den Boden und versuchte, mit Schwung auf die Füße zu kommen. Er war sportlich – musste es in seinem Beruf sein – doch mit den gefesselten Füßen und Händen auf dem Rücken schaffte er es nicht, er fiel zur Seite. Er schrie vor Schmerz auf, atmete tief durch.

Also alles von vorne. Aufgeben war keine Option.

Er stemmte sich wieder auf die Knie, versuchte mit dem Mund die Schublade zu erreichen. Das war leicht. Er nahm den Griff in den Mund und zog sie auf. Immer weiter. Vielleicht ließ sie sich einfach vollkommen herausziehen, bis alles Besteck auf den Boden fiel?

Aber nein – die Schublade hatte wie üblich eine Sperre.

Bruno richtete sich auf den Knien auf soweit er konnte und spähte hinein.

Ja, Volltreffer. Er konnte sein Glück kaum fassen. Gewaltig war die Auswahl nicht, aber da lagen immerhin ein Brotmesser, Fleischmesser, kleine Schälmesser und sogar ein Santokumesser nebeneinander.

Er beugte sich über die Schublade, entschlossen das Fleischmesser herauszuholen, das er als das schärfste einschätzte. Er streifte irgendetwas anderes, spürte Blut die Lippe herunterfließen. Egal. Er nahm den Griff in den Mund und holte das Messer heraus, ließ es auf den Boden fallen. So, der Rest müsste einfach sein. Er ließ sich ächzend wieder auf den Hintern fallen, legte mit den Händen das Messer zurecht, die Klinge zwischen seinen Händen an die Fesseln.

Er streifte darüber, hin und her, sägte langsam aber stetig die Stricke durch.

Ein wenig Geduld brauchte er noch, es war nicht dasselbe, ob man mit freien Händen Fleisch schnitt oder mit gefesselten Händen Stricke durchzuschneiden versuchte.

Aber endlich gaben sie nach, er konnte seine Hände befreien. Jetzt noch die Fesseln an den Füßen lösen. Das war leichter, jetzt hatte er ja die Hände frei.

Was hatte sich der Idiot nur dabei gedacht? Hoffte der, Bruno, würde hier krepieren oder wollte er wirklich nur Zeit gewinnen? Eine Gefahr stellte Bruno im Moment nicht dar. Er hatte seinen Angreifer ja nicht gesehen. Streng genommen könnte er nicht einmal sagen, ob es ein Mann oder eine Frau war. Aufgrund der Wucht der Schläge tippte er auf einen Mann, aber man konnte nie wissen…

So, er war befreit. Jetzt aber los, zum Auto und zu Sidonia.

Er nahm sein Handy, hörte die Mailbox ab. Ah, immerhin – vergessen hatte sie ihn nicht.

Er schickte noch schnell eine WhatsApp. *Bin auf dem Rückweg*.

Er hatte keine Lust, eine lange Nachricht zu tippen, ihr mitzuteilen, dass er mit Blessuren und Verletzungen zurückkommen würde. Dann würde sie eben erschrecken, wenn sie ihn gleich sah. Das war ihm im Augenblick wirklich egal.

Er schlurfte durch das Unterholz zurück zum Auto.

Jeder Schritt schmerzte. Hin und wieder stützte er sich an einen Baum und verschnaufte. Niemand begegnete ihm. Glücklicherweise, sonst würde er womöglich einem Fremden seinen Zustand erklären müssen und dazu verspürte er nicht die geringste Lust.

Endlich erreichte er sein Auto. Er ließ sich hineinfallen, riskierte einen Blick in den Spiegel. Oh Schiet! Eine verkrustete Blutspur zog sich über die rechte Seite seines Gesichtes, sein Auge schien angeschwollen zu sein und bereits blau anzulaufen, auf seiner Lippe bildete sich ebenfalls eine Kruste. Einen hübschen Anblick bot er nicht gerade.

Er schloss die Tür, verzog schmerzverzerrt sein Gesicht, als er den Wagen startete. Mist, er würde heute noch ins Krankenhaus fahren und seine Rippen verarzten lassen müssen.

Als Sidonia und David wieder zu Hause ankamen, trafen sie Bruno Feldmann und Mercedes Tee trinkend in der Küche vor.

Mercedes hatte ihm bereits von Richard Voss' Verhaftung berichtet.

Sidonia erschrak, als Bruno sich zu ihr umwandte.

Sein Gesicht zeigte Spuren von getrocknetem Blut und blaue Flecken.

Sidonia schlug sich die flache Hand vor den Mund. „Mein Gott, Bruno, was ist denn mit dir geschehen?", rief sie aus und merkte dabei gar nicht, dass sie ihn duzte. Bruno registrierte es mit einem zufriedenen Grinsen.

„Ist irgendwas lustig?", fragte David konsterniert.

„Nein, nein. Das nun wirklich nicht. Jemand war in der Hütte, als ich dort ankam. Ich wurde niedergeschlagen und gefesselt zurückgelassen. Und offensichtlich hat derjenige etwas gesucht und auch gefunden. Denn als ich wieder zu mir kam, bemerkte ich, dass eine Planke im Fußboden herausgebrochen war. Darunter war ein Hohlraum. Ob dort etwas versteckt war, kann ich natürlich nur ahnen.

Auf jeden Fall war ich allein und hatte alle Mühe, mich zu befreien." Er verzog schmerzhaft das Gesicht. „Ich glaube, neben meinen sichtbaren Blessuren könnten auch ein oder zwei Rippen angebrochen sein."

„Du brauchst einen Arzt", stellte Sidonia fest und wollte schon zum Telefon greifen, um einen Krankenwagen zu rufen. Doch Bruno legte seine Hand auf ihre und hielt sie so davon ab. „Lass es. Wenn es möglich ist, bring mich zum Krankenhaus. Geht das?"

„Das geht nicht, tut mir leid. Der Anwalt von Richard Voss will noch vorbeikommen. Er will mit uns den ganzen Fall durchsprechen."

„Da will ich dann aber auch dabei sein", verkündete Bruno sofort.

„Und wenn du nicht nur eine gebrochene Rippe hast, sondern innere Verletzungen? Oder wenn die kaputte Rippe Organe verletzt? Lass mich einen Krankenwagen rufen."

Bruno winkte ab. Es sollte lässig wirken, aber aufgrund seiner Schmerzen wirkte es etwas schwerfällig. „Ach Unsinn. Das war nicht meine erste Prügelei. Das ist nichts, was nicht eine feste Wickel wieder richten könnte."

„Gerade eben wolltest du selbst noch zum Arzt."

„Aber jetzt ist es mir wichtiger, bei dem Gespräch dabei zu sein. Es wird schon nicht so schlimm sein. Wenn's nicht besser wird, kann ich morgen immer noch ins Krankenhaus fahren."

Sidonia stöhnte. „Wie du meinst, du bist ja erwachsen. Dann koche ich mal eine Kanne Tee. Sebastian Kupfer kommt sicher bald."

Eine Weile dauerte es dann doch noch. Währenddessen konnte Sidonia alles genau berichten, was sie auf dem Polizeirevier erfahren hatte.

„Dann hat der Typ also vor Witteks Haus herumgelungert, während ich in Salzkotten auf ihn gewartet habe", stellte Bruno fest.

Sidonia nickte. „So muss es wohl sein."

Als Sebastian eintraf, sah er sich aufmerksam in der Runde um. Sidonia kannte er ja schon von Detmold und David hatte er gerade auf dem Revier kennengelernt. Er reichte der jungen Frau die Hand.

„Tag, ich bin Sebastian Kupfer."

„Mercedes Okebe, Sidonias Tochter."

„Und Sie sind…?", fragte Sebastian, während er Bruno etwas zögernd die Hand reichte. Seine offensichtlichen Blessuren ließen Sebastian stutzen. Was war denn mit dem passiert?

„Bruno Feldmann, Privatdetektiv. Ich ermittele in der Sache. Klaus Wittek hatte mich vor seiner Ermordung noch beauftragt. Ich war in Neufelds Hütte, wo ich dann zusammengeschlagen wurde."

Sebastian kniff die Augen zusammen. Im Moment war ihm nichts klar in dieser Sache. Alles war ein Riesendurcheinander.

„Ah, Sie sind also der Detektiv, der vor dem Haus meines Mandanten auf ihn gewartet hat, während der wiederum vor dem Haus von Klaus Wittek gewartet hat. Diesen

Zusammenhang konnte ich auf dem Polizeirevier bereits erfahren."

„Genau der bin ich", erwiderte Bruno.

Sebastian ließ sich auf einen Stuhl nieder und führte die angebotene Tasse mit dem dampfenden Tee zum Mund.

„Gut, also bitte der Reihe nach. Sie, Sidonia, sagten, die Sache sei ziemlich verzwickt und Sie seien selbst merkwürdig darin verwickelt. Mir ist noch nicht ganz klar, wieso. Doch nicht nur wegen Ihrer alten Verbindung zu meinem Mandanten? Erzählen Sie", bat Sebastian. Dabei blickte er geschäftsmäßig auf seine Uhr, als hätte er eigentlich gar nicht genug Zeit, um die ganze Geschichte zu hören. Sidonia ließ sich davon nicht nervös machen.

Und so begann sie zu erzählen, angefangen von dem Besuch Axel Neufelds bei ihr, bei dem sie ihm eine Gefahr vorhergesagt hatte. Sie ließ nichts aus, erzählte von der einsamen Hütte, in der Axel arbeitete, von dem Besuch der Ehefrau und des Anwalts Tenbrock, von dem Buch, das Axel schrieb, von dem Detektiv, der von Wittek beauftragt worden war, von der Vermutung, dass es innerhalb der Zeitung einen Feind der beiden Journalisten gab. Je mehr sie erzählte, desto mehr vergaß Sebastian seinen Zeitdruck und hörte aufmerksam zu. Das war schon wirklich alles sehr merkwürdig und ziemlich undurchsichtig.

Die Vorhersage, der Mord, die Verstrickung des früheren Lebensgefährten.

„Also man glaubt, dieser Journalist hätte ganz bewusst Sie als Wahrsagerin ausgesucht, weil er Ihre Verbindung zu Richard Voss kannte?"

Sidonia nickte. „Ja, das war offenbar so seine Art."

„Puh", Sebastian fuhr sich durch die Haare. „Ich hab Gehirnkribbeln. Das ist schon ein schönes Durcheinander."

„Und Sie, Herr Feldmann, wollten heute noch mal die Hütte durchsuchen und wurden niedergeschlagen?"

„Genau. Und eine Planke im Fußboden war herausgebrochen. Ich gehe davon aus, dass derjenige gefunden hat, was er gesucht hat."

„Wissen Sie, ob die Planke schon herausgebrochen war, als Sie kamen? Oder ist das erst passiert, während Sie bewusstlos waren?", fragte Sebastian.

Feldmann dachte angestrengt nach. „Also beschwören könnte ich das nicht, weil ich ja sofort die Tür an den Schädel gekriegt habe, aber ich glaube doch, dass mir ein Loch im Fußboden aufgefallen wäre."

Sebastian nickte.

„Gut. Ich fahre jetzt nach Hause und arbeite noch ein wenig. Ich muss dieses ganze Chaos erst mal in meinem Kopf sortieren. Vielleicht mal eine Aufstellung auf Papier machen. Möglicherweise fällt mir ja etwas auf. Und Sie, David, unternehmen bitte nichts auf eigene Faust. Sie sehen ja, dass das gefährlich werden kann." Dabei wies er mit dem Kopf auf Bruno.

Oh mein Gott, dachte Sebastian, wo bin ich da nur wieder hineingeraten?

Kapitel 10
Mittwoch

David begann seinen ersten Arbeitstag im Zeitungsverlag. Er wurde von einem jungen Mann, der nur ein paar Jahre älter war, als er, begrüßt. „Mein Name ist Kilian Reuter", stellte der sich vor.

„David Gersdorf, Student und Praktikant", erwiderte David ebenso lässig.

„Du willst also mal reinschnuppern, wie das Leben eines rasenden Reporters ist?"

„Genau."

„Ich soll dir alles zeigen und dir ein paar Aufgaben geben. Du hast ja sicher gehört, was hier passiert ist?"

David nickte. „Ja, diese beiden Morde – die Männer haben hier gearbeitet."

„Viel mehr als das. Neben dem Chef Alwin Hübner waren sie der *Impuls*."

„Und du?"

„Ich bin Volontär und auch noch nicht lange dabei. Okay, dann komm mal mit. Den Schreibtisch da vorne kannst du belegen. Leg mal deinen Rucksack dort ab, dann führe ich dich durch das Haus. Als erstes zum Big Boss."

David nickte. Er war nervös gewesen, als er hier ankam, aber jetzt fiel dieses Gefühl von ihm ab. Er wurde so nett aufgenommen, dass er sich gar nicht vorstellen konnte, dass es hier anders laufen könnte. Aber er machte sich nichts vor. Das hier war nur die Oberfläche. Und er hatte bisher nur diesen Kilian Reuter kennen gelernt, der nach eigenen

Angaben selbst noch nicht lange dabei war. Irgendwo zwischen den anderen Kollegen könnte es brodeln.

„Irgendwas stimmt hier ganz und gar nicht", stellte Markus Otten fest, nachdem Bruno Feldmann den Überfall auf ihn gemeldet hatte.

„Richard Voss kann den Überfall in der Hütte nicht begangen haben. Wir haben ihn nur wenig später in Salzkotten in seiner Wohnung festgenommen."

„Richtig. Das kann er nicht geschafft haben", bestätigte Evelyn Dierkes.

Otten rieb sich den Nacken. „Alles deutet auf ihn hin. Er hat das Motiv für den Mord an beiden Männern und er wurde vor dem Haus von Wittek gesehen. Aber in der Hütte kann er nicht gewesen sein. Vielleicht hat er einen Komplizen."

„Er ist erst seit kurzer Zeit wieder in der Gegend. Meinst du, er hat hier noch so gute Kontakte, um einen Mordkomplizen zu haben? Das ist schon eine ziemlich große Nummer", überlegte Evelyn.

Otten hob die Schultern. Meine Güte, war das eine verzwickte Angelegenheit. Dann leuchtete sein Gesicht plötzlich auf. „Aber natürlich hat er die. Sidonia Okebe, seine frühere Geliebte, die Mutter seiner Tochter. Auch wenn die beiden in den letzten Jahren keinen Kontakt hatten – was übrigens noch zu überprüfen wäre – eine Verbindung zwischen ihnen besteht auf jeden Fall. Und wenn er sich entgegen ihrer Aussage mit ihr in Verbindung gesetzt hat und erzählt hat, was damals wirklich passiert war, hat sie auch einen Grund. Wegen der miesen Machenschaften dieser beiden Männer hat Voss sie und ihre gemeinsame kleine Tochter damals im Stich gelassen. Deswegen musste sie sich allein durchschlagen. War bestimmt nicht immer einfach."

„Ach was, der hätte sie trotzdem verlassen. Der war doch schon vorher einfach nach Südamerika abgedampft. Gut, die Tarotkarten, die wir bei beiden gefunden haben, deuten wirklich auf sie hin, aber glaubst du etwa, sie hat den Überfall in der Hütte begangen?", bezweifelte Evelyn Dierkes.

„Warum nicht. Das Überraschungsmoment war auf ihrer Seite. Eine Stange über den Kopf hauen, kann auch eine Frau. Und sie wusste, dass Feldmann dorthin wollte."

Evelyn nickte nachdenklich. Tatsächlich passte alles perfekt, trotzdem war sie nicht völlig überzeugt. „Und was soll sie dort gesucht haben? Sie ist sicher nicht nur hingefahren, um Feldmann k.o. zu schlagen. Was hätte ihr das gebracht?"

„Wir wissen doch überhaupt nicht, was irgendjemand dort gesucht haben könnte. Vielleicht ist sie nur dorthin gegangen, um eine falsche Spur zu legen. Vielleicht gibt es auch Unterlagen, von denen wir noch nichts ahnen. So vieles liegt noch im Dunkeln und alles ist möglich. Dieser Feldmann pfuscht uns jetzt mit Sicherheit in die Ermittlungen, obwohl ich ihm deutlich gesagt habe, dass er die Finger davon lassen soll."

„Und der Anwalt von Voss auch", ergänzte Evelyn.

„Du sagst es."

„Was ist eigentlich mit Kerstin Neufeld? Ist sie endgültig aus dem Schneider?", fragte Evelyn.

Otten wägte ab. „Sie hat natürlich auch ein Motiv, ihren Ehemann zu töten. Und die Gelegenheit. Aber sie hat kein

Motiv, Wittek zu töten, es sei denn, er hat sie mit irgendwas unter Druck gesetzt. Vielleicht wusste er etwas oder hat etwas geahnt. Den Überfall auf Feldmann kann aber auch sie nicht begangen haben, der war kurz nach der Beerdigung ihres Mannes. Die saß sicher noch beim Leichenschmaus und hat jede Menge Zeugen."

Evelyn nickte. „Was zu überprüfen wäre."

„Du sagst es. Okay, dann lass uns erst mal zum *Impuls* fahren. Dass Feldmann diesen Streit auf dem Friedhof mitbekommen hat, sollten wir auch nicht vernachlässigen. Wir müssen mit allen Mitarbeitern sprechen."

David saß an einem Schreibtisch, umgeben von Papieren, die er ordnen sollte. Es ging um verschiedene Anzeigen, die aufgegeben werden mussten. Werbeanzeigen, Verkaufsanzeigen, Neueröffnungen… Nichts Dramatisches oder auch nur besonders Interessantes, aber auch davon lebte eine Zeitung.

In dem Moment betraten Markus Otten und Evelyn Dierkes das Großraumbüro. David bekam einen Schreck und duckte sich so gut es ging, hinter dem PC. Vielleicht sollte er aufstehen und sich auf dem Klo verstecken, so lange die hier waren?

Otten fragte gerade, wo er Melanie Bauer finden konnte. Er wurde von einem Kollegen direkt an Davids Schreibtisch vorbeigeführt. David versuchte angestrengt, nicht in dessen Richtung zu blicken. Es nützte ihm nichts.

„Herr Gersdorf", grüßte Evelyn verblüfft.

Otten schaute sich überrascht um. „Was machen Sie denn hier?", fragte er.

„Ich will ein wenig Zeitungsluft schnuppern", antwortete David.

„Er ist unser neuer Praktikant. Er studiert Journalismus und will in den Semesterferien hier arbeiten", plauderte der junge Mann aus, der Markus und Evelyn führte.

„Tatsächlich?", rief Evelyn aus. „Wenn das so ist, wünsche ich viel Spaß."

„Danke." Davids Antwort kam zögernd.

Otten und Evelyn Dierkes gingen weiter.

David atmete erleichtert aus. Er hätte es wissen müssen, dass die Polizei hier auftauchte. War doch klar. Hoffentlich war keiner misstrauisch geworden. Er konnte froh sein, dass die beiden so locker reagiert und mitgespielt hatten. Er begab sich wieder an seine Arbeit, aber er war nicht richtig bei der Sache. Die Begegnung hatte ihn aufgewühlt.

Als Otten nach einer Weile wieder zurückkam, beugte er sich zu ihm und zischte ihm leise zu: „Ich hoffe, Sie versuchen hier nicht, auf eigene Faust zu ermitteln. Lassen Sie uns unsere Arbeit machen. Meines Wissens studieren Sie Jura und nicht Journalismus." Er wartete keine Antwort ab, sondern drehte sich abrupt um ging mit großen Schritten Richtung Ausgang.

„Das Gespräch mit Melanie Bauer und diesem Ben hat uns kein bisschen weitergebracht", seufzte Evelyn.

„Da läuft etwas. Unterschwellig merke ich die Spannung, die hier herrscht. Wir laden sie alle vor. Im Revier sind sie vielleicht gesprächsbereiter. Dort sieht das schon anders aus als bei einem Gespräch auf der Arbeitsstelle", brummte Otten leicht verärgert.

„Kennst du den Polizisten?", fragte Kilian David, als Markus Otten und Evelyn Dierkes das Haus verlassen hatten.

„Nicht wirklich."

„Ach komm, was wollte der denn dann von dir?"

„Der hat euch doch alle befragt, also warum nicht auch mich? Was ist daran so ungewöhnlich?", fragte David möglichst harmlos. Es gelang ihm nicht ganz. Seine Stimme war zu hektisch, das merkte er selbst. Und es war auch nicht dasselbe wie mit den anderen. Dieses Vorbeugen von Markus Otten zu ihm, das Zuraunen, das niemand sonst mitbekommen sollte, das war bei den anderen Kollegen nicht so gewesen.

Kilian hob die Hände. „Ist schon gut. Hier sind alle ein bisschen nervös. Wir berichten zwar über Verbrechen, aber trotzdem ist es auch für uns nicht alltäglich, so hautnah von einem betroffen zu sein."

„Ja, das verstehe ich", erwiderte David leise.

Er verstand das wirklich. Aber er hatte kein gutes Gefühl dabei, dass Otten ihn so vertraulich vor den Kollegen angesprochen hatte.

Sidonia fand keine Ruhe. Sie brauchte höchste Konzentration für eine Kundin, die sich die Karten legen lassen wollte. Sie musste sich zwingen, ruhig zu wirken, musste das klopfende Herz und das Pulsieren in ihren Adern bezwingen. Musste ihren Kopf frei bekommen von den Gedanken, die darin kreisten, um sich auf das Kartenbild der Kundin zu konzentrieren.

„Mmm", murmelte sie etwas unsicherer als sonst. „Das Kartenbild sieht insgesamt nicht schlecht aus. Aber hier – einen geschäftlichen Rückschlag müssen Sie vermutlich verkraften. Planen Sie gerade berufliche Veränderungen?"

„Eigentlich nicht", antwortete die junge Frau. Doch aus der zögernden Art zu sprechen, glaubte Sidonia zu erkennen, dass sie genau das plante.

„Die Karten warnen davor", sagte sie.

„Ich soll also nicht?"

Sidonia blickte auf und sah der Frau fest in die Augen. Es waren keine schönen Augen, fand sie. Schmal und irgendwie verschleiert, als könnten sie sie nicht offen ansehen. Ein längliches Gesicht, volle Lippen, ebenholzfarbene, kinnlange Locken ohne Glanz.

„Ich werde Ihnen nicht sagen, was Sie tun sollen. Das ist nicht meine Aufgabe. Ich kann Ihnen nur sagen, was die Karten zeigen. Wenn Sie selbst das Gefühl haben, dennoch diese Veränderung anstreben zu wollen, tun Sie es. Sollte es schief gehen, bereuen Sie den Versuch nicht, denn Sie hatten ihn wagen müssen. Aber wenn Sie dem Kartenbild vertrauen wollen – und ich nehme an, deshalb sind Sie ja hier – dann lassen Sie die Finger davon. In dem Fall bereuen Sie aber bitte später auch nicht, dass Sie es nicht versucht haben. Wie immer Sie sich entscheiden, dazu müssen Sie dann ohne Bedauern auch stehen."

Die junge Frau nickte sacht. In ihren Augen trat ein merkwürdiger Ausdruck. War es Enttäuschung? Oder sogar eine Art Erschrecken?

„Geben Sie mir Ihre Hand, ich sehe mir noch die Linien an." Die Frau tat es und Sidonia erkannte die Spaltung des Weges, an dem die Frau offenbar angekommen war. „Sie sind dabei, sich auf einen Weg zu begeben, der nicht richtig für Sie ist", sagte sie.

„Wenn es der Weg ist, für den ich mich entscheide, kann es doch nicht der falsche sein", meinte die junge Frau sanft.

„Nun ja, wir gelangen immer mal wieder an Wegkreuzungen. Wie wir uns entscheiden, bestimmt unseren zukünftigen Lebensweg. Sie stehen an einer solchen Kreuzung. Wenn Sie Veränderungen anstreben, zieht das Schwierigkeiten nach sich. Bleiben Sie auf dem geraden Weg. Das ist nach Lage der Karten und Deutung Ihrer Handlinien das Beste. Die Entscheidung liegt aber bei Ihnen."

Die junge Frau nickte. „Natürlich. Was bin ich Ihnen schuldig?"

Sidonia ahnte, dass sie die Veränderungen fortsetzen würde. Aber das war nicht ihre Sache. Sie durfte sich nicht zu sehr in fremde Schicksale hineinsteigern. Sie erledigte einen Job. Nicht mehr und nicht weniger.

Einen Job, den ich nicht länger machen möchte, dachte sie zum wiederholten Mal in letzter Zeit.

Sie begleitete die junge Frau zur Tür und ging dann zurück in ihr Arbeitszimmer. Sie packte die Karten zusammen und drehte sie gedankenverloren in der Hand. Sollte sie es tun? Es ging vollkommen gegen ihre Prinzipien und auch allgemein gegen ihre Berufsehre. Sie hatte noch niemals einem Menschen ohne seine Zustimmung und besonders nicht ohne sein Wissen die Karten gelegt, aber dieses Mal konnte sie nicht widerstehen. Es war schließlich zum Besten aller. Ihre Angst war stärker.

Als sie fertig war, rief sie laut nach Mercedes.

„Was ist, Mama?", fragte das Mädchen, noch während sie die Treppe herunter kam.

„Ruf David an. Er soll sofort nach Hause kommen. Und dann packt und fahrt zu seinen Eltern."

„Aber Mama…"

„Keine Widerrede. Er ist in Gefahr. Ich fühle es mit jeder Faser meines Körpers. Ihr müsst hier weg. Fahrt nach Bielefeld und von dort in den Urlaub."

„Und du? Und Richard und dieser Feldmann?"

„Findet sich alles. David muss aus der Schusslinie."

Mercedes wurde ganz blass und die Unruhe überfiel ganz plötzlich auch sie. Ihre Mutter machte nicht umsonst soviel Panik. Wenn sie so reagierte, dann steckte etwas dahinter, auch wenn man noch nicht genau wusste, was. Dafür kannte sie Sidonia zu gut.

Mercedes nickte und lief die Treppe wieder hinauf, um David per Handy zu kontaktieren.

Als David sich dem Pausenraum näherte, um sich einen Tee zuzubereiten, hörte er Stimmen. Das war nichts Ungewöhnliches. Vermutlich Kollegen, die sich bei einem Getränk unterhielten oder die ein privates Telefongespräch führten. Aber irgendetwas ließ ihn innehalten. War es wirklich so, wie Sidonia immer sagte, dass man drohendes Unheil instinktiv fühlte? Dass nur die Sinne genug geschärft sein mussten und man dann die richtigen Entscheidungen traf, Gefahr erkannte, Unheil witterte und falsche Menschen von sich fernhielt?

„Was wollte die Polizei schon wieder hier?", fragte Kilian gerade. „Die glauben doch bestimmt, die Morde haben etwas mit dem *Impuls* zu tun?"

„Ach was, wieso sollten sie das denken?" David war sicher, in der genervten Stimme seinen Kollegen Ben Jansen zu erkennen.

„Habt ihr bemerkt, wie vertraulich der Kommissar zu unserem neuen Praktikanten war? Die kennen sich doch bestimmt?" Das war wieder Kilians Stimme.

„Und wenn...", brummte Ben.

„Hübner hat ihnen erzählt, dass er glaubt, die Buchführung des Wohltätigkeitsfonds sei fehlerhaft", berichtete eine weibliche Stimme. Sie gehörte eindeutig zu Melanie Bauer, Hübners Sekretärin.

„Was natürlich nicht der Fall ist", stellte Kilian lakonisch fest.

„Natürlich nicht, was denkst du", schrie Ben.

David stand vor der Tür und war erstaunt über Bens heftige Reaktion.

„Ich weiß jedenfalls nichts von Unstimmigkeiten", sagte jetzt Melanie Bauer.

„Dann ist es ja gut", beruhigte ihn Kilian. „Kein Grund zur Aufregung. Aber es könnte doch sein, dass Neufeld und Wittek ihre Finger da drin hatten?"

Ben lachte unfröhlich. „Das hätte ich doch merken müssen. Ich habe mich um den Fonds gekümmert, obwohl.... Hübner vertraut mir einfach nicht. Aber das war ja klar", Ben war außer sich vor Wut.

Plötzlich machte Kilian „Psst." Er ging zur Tür und öffnete sie leise, um nachzusehen, ob jemand in der Nähe war.

David drehte sich blitzschnell um, als er es merkte und tat so, als ging er nur vorbei. Aber es war zu spät.

„Was machst du denn da?", Kilians Stimme klang erbost. David wirbelte herum. Kilian blickte ihn von der Tür des Pausenraumes aus erzürnt an. „Du belauscht doch nicht etwa Kollegen?", fragte er vorwurfsvoll.

„Nein, äh… tut mir leid, Kilian. Ich wollte nicht reinplatzen und dann… dann wollte ich eben einfach wieder gehen. Ich wollte echt nicht lauschen", stammelte David. Ihm war die Situation sehr peinlich. Verdammte Tat, er war ja ein toller Undercoveragent, ließ sich bei seinem ersten Lauschangriff erwischen.

Er konnte Kilians Blick nicht deuten. War es Vorwurf oder Ärger, der da in seinen Augen lag? David meinte auch eine gewisse Verwirrung darin zu lesen. Ein großes Fragezeichen, was das eigentlich sollte.

Doch bevor Kilian etwas erwidern konnte, lief eine Kollegin durch das Büro und rief alle zu einer kurzen, spontanen Besprechung in den Konferenzraum.

„Anweisung vom Chef", ergänzte sie wichtig.

„Und wieso beauftragt er nicht mich mit der Bekanntmachung?", fragte Melanies Stimme, während ihr Kopf in der offenen Tür erschien.

„Er hat dich nicht gefunden", erwiderte die Kollegin in leicht selbstgefälligem Ton.

„Ist ja auch fast unmöglich, auf den Pausenraum zu kommen", entgegnete Melanie spitz.

Super, dachte David. Die Kollegialität ist hier jedenfalls auch nicht so herausragend. Da schwelt viel unter der Oberfläche. Ihm war der vorwurfsvolle Blick von Melanie durchaus aufgefallen. Wenn Blicke töten könnten…

„Du musst natürlich nicht kommen", raunte die Frau David im Vorbeigehen zu. „Du bist ja nur für kurze Zeit bei uns und bleibst auch nicht lange."

Er nickte.

Gleichzeitig durchlief es ihn heiß und kalt zugleich. Wenn wirklich alle zu dieser Besprechung gingen, war das doch *die* Chance für ihn. Nach dem Gespräch, das er gerade belauscht hatte, war er noch neugieriger geworden. Hatte Kilian etwas mit den Morden zu tun? Oder war er zumindest in einen Betrug verstrickt? Gemeinsam mit Melanie und diesem Ben? Woher sollte er sonst davon wissen?

Axel Neufeld war nicht gerade dafür bekannt, preiszugeben, was er herausfand. Und wenn er es doch tat, dann bestimmt nicht diesem Kilian gegenüber, einem unbedeutenden Volontär.

Und wenn David so darüber nachdachte, wie viel Neid er hier wahrnahm, fand er das allmählich sogar verständlich.

Er beobachtete, wie die Mitarbeiter nach und nach ihre Arbeiten abschlossen und sich von ihren Schreibtischstühlen erhoben. Sie folgten sofort und ohne zu murren dem Aufruf des Chefs. Offensichtlich hatte der wirklich das absolute Sagen.

Nun gut, es gab ja auch bestimmt einiges zu besprechen.

Es ging sicher um die Zukunft des *Impuls*, schätzte David. Zwei Mitarbeiter waren tot, die jetzt fehlten und die vermutlich ersetzt werden mussten. Obendrein waren es die beiden aus der Leitung, die den Verlag übernehmen sollten, wenn Alwin sich in den Ruhestand verabschiedete.

Auch die Kollegen, die er im Pausenraum belauscht hatte, waren inzwischen aufgetaucht. Auch sie gingen an ihre Schreibtische, tippten an ihren PCs herum und gingen erst dann weiter. David beobachtete, dass Ben etwas hektisch war, er stieß im Vorbeigehen Unterlagen von einem Schreibtisch.

„Scheiße", schimpfte er vor sich hin, zog die Schublade auf und legte die Unterlagen hinein.

„Ben, kommst du?", fragte Melanie. „Der Alte wartet. Hat nicht besonders viel Geduld, also beeil dich besser."

„Ja, ja", maulte der Kollege und folgte dann der Sekretärin in den Konferenzraum.

David nutzte die Zeit der Mitarbeiterbesprechung, um die Arbeitsplätze näher zu betrachten. Er rechnete nicht damit, aber es könnte ja sein, dass er etwas Verdächtiges fand.

David durchblätterte Papiere und Ablagekästen, zog Schubladen auf und versuchte, die PCs anzuschalten. Aber die waren alle passwortgeschützt, da hatte er keine Chance. Und es gab nicht einen, der vergessen hatte, seinen PC herunterzufahren.

Er war jetzt bei dem fremden Schreibtisch angekommen, von dem Ben versehentlich die Unterlagen gewischt hatte.

David durchblätterte die Papiere, die noch auf dem Schreibtisch lagen, und auch die Papiere, die Ben dort hingelegt hatte. Nichts Besonderes.

Verdammt, dachte er verärgert. Das bringt doch alles nichts.

Er versuchte, die Schublade darunter aufzuziehen. Die war wirklich nicht verschlossen. Aber es war auch nichts darin. Sie war fast leer.

Er fand Schokoriegel und Kekse, Schreibblöcke und leeres Druckerpapier.

Er tastete alles ab. Nichts.

„Hey, was machst du da?", hörte er plötzlich eine Stimme hinter sich.

David wirbelte erschreckt herum. Dabei fegte er das Modell eines alten Radios vom Schreibtisch. Es sprang auseinander. David starrte auf die Einzelteile und erkannte überrascht einen Microchip, der offenbar darin versteckt gewesen war.

Er hielt den Atem an. Nur nichts anmerken lassen, dachte er.

„Kilian, seid ihr schon fertig?", fragte er so harmlos wie möglich. Dabei stellte er den Fuß auf den Speicherchip. Den wollte er mitnehmen und Bruno zeigen. Ob er etwas Brisantes enthielt, blieb abzuwarten. Aber immerhin war er schon verdammt gut versteckt gewesen. Wer würde schon auf die Idee kommen, so ein altes Modell auseinanderzunehmen und nach etwas zu suchen?

„Noch nicht ganz", erwiderte Kilian skeptisch. „Ich soll nur eine Kanne Kaffee holen. Was machst du da?", wiederholte er. „Das ist Axel Neufelds Schreibtisch, wir haben ihn noch nicht aufgeräumt. Aktuelle Sachen schrieb er gerade nicht, war ja mit seiner Serie bzw. seinem Buch beschäftigt."

„Sorry, ich suche externe Speichermöglichkeiten. Einen Stick oder CD. Habe bei mir leider nichts gefunden", ließ David sich spontan einfallen und versuchte, einen zerknirschten Gesichtsausdruck aufzusetzen.

„Ach so. Aber dann musst du eben warten. Kannst doch nicht einfach an fremde Schreibtische gehen. Ich bringe dir gleich einen Stick, okay?"

David war dieses Mal sicher, das Fragezeichen in Kilians Blick zu erkennen, die Frage, ob dieser neue Praktikant wirklich derjenige war, für den er sich ausgab. Aber das war doch Unsinn, da spielte ihm bestimmt nur das eigene schlechte Gewissen einen Streich, er interpretierte zu viel hinein, weil er glaubte, jeder könnte ihm an der Nasenspitze ansehen, dass er andere Absichten verfolgte, als das Journalistenbuisness kennenzulernen.

„Ja, okay. Danke. Und noch mal sorry fürs *einfach Drangehen.*"

„Schon gut." Kilian zog die Stirn kraus und sah so aus, als wäre es überhaupt nicht *schon gut*. Als würde er es absolut missbilligen, dass der Praktikant an einen fremden Schreibtisch ging. Nun ja, war ja auch nicht okay. Machte man einfach nicht.

„Räum das besser auf", sagte Kilian dann und zeigte auf die Einzelteile des Radiomodells. „Zusammenbauen brauchst du es nicht wieder, schätze, es interessiert keinen mehr."

Damit eilte er mit einem letzten Seitenblick auf den merkwürdigen Praktikanten Richtung Pausenraum, um den Kaffee zu holen.

„Dein Handy bimmelt übrigens ohne Unterbrechung. Hab ich grad im Vorbeigehen gehört. Irgendeiner versucht, dich zu erreichen", rief Kilian ihm dann noch zu.

„Oh, danke."

David hockte sich hin und begann die Einzelteile des Radiomodells aufzusammeln. Wertvoll war es nicht. So ein Teil zum Zusammenstecken, nichts Besonderes. Er legte die Teile auf den Schreibtisch. Den kleinen Chip unter seinem Schuh ließ er in seine Hosentasche gleiten. Dann ging er zurück zu seinem Schreibtisch, wo er sein Handy hatte liegen lassen.

Mercedes hatte versucht, ihn anzurufen und schließlich eine WhatsApp geschickt: „Mama besteht darauf, dass wir sofort nach Bielefeld fahren. Ruf mich dringend an oder besser – komm nach Hause."

Er stöhnte. Sidonia hatte sicher ihren Grund, aber er würde nicht zulassen, dass die Mutter seiner Freundin die Herrin über seine Entscheidungen wurde. Er wollte hier im *Impuls* recherchieren und das würde er auch tun.

„Ich komme nach Feierabend", schrieb er zurück.

Kerstin Neufeld ging am Nachmittag wieder in die Boutique. Sie brauchte die Arbeit. Sie musste raus aus der einsamen Wohnung, weg von den Gedanken, die um ihren Mann kreisten, der sie betrogen hatte und denunzieren wollte, raus aus der Aussichtslosigkeit.

„Hallo Kerstin", begrüßte sie Sandra, die sechsundzwanzigjährige Modedesign-Studentin, die nebenbei im *ChezElle* jobbte. „Ich habe heute nicht mit dir gerechnet."

„Hallo Sandra, bist du allein?", fragte Kerstin.

„Im Augenblick schon. Frauke macht Pause und ist in die Stadt gegangen. Aber sie kommt sicher bald wieder. Wir haben alles im Griff, du kannst dir ruhig Zeit lassen und noch etwas zu Hause bleiben."

„Ach lass mal, mir fällt die Decke auf den Kopf."

„Aber du siehst echt nicht gut aus. Hast du abgenommen?", fragte Sandra.

„Habe ich. Es war einiges zu verkraften", erwiderte Kerstin. Zu viel zu verkraften, dachte sie dabei. Viel zu viel. „Sandra, du kannst nach Hause gehen, wenn du magst. Du hast sicher in den letzten Tagen mehr gearbeitet, als eigentlich geplant war und hast dein Studium vernachlässigt."

„Na ja… Es macht mir nichts aus. Ich verstehe das doch, Kerstin."

„Lieb von dir." Kerstin strich der Angestellten freundschaftlich über den Arm. „Aber ich bleibe jetzt hier. Glaub mir, die Arbeit hier und der Kontakt zu den Kunden ist die beste Therapie für mich."

Wie aufs Stichwort kam eine Kundin herein, die sich sofort suchend nach einer Verkäuferin umschaute. „Ich übernehme das", sagte Kerstin.

Sandra war froh darüber. Die Kundin kam regelmäßig. Sie war eine richtige Stammkundin, man könnte also denken, sie wäre sehr zufrieden mit der Boutique. Trotzdem war sie immer etwas schwierig und zeigte ihre Zufriedenheit nie. Kerstin war genau die richtige Beraterin für die Frau. Sie hatte die notwendige Geduld und konnte mit ihr umgehen. Sie konnte überhaupt gut mit Kunden umgehen. Sie wusste, was ihnen stand, was zu ihnen passte. Sandra hoffte nur, dass das in dieser Situation, in der Kerstin sich gerade befand, auch so sein würde. Aber sie konnte es ja sowieso nicht ändern. Kerstin war die Chefin.

„Gut, dann gehe ich jetzt. Du sagst Frauke Bescheid, ja?"

„Natürlich." Kerstin lachte. „Keine Sorge, du kriegst keinen Ärger. Ich bin schließlich auch Chefin der Boutique."

Sandra hob beschwichtigend die Arme. Hin und wieder betonte Kerstin das ihrer Meinung nach etwas zu gerne.

„Schon gut. Morgen kommt übrigens Doris. Ich habe frei."

Kerstin nickte und war schon dabei, den Verkaufsraum zu betreten und die Kundin mit einem professionellen, strahlenden Lächeln zu begrüßen.

David bemerkte den grünen Ford Escort, der ihn auf dem Nachhauseweg verfolgte, nicht. Er behielt den rückwärtigen Verkehr im Spiegel im Auge, aber ein besonderes Auto fiel ihm nicht auf. Warum auch? Er ging im Strom der vielen Fahrzeuge unter, die um diese Zeit durch die Straßen rollten. Feierabendverkehr eben. Er bemerkte ihn auch nicht, als er näher Richtung Sidonias Haus kam. Es war nichts Auffälliges an einem Auto, das hier entlang fuhr. Alles war vollkommen normal.

David hielt vor dem Haus mit dem verwilderten Garten. Der Ford fuhr an ihm vorbei, blinkte, bog in die nächste Seitenstraße ein und fand einen Parkplatz hinter der nächsten Abbiegung.

David war bereits auf dem Weg zur Haustür, läutete und trat ein. Er fühlte sich vollkommen sicher.

Der junge Mann war aus dem Ford ausgestiegen und bis an die nächste Straßenecke geschlichen, wo er sich hinter einer Hecke versteckte.

Er war David Gersdorf vom Verlag *Impuls* aus gefolgt, weil er ihm nicht geheuer vorkam. Irgendetwas stimmte nicht mit dem neuen Praktikanten. Er horchte an Türen, stöberte in anderen Schreibtischen und stand offenbar in engerem Kontakt mit der Polizei als sonst jemand. Die Straße war zum Glück übersichtlich, so viele Häuser standen hier nicht und die waren auch weit auseinander. Jetzt beobachtete er, wie David durch den verwilderten Garten zur Haustür ging. Er konnte durch die Büsche hindurch nicht erkennen, wer öffnete, aber er hatte eine Ahnung, die ihm nicht behagte.

Könnte dies das Haus der Hellseherin sein?

Axel hatte ihm von seinem Interview – wie er es genannt hatte – bei der Wahrsagerin erzählt. Er hatte ihm sogar ein Foto von dem verwilderten Garten gezeigt und höhnisch grinsend erklärt: „Es fehlt nur noch das windschiefe Dach, dann könnte es glatt als Hexenhaus durchgehen."

Immerhin hatte Axel ihn ja eine Weile unter seine Fittiche genommen, um ihm das Handwerk des Journalismus beizubringen. Obwohl – im Nachhinein hatte das mit solidem Journalismus nicht viel zu tun gehabt. Er hatte auch nichts von dem Buch gewusst und nichts davon, wie reißerisch Axel seine Texte aufziehen wollte. Aber die Berufsserie selbst war ja kein Geheimnis gewesen.

Die Adresse von der Hellseherin kannte er allerdings nicht. Aber dieser Garten… es könnte sein.

Nun ja, dann war Neufeld hinter sein Geheimnis gekommen und mit der Zusammenarbeit war es komplett vorbei gewesen.

Was immer dieser David mit der Hellseherin zu tun hatte... dass ausgerechnet so einer plötzlich im Verlag auftauchte und als Praktikant anheuerte, ging bestimmt nicht mit rechten Dingen zu.

Dann fiel ihm der graue Mazda auf, der die Straße entlang fuhr, langsamer wurde und schließlich in einer Lücke am Straßenrand rückwärts einparkte.

Der junge Mann kniff die Augen zusammen. Er hoffte, er täuschte sich. Aber als der Fahrer ausstieg, erkannte er einwandfrei den Mann wieder, der ihn in Axels Hütte überrascht hatte.

Das konnte doch nicht wahr sein. Er fühlte Wut in sich aufsteigen. Am liebsten wäre er losgestürmt und hätte sich den Typen vorgenommen. Er wusste nicht einmal genau, warum. Aus seiner Sicht hatte er ja nichts Schlimmes getan. Persönlich hatte er ihm sowieso nichts angetan.

Er war Privatdetektiv. Das wusste er, weil er in seinen Taschen nach einem Ausweis gesucht hatte nachdem er ihn k.o. geschlagen hatte. Und dieser Detektiv ging jetzt auch zu der Hellseherin – in das Haus, in dem auch sein angeblich neuer Kollege aus dem *Impuls* verschwunden war.

Verdammt! Verdammt! Verdammt! Was braute sich da zusammen? Wenn dieser David Gersdorf morgen wieder auftauchte, würde er ihm gehörig zusetzen. Er musste sich etwas ausdenken. Vielleicht konnte er ihm irgendetwas zustecken, so dass er in den Verdacht geriet, etwas gestohlen zu haben. Auf diese Art würde er bestimmt schnell wieder verschwinden. Ja, guter Plan.

Aber der Detektiv konnte ihm echt gefährlich werden.

Den musste er wohl doch noch ausschalten. Und zwar richtig.

Es reichte schon, dass die Polizei jetzt im Verlag herumschnüffelte. Eigentlich hatte er gedacht, der Fall wäre für die gelöst. Sie hatten doch diesen Eins-A-Verdächtigen, den Typen aus Amerika. Der hatte einen Drohbrief geschrieben, war zur Tatzeit sogar gesehen worden – und dann die Verbindung mit der Hellseherin… Das war doch das Tolle an seinem Plan. Axel hatte es ihm in der Hinsicht leichtgemacht. Er mit seinem skurrilen Sinn für Humor hatte Spaß daran gehabt, ausgerechnet zu dieser Sidonia zu gehen, um sie später als Hellseherin durch den Kakao zu ziehen, gerade weil deren Ex ihn bedroht hatte. So etwas gefiel Axel und der wusste sogar, dass dieser Voss mit der Hellseherin eine Tochter hatte. Hatte der ihm wohl vor hundert Jahren oder so mal erzählt. Über so was hatte Axel sogar Buch geführt. Man weiß nie, wann solche Informationen über Menschen einmal nützlich sein können, hatte er immer gesagt. So etwas hatte er ihm sogar von oben herab als Tipp mit auf den Weg gegeben, falls er mal genauso Karriere machen wollte wie er, Axel.

Der hatte echt nicht viel für Menschen übrig gehabt. Um den war es nicht schade, dass er tot war. Die Sache mit Klaus Wittek sah schon etwas anders aus, aber sie war nötig gewesen.

Und jetzt fiel sein ganzer schöner Plan, all die schönen Indizien und Hinweise, die fantastischen Verbindungen, die er für so narrensicher gehalten hatte, in sich zusammen.

Die Polizei war offenbar nicht sicher genug, dass Voss und die Okebe die Täter waren, sie verfolgte weitere Spuren.

Jetzt hatten die doch echt die Kollegen zum Verhör geladen.

Verdammt!

Er bückte sich und hob einen dicken Stein aus der Schicht, die das Nachbarhaus rundherum umgab. Er war so unglaublich wütend und ratlos und er hatte durchaus auch Angst. Er musste diesem vermeintlichen Praktikanten eine klare Ansage machen. Nicht zu offensichtlich, dass der wusste, von wem sie kam, aber der musste verschwinden.

Der junge Mann schlich langsam und vorsichtig, in geduckter Haltung in die Straße hinein.

Dann holte er weit aus und warf den Stein durch die Frontscheibe des Mazdas, mit dem der Detektiv gekommen war. Er wollte einen kleinen Gruß hinterlassen, eine Warnung. Er könnte ja noch einen Zettel dazulegen: *Hör auf zu Schnüffeln, sonst wird dir das schlecht bekommen.*

Doch dazu kam es nicht mehr. Mit einem schrillen Ton ging die Alarmanlage an. „Fuck!", schimpfte er vor sich hin.

Gleichzeitig rannte er los bis um die nächste Ecke, wo auch sein Auto stand. Da sah er den Detektiv schon aus dem Haus kommen – gefolgt von dem Praktikanten und zwei dunkelhäutigen Frauen. Das war wirklich die Wahrsagerin und vermutlich ihre Tochter.

„Was ist denn hier passiert?", schrie der Detektiv, öffnete die Fahrertür, entdeckte den Stein und holte ihn heraus.

„Jemand hat das Fenster eingeworfen", stellte David fest.

„Genau. Siehst du nun, dass deine Schnüffelei im Zeitungsverlag gefährlich ist?", ereiferte sich das Mädchen.

Der junge Mann, der sich hinter einer Hecke verborgen hielt, konnte die Worte gut verstehen. Sie sprachen laut, weil sie so aufgeregt waren.

Scheiße, David kam die Straße entlang, direkt auf sein Versteck zu. Er wollte wohl nachsehen, ob noch jemand zu sehen war. Der junge Mann rettete sich über den niedrigen Lattenzaun in den Garten des Hauses, vor dem er gerade stand. Er verbarg sich hinter den Büschen und beobachtete, wie David um die Ecke kam und die Straße entlang spähte.

David kam der grüne Wagen, der dort am Straßenrand parkte, vage bekannt vor. Hatte der nicht schon vorm Verlag geparkt? Aber das Auto war leer und sonst fiel ihm nichts Besonderes auf.

Er gab sofort auf. „Nichts zu sehen", rief er schon von weitem den anderen zu und ging dann zurück.

„Das war nicht anders zu erwarten. Denkst du, der Typ bleibt stehen und wartet, bis er entdeckt wird?", rief der Detektiv.

Der junge Mann zwischen den Büschen musste sich ein Lachen verkneifen. „Wenn die wüssten…"

Er wartete eine Weile ab, bis er meinte, sicher sein zu können, dass zumindest David wieder weg war. Dann krabbelte er durch den Garten des Eckhauses auf die Seite, von der aus er in die Straße spähen konnte, in der Sidonias Haus stand. Er sah den Mazda mit der zerschlagenen Scheibe, die Scherben drum herum, aber die vier Menschen waren weg. Jetzt aber schnell. Die würden mit Sicherheit die Polizei rufen. Bis die hier waren, musste er weg sein. Sein Auto war

David bestimmt nicht aufgefallen. Um einen Rückschluss ziehen zu können, müsste es ihm ja obendrein schon vor dem Zeitungsverlag aufgefallen sein. Das war doch ziemlich unwahrscheinlich. So auffällig war der Wagen wirklich nicht. Und so genau achtete sowieso kein Mensch auf die Dinge um sich herum.

Er fühlte wieder Wut in sich aufsteigen. Fuck, das war nicht geplant gewesen, dass die so schnell aufmerksam wurden. Verfluchte Alarmanlage.

Wütend trat er mit dem Fuß gegen den Lattenzaun, die Latte zerbarst sofort. Egal. Er trat ein weiteres Mal zu, brach Latten aus dem Zaun heraus und warf sie achtlos auf die Erde.

Es tat ihm irgendwie gut, seine Wut an diesem leblosen Gegenstand auszulassen. Am liebsten hätte er weitergemacht, hätte den ganzen Zaun zerstört, aber gerade noch rechtzeitig schaltete sich sein Kopf ein und meldete Befürchtungen, entdeckt zu werden. Es war früher Abend, noch hell und warm. Und jeden Moment konnte die Polizei hier eintreffen. Er lief zu seinem Ford, ließ den Motor aufheulen und fuhr davon.

„Also ehrlich, ich finde es trotzdem total übertrieben, dass wir jetzt die Ermittlungen abbrechen sollen", maulte David.

„Du kannst doch wirklich nicht mehr abstreiten, dass das gefährlich werden könnte. Zuerst wurde Bruno zusammengeschlagen und jetzt das mit dem Auto", warf Sidonia aufgeregt ein.

„Sicher. Aber das zeigt doch gerade, dass es jemand aus dem Verlag sein muss", meinte David.

„Und wieso das?", fragte Mercedes.

David hob die Schultern. „Schätze halt, wir sind auf der richtigen Spur und derjenige will verhindern, dass wir mehr herausfinden. Ich glaube ja, dass Kilian Reuter was damit zu tun hat. Der hat ganz schön aufgepasst, dass ich nicht irgendwo drangehe. Und er hat mich erwischt, als ich dieses Gespräch belauscht habe, von dem ich euch eben erzählt habe. Der hat garantiert was damit zu tun."

„Das mag ja alles sein, David, aber keiner von uns will, dass du dich weiter in Gefahr begibst. Und das bist du zurzeit. Es ist wirklich nicht deine Aufgabe, den Täter zu finden", warf Sidonia etwas ruhiger ein als zu Anfang des Gesprächs.

„So genau kannst du überhaupt nicht wissen, ob ich in Gefahr bin", maulte David. Es ging ihm absolut gegen den Strich, dass Sidonia sich in dieser Sache so weit aus dem Fenster lehnte. Er hatte die Mutter seiner Freundin immer gemocht und sich immer gut mit ihr verstanden, ansonsten würde er es während der Semesterferien überhaupt nicht so lange mit ihr unter einem Dach aushalten, aber jetzt… Ja, sie war Kartenlegerin und Handleserin, er kannte dieses Thema zur Genüge. Bisher hatte sich Sidonia trotz ihrer besonderen Gabe niemals in sein und Mercedes Leben eingemischt. Aber jetzt drehte sie ja fast durch.

„Ich habe etwas getan, das eigentlich total gegen meine Prinzipien verstößt, ich habe in deiner Abwesenheit die Karten für dich gelegt", bekannte sie jetzt leise.

„Was?" David war empört. „Wie kannst du so etwas machen? Du wusstest, dass ich mir nie die Karten legenlassen wollte."

Sie hob beschwichtigend die Hände. „Ich weiß, ich weiß. Und du hast recht, wenn du jetzt sauer bist. Aber ich konnte einfach nicht anders. David, du bist in Gefahr bei dieser Zeitung."

„Ja, dass da irgendwas faul ist, ist uns doch allen klar", gab er mürrisch zu. „Gerade deshalb will ich ja noch mal hin."

„Nein!", schrie Mercedes jetzt dazwischen. „Wenn der Typ dort ist, hast du es mit jemandem zu tun, der schon zweimal getötet hat."

David war überrascht über ihren Ausbruch. Sie war ja richtig hysterisch.

„Sie hat recht", meldete sich jetzt auch noch Bruno Feldmann zu Wort.

„Ich hätte das gar nicht zulassen dürfen. Hast ja auch gesehen, was mit mir geschehen ist. Der Typ ist nicht zimperlich."

„Mmm." David nagte an seiner Unterlippe. Das stimmte schon alles. Aber er hatte halt dabei sein wollen, hatte Ermittlungen führen wollen. Das hatte sich so gut angefühlt, nach Abenteuer.

„Gib weiter, was du heute mitbekommen hast und überlass die Ermittlungen der Polizei", bat Mercedes.

Er sah sie an, sah in ihre dunklen Augen und erkannte die Angst darin. Angst um ihn. Doch antworten musste er nicht mehr. Er war der Türklingel dankbar dafür, die in diesem Augenblick schellte. So konnte er noch einen Moment darüber nachdenken.

Vor der Tür standen zwei uniformierte Polizisten, die wegen des gemeldeten Sachschadens am Mazda gekommen waren.

Kapitel 11
Donnerstag

Kilian Reuter war überrascht, dass David am nächsten Tag nicht im Verlag auftauchte. Na, der hatte ja schnell das Handtuch geworfen.

Allerdings stimmte auch etwas mit dem nicht. Der war ein wenig zu neugierig. Das hatte er vom ersten Moment an gemerkt und ihn deshalb auch ein wenig intensiver unter die Lupe genommen, als er es normalerweise machen würde.

Und dann hatte er ihn vorm Pausenraum bei der Lauscherei und später beim Durchsuchen von Axels Schreibtisch erwischt. So etwas machte doch keiner. Der war doch nie und nimmer nur auf der Suche nach einem Speicherstick gewesen. Selbst wenn er einen gefunden hätte, hätte er doch gar nicht davon ausgehen können, dass der unbenutzt war. Nee, mit dem war etwas nicht ganz koscher.

Und das alles gleich am ersten Tag. Also wenn der ein Schnüffler war, dann bestimmt der schlechteste, den es gab.

Jetzt musste Kilian erst mal dringend telefonieren. Sein Verdacht war auf jeden Fall berechtigt genug, der Sache auf den Grund zu gehen.

Noch während er wählte, sah er diese beiden Polizisten, Markus Otten und Evelyn Irgendwie, in das Großraumbüro kommen. Was wollten die denn schon wieder?

„Guten Morgen", grüßte Markus Otten mit dröhnender Stimme in die Runde. „Gestern Abend wurde das Fahrzeug eines Bruno Feldmann mutwillig zerstört."

„Was haben wir damit zu tun?", fragte Kilian und legte den Hörer auf den Apparat zurück, ohne jemanden erreicht zu haben.

„Es wurde der Verdacht geäußert, dass jemand aus diesem Büro der Täter ist."

„Und wie kommt dieser Feldmann darauf?", fragte Kilian wieder. „Wer soll das überhaupt sein?"

Die Kollegen scharrten sich immer näher an die Polizisten heran. Sie waren neugierig, aber auch verärgert, weil man ihnen eine solche Tat zutraute.

„Feldmann hat den Verdacht gar nicht geäußert. Das war ein gewisser David Gersdorf. Ihm ist ein Fahrzeug, das er vor dem Verlag gesehen hat, in einer Seitenstraße in der Nähe von Sidonia Okebes Haus aufgefallen. Vor ihrem Haus ist die Sachbeschädigung passiert."

„Ich verstehe die ganzen Zusammenhänge nicht. Was hat diese Frau Okebe wieder damit zu tun? Außerdem kann das Auto doch irgendwem gehören", warf Kilian ein, der sich offenbar zum Sprecher des Teams gemacht hatte. „Ein Kunde, jemand, der einfach beim Verlag geparkt hat, um gegenüber in den Store zu gehen, oder David hat sich vertan und es war gar nicht dasselbe Auto, das er vor dem Verlag gesehen hat."

„Das lässt sich sicher feststellen. Für einen Zufall halten wir das jedenfalls nicht. Falls jemand etwas weiß, bitten wir ausdrücklich um Ihre Mithilfe. Hinzu kommt ein Gespräch, das Herr Gersdorf zufällig mitbekommen hat. Deshalb werden Sie, Herr Kilian Reuter, Ben Jansen und Melanie Bauer, uns aufs Präsidium begleiten."

„Auf keinen Fall!", rief Kilian aus. „Wieso sollten wir?"

Otten beugte sich vor, stemmte die Hände auf den Schreibtisch und sah ihn auffordernd an. Er sagte kein Wort, aber
Geste und Mimik zeigten deutlich, dass die Aufforderung
keine Bitte war.

„Brauche ich meinen Anwalt?", fragte Kilian.

„Wenn Sie wirklich so unschuldig sind, wie Sie vorgeben,
nicht", erwiderte Otten. „Aber natürlich haben Sie das Recht,
ihn anzurufen. Vom Revier aus."

Kilian seufzte. Ihm blieb im Augenblick erst mal nichts
anderes übrig, als den Polizisten zu folgen.

Jetzt war auch klar, warum Gersdorf nicht wieder hier
aufgetaucht war.

„Diese Leute kommen viel zu nah ran!", kreischte die Frau
am anderen Ende des Telefons. Ben hatte sie nach seiner
Befragung auf dem Polizeirevier angerufen.

„Das stimmt leider - und die berichten den Bullen von ihren
eigenen Ermittlungen. So bekommen die wiederum Hinweise, die in unsere Richtung führen. Dabei haben sie doch
schon längst einen super Täter.

Nur eben nicht den richtigen", erwiderte er. Er wusste, die
Frau war so hysterisch, weil sie Angst hatte. Deshalb versuchte er, ruhig zu bleiben, nicht ebenfalls loszuschreien. Ihr
keine Vorwürfe zu machen.

„Wen interessiert das? Sorg dafür, dass die aufhören!",
schrie sie jetzt.

„Noch mehr Morde? Schon der Fotograf ist doch umsonst
gestorben. Der wusste wirklich nichts. Weitere Morde sind

überhaupt nicht mehr mit der Wahrsagerin oder dem Amerikaner zu erklären."

„Wir können nichts riskieren. Wir haben schon getötet, um nicht aufzufliegen. Jetzt können wir nicht mehr zurück. Ach verdammt. Okay, lass uns einfach sehen, dass wir schnell hier wegkommen. Wir sind nur sicher, wenn wir weit weg sind."

Der junge Mann legte auf. Er hatte lieber nicht erwähnt, dass er befürchtete, dass dieser David etwas erfahren, vielleicht sogar etwas gefunden hatte, das er vergeblich gesucht hatte. Dass der vielleicht gar kein Praktikant, sondern ein Spitzel war. Da wäre die Frau ja vollkommen durchgedreht und es würde an der Situation nichts ändern. Sie hatte recht. Sie mussten weg und zwar schnell. Das war die einzige Chance. Verfluchte Scheiße. Wie hatte das alles nur so schiefgehen können.

Sebastian Kupfer tauchte alarmiert von Bruno Feldmann bei Sidonia auf.

„Hier ist gestern etwas passiert, habe ich gehört. Und Sie, David, haben entgegen meinem ausdrücklichen Rat in dem Zeitungsverlag herumgeschnüffelt", fiel er aufgebracht mit der Tür ins Haus.

„Ja, das stimmt. Aber ich glaube nicht, dass Sie mir gegenüber weisungsbefugt sind", hielt David verärgert entgegen.

Mercedes legte ihre Hand beruhigend auf seinen Arm. „Er hat aber recht", sagte sie leise.

„Die beiden werden heute aufbrechen und ein paar Tage zu Davids Eltern nach Bielefeld fahren, bevor sie weiter in den

Urlaub nach Mallorca fliegen", berichtete Sidonia beschwichtigend.

„Na Gott sei Dank. Obwohl… eigentlich brauchen wir ihn ja hier für seine Aussage. Nun gut, erzählen Sie mir ganz genau, was Sie in der Zeitung erlebt haben. Ich denke, das könnte meinem Mandanten helfen, der ja noch immer in Haft sitzt."

Sie setzten sich an den Küchentisch, Sidonia servierte Tee und David erzählte von dem Gespräch, das er belauscht hatte.

„Irgendwas stimmt offenbar nicht mit dem Wohltätigkeitsfonds. Kann dort das Motiv liegen?"

Sebastian rümpfte die Nase. „Ein paar falsche Buchungen? Etwas Geldunterschlagung? Ist schon sehr mager. Die meisten Menschen brauchen ein wenig mehr, um einen Mord zu begehen."

„Wer weiß, vielleicht steckt mehr dahinter", warf Bruno ein.

„Ich werde dieser Sache auf den Grund gehen, da können Sie sicher sein", versprach Sebastian. „Jetzt muss ich mich aber verabschieden. Sie, David und Mercedes, werden wirklich wegfahren, ja?"

Mercedes nickte voller Überzeugung. „Oh ja."

„David?"

„Jaaa, ist ja gut."

„Das klingt nicht sehr überzeugend."

„Na ja, ich würde wirklich gerne weiter ermitteln."

„Das kann ich durchaus nachvollziehen. Aber sehen Sie, ich bin Anwalt, der offiziell mit dieser Angelegenheit betraut ist und ich werde mich ganz sicher nicht in die Höhle des

Löwen begeben und damit in Gefahr. Überlassen Sie das bitte der Polizei und von mir aus Herrn Feldmann."

„Ach, für den besteht keine Gefahr?", begehrte David auf.

„Er ist ausgebildeter Detektiv", antwortete Sebastian schlicht.

„David, wenn du nicht mitkommst, fahre ich allein", drohte Mercedes. In ihrer Stimme schwang Angst mit, dass er die Entscheidung wieder rückgängig machte, aber ebenso ihre Entschlossenheit.

„Und was ist mit Sidonia?", fragte er. „Soll sie ganz allein hier bleiben?"

„Ich war nicht im Verlag. Ich habe nichts mitbekommen. Die kennen mich nicht", sagte Sidonia entschieden.

Bruno runzelte die Stirn. So sicher war er da nicht. Wenn die Typen deine Verbindung zu David kennen, kann man das nicht wissen. Immerhin scheint einer hier gewesen zu sein. Der hat direkt vor deiner Haustür die Scheibe meines Autos zerschlagen. Sie wissen, wo du wohnst, dachte er.

Der junge Mann stand erneut vor Sidonias Haus. Den grünen Ford hatte er wieder in der Seitenstraße geparkt. Er musste der Wahrsagerin Angst machen. Und zwar soviel, dass die alle mit ihrer Schnüffelei aufhörten. Aber er durfte kein neues Verbrechen begehen, das würde nur untersucht werden und die Polizei verstärkt auf eine neue Fährte bringen. Die sollten sich gefälligst auf den Verdächtigen konzentrieren, den sie schon hatten.

Er hatte sich über Sidonia erkundigt, hatte auf ihrer Homepage gestöbert. Das hatte ihn auf eine Idee gebracht. Sie hatte zwei Katzen. Wenn er eine davon töten und in einem Baum aufhängen würde, würde sie das sicher endgültig davon abbringen, sich zu tief in die Sache zu hängen. Sie würde bestimmt nicht riskieren wollen, dass noch mehr passierte, vielleicht sogar ihr selbst oder ihrer Tochter. Der musste einfach mal klar gemacht werden, mit wem sie es zu tun hatte.

Jetzt schlich er also um das Haus herum und hoffte, die Katzen zu sehen. Es war ihm vollkommen gleichgültig, welche er töten würde.

Sein Messer hatte er schon in der Hand. Er würde ihr mit einem schnellen Schnitt die Kehle aufschlitzen.

Und dann sah er sie zwischen den Büschen auftauchen. Sie trug etwas im Maul. Ein Tier. Klar, eine erlegte Maus. Sie legte das tote Tier vor die Haustür. Er schlich hinterher. Ganz vorsichtig. Nicht, dass ihn noch jemand sah. Das war gar nicht so leicht. Und wenn er ungesehen bei der Haustür angekommen war – wie zur Hölle sollte er dann die Katze einfangen?

Er beförderte ein paar Leckerchen aus seiner Hosentasche, aber das Tier schien daran nicht interessiert zu sein. Als die Katze sah, dass er näher kam, machte sie einen Buckel und fauchte. Er erschrak. Kratzer oder Bisse von Katzen konnten ziemlich gefährlich werden, dass hatte er mal irgendwo gelesen. Ganz zu schweigen davon, dass ihn nach seiner geplanten Tat Kratzer von Katzen verdächtig machen würden.

Trotzdem hob er die Hände und wollte gerade nach vorne stürmen, als das Tier mit einer schnellen, geschmeidigen Bewegung durch eine Katzenklappe ins Haus verschwand.

Mist. Seine Pläne schienen ja immer perfekt zu funktionieren.

Sein Blick irrte durch den Garten, die zweite Katze konnte er nirgendwo entdecken. Dann blieb sein Blick an der toten Maus auf der Türmatte hängen. Da kam ihm plötzlich eine Idee. Er brauchte kein Tier töten. Dort lag doch schon eines. Er schlich gebückt zurück zum Auto, holte einen Stift und ein gammeliges Stück von einem Pappkarton.

„So geht es allen, die zu neugierig sind", schrieb er darauf und lachte bei dem Wortwitz. Die Maus war sicher auch zu neugierig gewesen, hatte sich zu weit aus ihrem Mauseloch gewagt.

Er lief zurück, vergewisserte sich, dass niemand vor der Tür war und schlich wieder bis zur Haustür. Dieses letzte kleine Stück war am gefährlichsten. Wenn gerade jetzt jemand herauskam? Oder nur aus dem Fenster sah, das gleich neben der Haustür war?

Aber nichts passierte. Er schob das Stück Pappe unter die tote Maus und verschwand ungesehen.

„Also ich verabschiede mich. Ich fahre ins Büro und kümmere mich dort um alles Weitere", sagte Sebastian Kupfer und stand gleichzeitig auf.

„Ich bringe Sie zur Tür", bot Sidonia an.

„Sehen Sie zu, dass Ihre Tochter und ihr Freund wirklich abfahren. Ich halte es wirklich für gefährlich, wenn Herr Gersdorf weiter im Verlag herumschnüffelt."

„Ja, ich weiß."

„Ich habe einmal den Fehler gemacht, eine Situation zu unterschätzen. Damals in Detmold bei ihrer Freundin. Ich habe Unterlagen zurückgehalten, weil ich im Leben nicht damit gerechnet hätte, dass ausgerechnet der Staatsanwalt Marksroth der Täter oder zumindest der Drahtzieher war."

„Ja, ich weiß das."

„So einen Fehler mache ich nicht noch einmal. Und ich möchte nicht, dass einer von Ihnen in Gefahr gerät."

Sidonia öffnete die Haustür. „Ich verstehe schon."

Ihr Blick fiel automatisch auf die Fußmatte, sie wusste ja, dass Shila und Malou hin und wieder ihre Beute dort ablegten und sah deshalb sofort die tote Maus. „Tut mir leid, die Katzen machen uns hin und wieder kleine Geschenke. Aber was liegt denn da drunter?"

Sie bückte sich, zog die Pappe hervor und las die wenigen Worte.

Sie stieß einen erschreckten Schrei aus, schlug sich dann die Hand vor den Mund, die Pappe segelte zu Boden.

Sebastian hob sie auf und las. „Das kann doch nicht wahr sein!", rief er.

Bruno, David und Mercedes erschienen in der Tür.

Sebastian reichte die Pappe weiter.

„So geht es allen, die zu neugierig sind", las David laut vor. Er wendete die Pappe. Auf der Rückseite war noch ein Stück eines Adressaufklebers zu sehen. „Schaut mal", sagte er. „mpul"

„*Impuls*", sagte Sebastian sofort.

David nickte. „Und sogar ein Stück der Adresse. Da hat aber einer nicht gut aufgepasst."

„Sind Sie jetzt nicht auch der Meinung, dass Sie besser fahren sollten?", fragte Sebastian in Davids Richtung.

David zögerte noch immer.

„Das bedeutet eigentlich nicht zwangsläufig, dass der Täter beim *Impuls* arbeitet, nur, dass er einen alten Karton davon hatte", überlegte er.

„David", drängte Mercedes ihn. „Das kann doch nicht wahr sein."

David hob etwas hilflos die Arme. „Aber ich könnte doch vielleicht etwas herausfinden."

„Du könntest auch getötet werden", ergänzte Mercedes. „Das ist doch ganz klar eine Drohung."

Er bemerkte ihre Sorge und zog sie an sich. „Schon gut, wir fahren ja. Aber nur, wenn deine Mutter nicht allein hierbleibt", stimmte er schließlich zu.

Mercedes drehte sich in seinem Arm herum, so dass sie Sidonia direkt ansehen konnte. „Da hat er recht, Mama."

„Sie können gerne mit zu mir kommen oder ich bleibe hier", schlug Bruno Feldmann vor.

Das Angebot überraschte Sidonia. „Ich weiß nicht...", erwiderte sie ausweichend.

Mercedes lachte.

Bruno Feldmann tat empört. „Ich beiße bestimmt nicht", versprach er.

Sidonia brauchte nicht lange überredet werden. Ganz allein fühlte sie sich im Moment wirklich nicht mehr wohl hier. Sie schlotterte ja immer noch am ganzen Körper.

Sie nickte zustimmend, ohne dass ganz klar war, in welcher Wohnung sie nun zusammen bleiben wollten.

„Ein Glück, dass David und Mercedes weg sind", sagte Sidonia Stunden später zu Bruno, als sie mit ihm in seiner kleinen Wohnung auf dem Sofa saß. Der Fernseher lief, aber sie bekamen beide nicht mit, was eigentlich in dem Film passierte.

Sidonia hatte ihr Haus zuerst wegen der Katzen nicht verlassen wollen,

aber Bruno, Mercedes und David hatten sie überredet, lieber woanders zu übernachten als zu bleiben.

„Ich kann doch nicht mit zu Bruno gehen, er ist ein wildfremder Mann", hatte Sidonia schließlich noch eingeworfen. Es war nicht etwa so, dass das ihre Vorstellungen von Sitte und Moral vollkommen über den Haufen geworfen hätte. Sie lebte nicht mehr im 19. Jahrhundert. Und sie war auch kein Teenager mehr. Außerdem fürchtete sie von Bruno wirklich keine Übergriffe. Sie hatte durchaus seine Blicke bemerkt, die ihr zeigten, dass er sie interessant, vielleicht sogar attraktiv fand, aber er würde nicht über sie herfallen. Keine Gefahr.

„Wenn es dir angenehmer ist, geh doch zu einer Freundin oder in ein Hotel", schlug David schließlich vor.

„Mm, die einzige, die mir einfällt, wo ich spontan unterkommen könnte, wäre Judith in Detmold, aber das ist zu weit weg – oder meine Freundin Ruth, aber die hat eine Katzenhaarallergie. Und ohne Shila und Malou gehe ich sowieso nirgendwo hin. Ihr denkt doch nicht, dass ich sie hier lasse und riskiere, dass sie am Ende noch ermordet werden? Vielleicht wäre es doch einfacher, wenn Bruno hier bleibt."

„Das würde ich schon tun, aber morgen muss ich wieder los. Ich will auf jeden Fall weitere Nachforschungen anstellen. Das ist mein Job. Und dann bist du hier allein."

Er dachte überhaupt nicht mehr darüber nach, dass es eigentlich nicht mehr sein Job war, weil er überhaupt keinen Auftraggeber mehr hatte. Das war ja Klaus Wittek gewesen und der war inzwischen tot.

Am Ende hatte Sidonia sich einverstanden erklärt, mit Bruno Feldmann zu fahren. Malou und Shila, die beiden Katzen, durften sie begleiten, obwohl Bruno darüber nicht unbedingt glücklich gewesen war.

Nachdem Mercedes und David losgefahren waren, fuhr auch Sidonia mit den Katzen und Bruno zu seiner kleinen Wohnung. „Ich warne Sie, viel Platz ist dort nicht", hatte er gesagt und damit hatte er nicht übertrieben. Aber wozu brauchte er als alleinstehender Mann auch eine riesige Wohnung?

„Was wollen die nur von David? War das so wichtig, was er belauscht hat? Warum? Ich kann das überhaupt noch nicht erkennen", überlegte Bruno jetzt, als sie nebeneinander auf dem Sofa saßen.

„Irgendwas ist aber dran. Oder sie denken, er weiß etwas, das er nicht wissen soll. Oder er besitzt etwas. Ich befürchte, da hängt viel mehr dran, als wir denken", äußerte Sidonia.

„Ja, ich glaube auch nicht mehr an persönliche Rache, weil Neufeld jemanden in seinem Buch denunziert hat. Aber noch immer müssen beide Männer da drinhängen. Axel

Neufeld und Klaus Wittek. Was kann das nur sein? Es muss etwas mit der Zeitung zu tun haben."

„Alles, was David erzählt hat, ist, dass es einen Wohltätigkeitsfonds gibt, bei dem die Buchführung nicht stimmt."

„Ich habe vorhin ein wenig gegooglet. Es handelt sich um einen Fonds für Straßenkinder, in den offenbar sehr große Summen hineingeflossen sind. Es gab sogar mal eine Art Gala, auf der Spenden gesammelt wurden", berichtete Bruno.

„Mm, was kann damit nicht stimmen?", murmelte Sidonia nachdenklich.

Bruno Feldmann biss sich auf die Unterlippe. „Spontan fallen mir da Veruntreuung oder Geldwäsche ein, eine Art Briefkastenfirma oder sogar Tarnung für verbrecherische Machenschaften."

Sidonia starrte ihn mit großen Augen an.

„Dann sind wir aber in eine viel größere Sache geraten, als wir gedacht hatten."

Er lächelte sie an. Ein bisschen freute er sich, dass er sie bei sich hatte. Nur die Umstände waren alles andere als erfreulich. Aber wären sie anders gewesen, hätte er Sidonia wohl nie kennengelernt.

„Ob dieser Kilian etwas damit zu tun hat? David fand ihn ja sehr verdächtig", meinte Sidonia.

Bruno hob die Schultern. „Möglich. Wir müssen noch Otten anrufen. Er muss alles wissen, was mit dem Fall zu tun hat. Auch diese Bedrohung anhand der toten Maus. Das hätten wir vorhin schon melden sollen."

„Morgen", bat Sidonia. „Ich will heute nicht mehr mit dem Kommissar sprechen. Ich will einfach gar nicht mehr daran denken. Und am Ende ist es nur ein kleines, zusätzliches Vorkommnis. Es ändert eigentlich nichts und ist auch keine großartige neue Erkenntnis."

„Das sehe ich schon ein wenig anders, Sidonia. Otten ist doch auf Informationen von uns allen angewiesen. Und dass du so massiv bedroht wirst, ist schon eine wichtige Information. Mach dich ein bisschen frisch, ich kann dir einen Whiskey einschütten oder einen Whiskey-Cola mischen. Das beruhigt mich immer."

Er wunderte sich selbst, aber sie war ihm schon so merkwürdig vertraut. Aber die Situation forderte das ja geradezu heraus, sie war in seiner Wohnung, würde hier übernachten...

Sie lachte etwas gekünstelt. „Nein, aber wenn du eine Flasche Rotwein hättest, davon nehme ich gerne ein Glas. Okay, ich nehme gerne dein Angebot von vorhin an und dusche schnell. Ruf Otten schon mal an, wenn du meinst. Du hast ja recht."

Bruno nickte. Er sagte nicht, dass er keinen Wein im Haus hatte, weil das einfach nicht das Richtige für ihn war. Als er das Wasser der Dusche hörte, rannte er aus dem Haus und kaufte in dem kleinen Supermarkt um die Ecke schnell eine Flasche halbtrockenen Roten. Er hoffte, die Marke und die Geschmacksrichtung waren richtig und Sidonia mochte ihn. Er kannte sich mit Wein nicht so aus. Er hoffte auch, sie hatte sein Fortgehen nicht bemerkt. Sie musste nicht unbedingt wissen, dass er extra losgerannt war, um ihr einen Gefallen zu tun.

Als er zurückkam, war das Wasser aus, aber die Badezimmertür noch verschlossen.

Er griff zum Telefon und wählte Ottens Nummer.

Als er aufgelegt hatte, schüttete er für Sidonia Rotwein in ein normales Wasserglas. Er besaß keine speziellen Weingläser, er trank ja keinen Wein. Sich selbst schüttete er einen Whiskey ein.

In dem Moment kam sie aus dem Bad. Wieder vollständig bekleidet mit einer weiten Pumphose und einem Schlabberpulli darüber, mit nassen Haaren, die in dem Zustand weniger kraus und viel länger wirkten.

Sie lächelte.

„Danke", sagte sie sanft und nahm das Glas entgegen.

Er verzog das Gesicht. „Ich besitze keine Weingläser."

„Aber Wein?", fragte sie erstaunt.

Er fühlte sich ertappt, aber sicher war er nicht.

„Trink lieber. Otten kommt gleich und er war mächtig sauer, dass wir ihn nicht sofort angerufen und die tote Maus entsorgt haben. Na ja, das ist schon irgendwie verständlich."

Sie hob die Schultern. „Vermutlich."

Er nickte und ließ den Whiskey in den Mund und seine Kehle herunter fließen. Ach, das tat gut nach dem aufregenden Tag!

Sidonia nippte an ihrem Wein. Sie hatte gehört, als die Wohnungstür geöffnet und wieder geschlossen wurde. Sie nahm an, das war, als Bruno zurückgekommen war. Er war fort gewesen und hatte diesen Wein gekauft, da war sie fast sicher. Für sie.

Es fühlte sich gut an. Wann hatte in den letzten Jahren überhaupt mal jemand für sie etwas getan? Selbst so eine kleine, banale Geste? Mal abgesehen von ihrer Tochter.

„Schmeckt gut", sagte sie, als es schon an der Tür läutete und Otten wie ein Berserker über sie herfiel.

Kapitel 12
Freitag

Sidonia hatte Brunos Angebot, in seinem Bett zu schlafen, während er selbst das ausziehbare Schlafsofa im Wohnzimmer benutzte, nicht angenommen. Sie wäre sich dabei gemein vorgekommen, als würde sie seine Hilfsbereitschaft ausnutzen.

Sie hatte also im Wohnzimmer geschlafen, Malou und Shila neben sich. Sie hatte nicht gut geschlafen, was nicht weiter überraschend war. Sie war unruhig und hatte noch immer Angst.

Sie stand früh auf und schaute in der Küche nach, was Bruno zum Frühstück da hatte. Seine Auswahl war erstaunlich karg.

Sie fand neben etwas Butter nur Joghurt, Äpfel, ein paar Scheiben Brot und Salami, die am Rand schon trocken wurde. Himmel, dachte sie, was frühstückt der eigentlich? Vermutlich holte er sich unterwegs etwas. Nun, heute würde das einmal anders sein.

Sie schlüpfte schon um sieben Uhr aus der Wohnung und ging zu dem nahen Supermarkt, den sie auf der Herfahrt gesehen hatte.

Er war noch nicht geöffnet, aber sie fand eine kleine Bäckerei, in der es außer Brötchen auch Marmelade und Honig und sonstigen Brotaufstrich gab. Sie kaufte zwei einfache Brötchen, zwei verschiedene Körnerbrötchen, Erdbeermarmelade, etwas Käse und Wurst. Damit ging sie zur

Wohnung zurück. Bruno war gerade aufgestanden und hatte sie schon vermisst.

„Wo kommst du denn her?", fragte er aufgebracht.

Sidonia ärgerte sich über seinen rüden Tonfall.

„Ich habe fürs Frühstück eingekauft", erwiderte sie kühl.

Er seufzte. „Tut mir leid, ich wollte dich nicht so anschnauzen. Ich habe nur so einen Heidenschrecken bekommen, als du nicht da warst. Du kannst doch nicht einfach draußen herumspazieren. Wir haben es durchaus mit einem gefährlichen Typen zu tun. Und meine Adresse herauszubekommen, dürfte auch nicht ein so großes Problem sein."

„Ich kann mich doch nicht irgendwo einsperren und nicht mehr auf die Straße trauen", schimpfte sie.

„Es wäre aber besser, wenn du das eine Weile tätest."

Sie wollte nicht darauf antworten. Sie wusste, sie könnten jetzt ewig über dieses Thema streiten. Wieso er sich derart als ihr Beschützer aufspielte, war ihr allerdings nicht völlig klar.

Ach Mist, dachte sie, wenn das hier vorbei ist, dann verreise ich. Dann mache ich meinen Traumurlaub in Frankreich. Immer schiebt man seine Pläne auf und irgendwann könnte es zu spät sein. Vielleicht ist es das schon. Vielleicht schnappt uns der Typ und bringt uns alle um.

Aber nicht Merci, dachte sie verzweifelt. Nicht Merci.

„Alles in Ordnung?", fragte Bruno sanft.

„Ja, alles in Ordnung. Soll ich Kaffee kochen?"

„Gerne. Ich gehe ins Bad. Ich werde zum Verlag fahren und mir mal diesen Kilian etwas genauer ansehen. Irgendwas muss da doch faul sein. Wir haben bisher nur herumgestochert. Wird Zeit, dass wir etwas tiefer bohren."

Sie nickte. Sie hätte jetzt darauf hinweisen können, dass auch das gefährlich sei. Aber was sollte das bringen? Die Diskussion würde nur wieder von vorne losbrechen. Und er würde darauf beharren, dass es nun mal sein Beruf sei. Sie sah ihm nach, als er im Bad verschwand und trabte selbst in die kleine Küche, wo sie den Kaffee kochte und den Frühstückstisch deckte.

Bruno genoss das Frühstück mit Sidonia. Sonst zog er meistens nach zwei starken Tassen Kaffee einfach los, holte sich ein Croissant oder ein belegtes Brötchen in einer Bäckerei und aß im Auto. Es wäre wohl besser, wenn er grundsätzlich mal etwas an dieser Gewohnheit ändern würde.

Aber allein Frühstücken hatte er noch nie sehr verlockend gefunden.

Nach dem Frühstück brach er auf. Am liebsten hätte er Sidonia einen Abschiedskuss gegeben, aber er hielt sich zurück. Das hätte sie mit Sicherheit verschreckt, wenn nicht sogar abgestoßen. Er verstand ja nicht mal selbst, was mit ihm los war. Aber sie zog ihn zweifellos an, auch wenn sie nicht mehr ganz taufrisch war.

Bei der gedanklichen Formulierung grinste er unwillkürlich vor sich hin.

„Ist was?", fragte Sidonia.

„Nein, alles in Ordnung. Mir ging durch den Kopf, dass es schön ist, dich hier zu haben. Das Frühstück habe ich sehr genossen."

„Habe ich gerne gemacht", erwiderte sie. Kein *Ich habe es auch genossen*. Schade.

„Gut, dann ziehe ich mal los."

„Weißt du denn überhaupt, wer dieser Kilian ist?"

Er nickte. „Habe nach ihm gegoogelt. War ganz einfach. Die Mitarbeiter des *Impuls* sind dort mit Foto aufgeführt. Geh bitte nicht noch einmal aus dem Haus. Schließ die Tür ab und mach keinem auf. Falls der Typ weiß, dass ich bei dir war und wer ich bin, kann er auch meine Adresse herausfinden."

Sie winkte ab. „Ach, woher soll er denn deinen Namen kennen. Und woher wissen, dass ich bei dir bin?"

Bruno sah sie unsicher an. „Weil der uns vielleicht vor deinem Haus gesehen hat oder weil der gecheckt hat, wem der Mazda gehörte", zählte er auf. Er hoffte, sie nahm seine Warnung ernst, aber einsperren konnte er sie schließlich nicht. Zumindest hörte er, dass sie den Schlüssel in der Wohnungstür umdrehte.

Er lief die Treppe hinunter, verließ das Haus und startete seinen Mazda Richtung Zeitungsverlag. Glücklicherweise hatte er seinen Wagen gestern Nachmittag mit neuer Frontscheibe zurückbekommen.

Beim Verlag musste er als erstes herausfinden, ob dieser Kilian anwesend war. Bruno ging also hinein und gab vor, eine Verkaufsanzeige für sein Auto aufgeben zu wollen. Er gab einen falschen Namen und eine falsche Telefonnummer an, da er nun wirklich keine Lust hatte, auf Anfragen von Interessenten reagieren zu müssen und sah sich währenddessen aufmerksam um.

Der Blick ging durch einen großen Saal, in dem Schreibtische locker verteilt waren. Als Raumteiler dienten große Pflanzen und Stellwände. Der *Impuls* war nur ein kleiner

Verlag, es waren also nicht allzu viele Personen, die hier arbeiteten.

Er fand das Büro eigentlich ganz gemütlich, auch wenn die einzelnen Räume nicht abgeschlossen waren. Aber bestimmt gab es auch Einzelbüros.

Da vorne – das war doch dieser Kilian. Der sprach gerade mit einem anderen jungen Mann, mit Sicherheit einem Kollegen, der Bruno, gerade von der Seite musterte.

„Möchten Sie die Anzeige noch einmal durchlesen?", fragte die Frau hinter dem Schreibtisch.

Er reagierte nicht.

Der Kollege von Kilian war irgendwie unsympathisch. Wieso starrte der ihn so an? Bruno lächelte und nickte ihm zu. Der andere lächelte kurz zurück und sah dann weg. Komisch.

„Hallo, Herr Meier", rief die Frau, bei der er die Anzeige aufgegeben hatte.

„Ja? Oh, Entschuldigung, ich war in Gedanken."

„Kein Problem. Möchten Sie den Text noch einmal lesen?"

Er las den Text, befand ihn für gut, zahlte bar und verschwand dann wieder. Ziel erreicht. Kilian war bereits im Verlag. Wenn der junge Mann herauskäme, würde Bruno sich mal an seine Fersen heften. Was anderes konnte er gar nicht tun.

David drehte sich im Bett zu Mercedes um und küsste sie auf den Mund.

„Guten Morgen", grüßte er gutgelaunt.

„Moin", murmelte Mercedes etwas unverständlich.

„Hast du gut geschlafen?", fragte er.

„Geht so. Ich habe die halbe Nacht wachgelegen. Ich muss immer an den ganzen Mist denken, der passiert ist. Und ob es Mama gut geht."

„Geht mir auch so. Wenn mir einer gesagt hätte, dass wir in so eine Sache verstrickt werden…", sinnierte David.

„Ja, ich hätt's auch nicht geglaubt. So was passiert einem doch nicht."

Sie blinzelte ihn aus halb zusammen gekniffenen Augen an. Sie fühlte sich noch so müde.

„He, aufwachen, es ist schon fast halb zehn."

„Was?" Sie fuhr überrascht hoch.

„Ja, wirklich."

„Puh, ich habe halt wirklich ewig gebraucht, bis ich eingeschlafen bin. Na, dann stehe ich jetzt auf und dusche erst mal."

Sie wälzte sich aus dem Bett und stand dann da – mit ihrem kurzen Nachthemd mit dem Snoopy-Bild und der Aufschrift: *Born to sleep*, mit total chaotischen Kraushaaren.

Er lächelte und nickte ihr zu. „Ich habe gerade eine andere Idee, wir sind ganz allein im Haus, meine Eltern sind arbeiten."

Sie grinste. „Aber David", tadelte sie spielerisch.

„Ich könnte ja mit duschen kommen", schlug er augenzwinkernd vor.

Sie lachte, schlug die Decke zurück und lief los. In der Tür blickte sie sich noch einmal um. David verstand das als Zustimmung. Er sprang aus dem Bett und lief ihr nach. Er lief an dem Sessel vorbei, auf den er achtlos seine Klamotten vom Vortag geworfen hatte. Er blieb stehen, starrte darauf.

„David!", rief Mercedes aus Richtung Bad. „Wo bleibst du denn?"

„Merci, ich habe etwas vergessen. Komm mal zurück."

Im nächsten Moment stand sie vor ihm. David hatte seine leicht ausgewaschene Jeans in der Hand, wühlte in den Taschen herum.

„Was ist denn?", fragte sie.

„Ich habe gestern einen Speicherchip gefunden. Keine Ahnung, ob der was zu bedeuten hat, aber der war so gut in einem alten Radiomodell versteckt. Wenn ich das nicht zufällig runtergeworfen hätte, hätte den nie einer gefunden. Das muss doch seinen Grund haben."

„Und so was vergisst du?", fragte Mercedes irritiert.

„Meine Güte, Merci, gestern war so viel los. Und dann war ich auch echt sauer, weil deine Mutter einfach über unseren Kopf hinweg entschieden hat. Darüber hab ich das total vergessen."

Sie stöhnte, ärgerte sich ein bisschen über ihn, aber sie sagte es nicht.

„Dann lass uns nachsehen, ob er etwas Interessantes enthält", schlug sie vor. David nickte, ging zum Tisch, wo sein Laptop stand und klappte es auf.

Kilian verließ unter einem Vorwand das Büro. Der Typ, der eben im Verlag war, war komisch gewesen. Der hatte eine Anzeige aufgegeben, aber die ganze Zeit das Büro und besonders ihn und Ben beobachtet.

Er war sich nicht ganz sicher, vielleicht sah er inzwischen auch schon Gespenster. Er traute einfach keinem mehr. Er hatte sich sicherheitshalber bei seiner Kollegin von der Anzeigenaufnahme erkundigt und erfahren, dass er offenbar doch nicht so falsch lag. Der Typ hatte unter dem Namen Harry Meier sein Auto verkaufen wollte. Er hatte bar bezahlt und nach einem kurzen Versuch wusste er, dass nicht nur der Name, sondern auch die Telefonnummer falsch waren. Irgendwas stimmte nicht. Dieser Sache musste er auf den Grund gehen. Erst David und jetzt der geheimnisvolle Kunde.

Er lief zum Auto und fuhr los.

Bruno war erstaunt, wie schnell Kilian herauskam. Natürlich könnte es immer noch sein, dass er einen Außentermin hatte, schließlich war er Reporter, aber Bruno glaubte nicht an solche Zufälle. Gerade war erst war er oben gewesen, Kilian und dieser Kollege hatten ihn gesehen. Wenn Kilian vor Sidonias Haus gewesen war, konnte es sein, dass er ihn dort gesehen und jetzt wiedererkannt hatte.

Und schwupps – kam der auch schon heraus. Bruno war sehr gespannt, wo der jetzt hinwollte, startete seinen Wagen und folgte dem jungen Mann mit genügend Abstand, sodass er nicht auffiel, er ihn aber auch nicht verlieren würde. Kilian fuhr allerdings nicht den grünen Ford, den David in der Seitenstraße wiedererkannt haben wollte.

Sie fuhren durch die Straßen von Paderborn. An einer Ampel befürchtete Bruno schon, ihn zu verlieren, denn Kilian drückte aufs Gas und fuhr bei Gelb rüber, während Bruno halten musste. Aber an der nächsten Ampel musste auch Kilian stehen bleiben und so hatte Bruno wieder aufgeholt.

Sie bogen in ein Viertel nahe der Paderborner Innenstadt ein und hielten schließlich vor einem Bürogebäude. Ein großes Schild wies auf verschiedene Büros hin. Ein Immobilienmakler, ein Steuerbüro, eine Anwaltskanzlei mit Notariat, ein Finanzmakler.

Bruno verzog das Gesicht. Irgendwie schien ihm die Sache rund zu sein. Wenn man eine Wohnung oder Haus kaufen wollte, konnte man direkt hier alles unter einem Dach abwickeln. Wo dieser Kilian wohl hinwollte?

Er musste aufpassen. Kilian sollte ihn nicht sehen, andererseits musste er jetzt unbedingt mitbekommen, wohin der ging.

Er setzte sich ein Käppi auf, das sein Gesicht zumindest ein wenig verbarg. Er baute darauf, dass der Verfolgte, so wie die meisten Menschen, nicht so genau hingesehen hatte und nicht wusste, welche Kleidung Bruno trug. Dann wartete er ab, bis Kilian das Haus durch die breite farbige Tür betreten hatte und schlüpfte schnell hinterher.

Er beobachtete, wie Kilian immer zwei Stufen auf einmal nehmend, in den ersten Stock eilte. Bruno ließ ihn das Büro betreten, bevor er selbst hinaufstieg. Vor der Tür blieb er überrascht stehen.

Erhard König, Anwalt, Jan Tenbrock, Anwalt, Britta Löseke, Anwältin war dort zu lesen.

Anwälte? Was wollte der denn hier?

Bruno ging auf, dass hier etwas nicht stimmen konnte, es sei denn, ein Anwalt war in die Morde verstrickt.

Einen Moment blieb er unschlüssig stehen. Dann schob er die Tür auf und stand in der modern und hell eingerichteten Kanzlei.

„Kann ich Ihnen helfen?", fragte die Anwaltssekretärin, die im Eingangsbereich hinter einer Art Theke saß.

„Ich suche den jungen Mann, der gerade hier herein gegangen ist. Er ist groß und hat kurze braune Haare."

„Tja, ich weiß nicht, ich kann Ihnen da eigentlich keine Auskunft geben. Um was geht es denn?", fragte die junge Frau zögernd.

Wenn ich das selbst wüsste, dachte Bruno. Er beschloss, die Karten offen auf den Tisch zu legen. „Mein Name ist Bruno Feldmann, ich bin Privatdetektiv, es geht um einen Fall, den ich gerade bearbeite und mit dem der junge Mann vermutlich etwas zu tun hat. Das war doch Kilian Soundso vom *Impuls*?" Er reichte der Frau seine Visitenkarte.

Sie nickte dienstbeflissen. „Ganz recht, das war Herr Reuter. Nun, nehmen Sie doch bitte einen Moment Platz, ich werde sehen, was ich für Sie tun kann."

„Danke." Er setzte sich auf einen Stuhl im Eingangsbereich und sah ihr nach, als sie den schmalen Flur entlangging und an eine der Türen klopfte. Im nächsten Moment verschwand sie darin. Bruno saß wie auf heißen Kohlen. Am liebsten wäre er einfach hinterhergestürzt, aber damit würde er sich nur Ärger einhandeln. Noch konnte er hoffen, dass er vorgelassen wurde und auf Gesprächsbereitschaft stieß. Er konnte sich einfach keinen Reim darauf machen, warum Kilian ausgerechnet hierher gefahren war. Es sei denn, er wollte sich Unterstützung bei einem Anwalt holen. Oder hatte das Ganze am Ende gar nichts mit dem Fall zu tun und es war doch ein normaler Außentermin eines Journalisten? Vielleicht zur Vorstellung der Kanzlei im *Impuls*?

Er war so in Gedanken versunken, dass er gar nicht bemerkte, dass die junge Frau zurückgekommen war. „Folgen Sie mir bitte. Herr Tenbrock und Herr Reuter möchten gerne mit Ihnen sprechen."

Sidonia hörte von draußen ein Geräusch. So, als wäre jemand gegen einen Gegenstand, zum Beispiel einen Blumentopf, gestoßen. Sie machte sich keine Sorgen, es waren sicher Nachbarn, die das Haus verließen. Schließlich befand sie sich in einer Wohnung eines Mehrfamilienhauses. Doch dann klingelte es. Sie hielt den Atem an.

Kein Grund, sich aufzuregen, redete sie sich in Gedanken gut zu. Jemand will zu Bruno, das ist ganz normal. Sie überlegte, ob sie öffnen sollte, entschied sich dann aber dagegen. Wer immer es war, wollte zu Bruno und der war sowieso nicht hier. Dass sie hier war und was sie hier zu suchen hatte, ging Niemanden etwas an. Außerdem hatte Bruno ihr eingeschärft, die Wohnung nicht zu verlassen und auch niemanden herein zu lassen.

Sie lächelte vor sich hin. Wie früher, wenn Merci allein war. Dann habe ich ihr auch immer gesagt: *Mach keinem die Tür auf.*

Es klingelte kein zweites Mal, vermutlich war der Besucher gegangen.

Jan Tenbrock stand vor dem Schreibtisch und begrüßte Bruno mit Handschlag. „Nehmen Sie bitte Platz, Herr Feldmann."

Bruno wunderte sich, dass er so freundlich empfangen wurde. Er hätte eher vermutet, dass die beiden verärgert waren, weil er ihnen auf die Schliche gekommen war oder zumindest, weil er sie störte.

„Sie sind also Privatdetektiv", fuhr Tenbrock fort und setzte sich auf den Rand seines Schreibtisches.

„Ja, Klaus Wittek hatte mich vor seinem Tod noch beauftragt. Er hatte Grund zu der Annahme, dass ein gewisser Rick Foster alias Richard Voss seinen Kollegen und Freund Axel Neufeld getötet hat. Der Grund dafür liegt in einer sehr alten Geschichte. Beide Männer – Wittek selbst und Neufeld – hatten eine Drohmail bekommen. Allerdings wurde ihnen darin nicht mit dem Tod gedroht, sondern mit dem Ende ihrer Karrieren. Inzwischen habe ich durchaus Grund zu der Annahme, dass das Motiv für beide Morde im Zeitungsverlag *Impuls* zu finden ist."

Jan Tenbrock seufzte, nachdem er den Ausführungen zugehört hatte. Er blickte diesen Kilian an, der sich nicht regte. Verdammt noch mal, hier war doch was faul. Bruno Feldmann wurde es allmählich etwas mulmig. War er in eine Falle geraten? Hatte dieser Anwalt auch damit zu tun und nun würden sie ihn nicht mehr gehen lassen?

„Sie haben recht", sagte Tenbrock. „Aber nicht Kilian Reuter hat mit dem Mord zu tun, falls Sie das glauben. Kilian ist mein Referendar. Ich habe ihn in den Verlag eingeschleust. Das war ziemlich einfach, nachdem Axel Neufeld ausgefallen war. Außerdem hat Frau Neufeld durchaus einen gewissen Einfluss, weil sie natürlich Alwin Hübner, den Chef, gut kennt. Sie hat gesagt, dass ein junger Protegé ihres Ehemannes eine Anstellung sucht. Der Verdacht, dass etwas im Verlag nicht mit rechten Dingen zuging, wurde mir ebenfalls von Klaus Wittek zugetragen."

„Hol mich der Teufel!", fuhr Bruno auf. „Noch ein junger Rechtsverdreher."

„Wie bitte?", fragte Tenbrock konsterniert und schob seine Brille zurecht.

„Na, der David Gersdorf – der ist Jurastudent. Den haben wir ebenfalls eingeschleust."

„Der kam mir doch gleich etwas merkwürdig vor", rief Kilian aus.

„Oh mein Gott!", entfuhr es Tenbrock. „Wir sollten ab jetzt wirklich zusammenarbeiten. Hat dieser David etwas herausgefunden? Können wir mit ihm sprechen?"

Feldmann entschied, dass diesem Anwalt und dem vermeintlichen Reporter Kilian Reuter wohl zu trauen war und nickte. „Nein, er und seine Freundin, die Tochter der Kartenlegerin, sind weggefahren. Es wurde hier ein bisschen zu brenzlig. Es sind ein paar Dinge passiert, die man als Warnung verstehen könnte."

Tenbrock sprang von seinem Schreibtisch herunter und setzte sich wieder in seinen Chefsessel. „Kaffee? Tee?", fragte er seine beiden Besucher zusammenhanglos. Beide entschieden sich für Tee.

Tenbrock drückte eine Taste und die Stimme einer Frau erklang.

„Bringen Sie uns bitte eine Kanne Tee und drei Tassen", bat Tenbrock.

„So und jetzt schießen Sie mal los!", forderte er dann Bruno auf.

„Quid pro quo", erwiderte Bruno. „Keine Leistung ohne Gegenleistung, keine Information ohne Information von Ihnen."

Tenbrock nickte. „Versteht sich. Wir werden Ihnen ebenfalls genau darlegen, wie unser Ermittlungsstand ist."

David und Mercedes starrten auf den Bildschirm. Der Chip gab nicht viel her. Er enthielt verschiedene Ordner, zum Beispiel zu der Berufsserie, die Axel Neufeld schrieb, Notizen zu verschiedenen Personen, die er offenbar nicht besonders gut leiden konnte und eine Buchführung zu dem Wohltätigkeitsfonds der Zeitung, der sich hauptsächlich mit Straßenkindern in Südamerika befasste, aber auch Informationen über Flüchtlingsfonds, Erdbebenopfer und einiges mehr enthielt. Auf den ersten Blick konnte David nichts Merkwürdiges oder Anrüchiges entdecken, obwohl er nach dem belauschten Gespräch sicher war, dass es zumindest um Unterschlagung ging.

Außerdem entdeckte er auf dem Chip ein paar Fotos, die den Mitarbeiter Ben mit einem anderen Mann zeigten. David kannte die Leute nicht, aber er konnte sich auch nicht vorstellen, dass das etwas zu bedeuten hatte. Es waren Fotos von Unterhaltungen bei einem gemeinsamen Glas Bier, aber auch von Treffen im Park. Aber was sollte das? Es war schon merkwürdig, sah aus, als ob die Fotos heimlich gemacht worden waren. Hatte Klaus Wittek oder Axel Neufeld diesen Ben beobachtet, weil sie vielleicht etwas von der Unterschlagung ahnten?

„Ich kann damit nichts anfangen", meinte David.

„Wir sollten die Fotos Bruno zeigen. Vielleicht fotografieren wir die einfach ab und schicken sie per Mail oder MMS. Er sollte sie kennen", schlug Mercedes vor.

„Wahrscheinlich hast du recht. Später." Er grinste. „Die Dusche wartet noch immer auf uns."

Mercedes quiekte und floh, während er sie lachend ins Badezimmer verfolgte.

„Was? Dieser Ben ist derjenige, der hinter allem steckt?", fragte Bruno überrascht, nachdem Kilian geendet hatte.

„Zumindest hinter den Unterschlagungen. Ben ist Alwin Hübners unehelicher Sohn. Er war sehr verärgert darüber, dass der ganze Verlag an Axel oder Klaus gehen sollte. Er wollte selbst die Leitung übernehmen."

„Aber er ist doch noch so jung."

„Das fand Alwin auch", berichtete Kilian weiter. „Aber Ben wollte das nicht einsehen. Er versuchte, es sich zu beweisen. Er arbeitete wie ein Verrückter. Irgendwie muss trotzdem noch etwas mehr dahinter stecken, aber wir wissen nicht was."

In Brunos Hosentasche brummte es. Er verzog sein Gesicht.

„'tschuldigung, Handy." Er zog es aus der Gesäßtasche und starrte darauf. Eine Nachricht von David.

Er öffnete die MMS und murmelte: „Das kommt aber genau zur richtigen Zeit."

Er drehte den Bildschirm so, dass Tenbrock und Kilian darauf die Fotos sehen konnten.

„Das ist doch Ben", meinte Kilian.

„Allerdings. Und kennt ihr auch den Typen, der dort bei ihm ist?", fragte Jan.

„Also ich nicht", erwiderte Kilian.

„Aber ich schon", meinte Tenbrock.

„Und ich auch", brummte Bruno. „Das ist Ingo Bartsch, ein Geldverleiher.

„Ganz genau", bestätigte Jan. „Aber was hat der Bengel mit dem zu tun?"

„Das wird doch nicht etwa Bens besonderes Projekt sein?", fragte Kilian.

„Das wäre möglich. Diesem Bartsch konnte noch nie jemand etwas nachweisen. Wenn Ben geglaubt hat, damit seinem Vater imponieren zu können, dürfte er sich mächtig in Schwierigkeiten gebracht haben.", meinte Jan Tenbrock.

„Oder Ben ist auch kein solcher Saubermann und steckt mit Ingo zusammen im Sumpf. Hier sind auch Daten zum Wohl-tätigkeitsfonds. Kilian, können Sie etwas damit anfan-gen?" Bruno zeigte dem jungen Mann die Liste.

„Die Einzahlungen können niemals stimmen. So viel ist da nicht drin. Wenn das wirklich alles gespendet wurde, wurde Geld unterschlagen oder es fließt in andere Töpfe. Diese Unterschlagungen muss Ben vorgenommen haben, denn dieser Fonds ist sein Projekt."

„Das hat sogar David nach einem Tag schon mitbekommen", meinte Bruno etwas herablassend.

„Ja, weil er uns belauscht hat", erwiderte Kilian.

„Er dachte, dass Sie da drin stecken, Kilian."

„Ich? Das ist allerdings ein Irrtum."

„Ja, jetzt ist das klar und auch rund. Aber zuerst... Sie haben David mit Argusaugen beobachtet."

„Das stimmt. Ich habe ihm nicht getraut. Erst recht nicht, als er heute nicht im Verlag erschienen ist."

„Er und seine Freundin sind weggefahren. Es wurde zu gefährlich. Offenbar hat auch jemand anderes David nicht getraut. Sidonia und ihre Familie wurden bedroht. Eine tote Maus lag vor der Tür mit dem deutlichen Hinweis darauf, dass es so allen Verrätern ergeht."

„War das auch Ben?", fragte Tenbrock verwundert.

„Ich hätt's ihm nicht zugetraut, so weit zu gehen", meinte Kilian. „Aber wer weiß. Kann ja auch sein, dass er unter Druck geraten ist. Dass ihm seine eigene Courage einen Streich gespielt hat. Vielleicht war die Angelegenheit doch eine Nummer zu groß für ihn."

„Er steckt vermutlich tiefer in der Scheiße, als wir dachten. Was ist mit Sidonia? Ist sie jetzt etwa allein?", fragte Jan Tenbrock.

„Ja, aber bei mir zu Hause", erklärte Bruno, aber er fühlte sich schon recht unwohl bei der Vorstellung.

Scheiben klirrten. Sidonia schrak vom Sofa auf. Ihr Buch, in dem sie gerade gelesen hatte, fiel polternd auf die Erde. Irgendwo maunzten die Katzen aufgeschreckt. Von wo war das Klirren gekommen? Sie sah aus dem Fenster zur Terrasse. Nichts zu sehen. Ihr Herz klopfte. Sie überlegte, was sie tun konnte. Aus der Wohnung rennen? Sich im Bad verbarrikadieren? Doch im selben Moment stand schon ein Mann vor ihr.

„He Hellseherin, haste das nicht vorhergesehen?", fragte er unverschämt grinsend.

Sie wusste nicht, wer das sein konnte, er trug eine Maske über dem Gesicht und sie kannte die Stimme nicht.

„Was wollen Sie?", fragte sie.

„Ich weiß, dass du und deine Leute in der Zeitung herumschnüffeln und ich will jetzt sofort wissen, was das soll", sagte eine nervöse Stimme.

„Ich war nie in der Zeitung", sagte Sidonia.

„Dieser David und der Detektiv aber schon. Und ich will wissen, warum."

„Ich weiß nicht, wovon Sie reden", stellte Sidonia sich dumm.

Gleichzeitig wich sie zurück. Schritt für Schritt.

„Ich will doch nur Informationen, ich will Ihnen nichts tun", sagte der Vermummte.

Sidonia beruhigte das nicht. Sie konnte sich kaum vorstellen, dass jemand vermummt in das Haus einbrach und friedliche Absichten verfolgte.

„Was hat dieser David den Bullen erzählt?"

„Nichts. Er hat ja nichts herausgefunden", erwiderte Sidonia.

„Ach nein?" Er lachte. Er glaubte ihr nicht. „Ich bin sicher, er hat etwas, das mir gehört."

„Wer sind Sie überhaupt?" Sidonia hoffte noch immer verzweifelt auf einen geeigneten Moment, fliehen zu können.

„Das braucht dich nicht zu interessieren. Wo ist David?", fragte der Mann.

„Nicht hier. Er ist weggefahren. Aber er hat auch nichts gefunden. Davon wüsste ich."

Der Mann machte einen Schritt auf sie zu. Sie wich zurück. Ihr Herz klopfte wild. Er umkreiste sie bedrohlich. Der Weg zur Wohnungstür und zum Bad war versperrt. Was würde der Mann mit ihr machen? Sie wich weiter zurück. Sie spürte ein Hindernis an ihren Beinen. Den Sessel.

Der Typ grinste dreckig, dass konnte sie sogar durch den Ausschnitt der Maske erkennen.

Plötzlich bemerkte Sidonia die zwei kleinen Katzen, die durch das Wohnzimmer stürmten. Sie maunzten, liefen zwischen die Beine des Mannes, sprangen an ihm hoch.

„Haut ab!", bölkte der.

Sidonia nutzte die Zeit, rannte vor dem Sessel her, wollte aus der Wohnung fliehen. Doch der Eindringlich bekam ihre Bluse zu fassen, hielt sie fest. Sie schrie auf, zerrte sich los. Der Mann trat nach den Katzen, rannte hinter ihr her. Er war so nah, sie spürte schon seinen Atem. Sie würde es nicht schaffe, die Wohnungstür aufzuschließen. Verflixt, ausgerechnet die abgeschlossene Wohnungstür wurde ihr jetzt zum Verhängnis. Sie stürzte in das Badezimmer, knallte die Tür zu, spürte voller Panik den Widerstand, als er von der anderen Seite versuchte, die Tür wieder aufzudrücken. Sie drückte die Klinke hoch, schaffte es, den Schlüssel umzudrehen. Eine Sekunde atmete sie erleichtert auf.

Doch der Eindringling bollerte gegen die Tür, drückte die Klinke, pochte immer wieder dagegen.

Sie hatte solche Angst. Er würde hereinkommen, das war nur eine Frage von Minuten. Es würde für ihn kein Problem sein, die Tür einzutreten. Sie ignorierte das wiederholte

Poltern, öffnete das kleine Fenster und stieg auf den Klodeckel. Sie zweifelte ein wenig daran, dass sie durch die schmale Öffnung passte, aber sie musste es probieren.

Sie schob ihre Beine hindurch, machte sich so dünn es ging und schob sich rückwärts aus dem Fenster. Nur raus hier. Unter Menschen würde es schon ganz anders aussehen.

Bevor sie endgültig aus dem Fenster sprang, sah sie noch, wie der Eindringlich mit der Tür, die endlich nachgab, ins Badezimmer stürmte.

Sie fühlte festen Boden unter ihren Füßen, stand auf dem Platz vor dem Haus.

Der Mann stand am Fenster und grinste. Warum grinste er? Sie war ihm doch entkommen!

Sie wollte losrennen. Irgendwo klingeln, um Hilfe bitten, um Schutz, aber sie rannte nur in die Arme eines Komplizen. Er hielt sie fest, sein Griff war so fest wie Schraubzwingen. Es schmerzte an ihren Armen. Sie erkannte entsetzt, was geschehen war. Sie war dem einen nur entkommen, um dem anderen in die Arme zu laufen.

Aber – nein, sie glaubt nicht, dass es ein Mann war, obwohl der Griff zu fest war für eine Frau. Aber die ganze Statur ließ nur diesen einen Schluss zu.

Was war hier nur los? Sie hatte nichts getan, als diesem Journalisten die Zukunft vorherzusagen, wie es ihr Job war. Und jetzt steckte sie so tief im Schlamassel. Am liebsten hätte sie geheult. Aus Angst, Frust und auch vor Schmerz. Aber sie tat es nicht.

„Na komm, du Hexe. Jetzt wollen wir mal sehen, ob wir nicht aus dir herauskitzeln können, wo David ist." Der Mann aus der Wohnung war inzwischen auch bei ihr.

Sie wehrte sich verzweifelt. „Lass mich los!" Sie wollte schreien, aber ihre Stimme hatte keine Kraft. Er zerrte Sidonia mit sich, schubste sie in sein Auto. Die Frau setzte sich neben sie, der Mann schwang sich auf den Fahrersitz, zog die Maske vom Kopf und fuhr los.

Mit quietschenden Reifen fuhren ein Mazda und ein Audi hintereinander her und stoppten vor dem Haus. Bruno sprang aus dem Mazda, Kilian und Jan aus dem Audi. Alle rannten hektisch zum Haus. Bruno schloss auf, sah die Wohnungstür offen stehen.

„Was ist hier passiert!", rief er aufgebracht. Er erwartete keine Antwort, war schon in der Wohnung.

„Sidonia!", schrie er. Gleichzeitig sah er die eingetretene Badezimmertür, dann die zerbrochene Scheibe im Wohnzimmer.

Die beiden Katzen maunzten.

„Was zum Teufel ist hier passiert?", wiederholte er. „Wo ist Sidonia?"

„Im Bad steht das Fenster offen, sie ist vielleicht geflohen", rief Kilian aus dem Badezimmer.

„Vielleicht, vielleicht", murmelte Bruno. „Vielleicht ist sie auch entführt worden." Er sah die beiden Katzen an, die auf dem Fußboden kauerten. „Ihr habt miterlebt, was hier passiert ist und könnt es uns nicht erzählen", sagte er zu ihnen.

„Ist das Frau Okebes Handy?", fragte Jan Tenbrock und zeigte auf das Handy auf dem Wohnzimmertisch.

„Ich glaube schon", sagte Bruno. „Ich habe es mir nicht so genau angesehen, aber wem soll es sonst gehören? Ich habe meins bei mir."

„Wenn sie geflohen ist, wird sie sich melden", meinte Jan. „Irgendwo   wird sie auch ohne Handy eine Möglichkeit finden, zu telefonieren.

„Und wenn nicht? Wir können doch nicht hier sitzen und nichts tun."

„Wir können die Polizei verständigen", sagte Jan. „Wenn Sie weitere Ideen haben, sagen Sie Bescheid."

„Wir sollten unbedingt Ben aufsuchen. Wenn das irgendwas mit dem ganzen Scheiß zu tun hat, dann auch mit Ben", meinte Kilian.

Sidonia wurde zu einem einfachen, weiß getünchten Einfamilienhaus in einen Paderborner Vorort gefahren. Erstaunt sah sie sich um. Was hatte das alles zu bedeuten?

Sie glaubte nicht, dass sie es mit professionellen Verbrechern zu tun hatte, dafür gingen die viel zu stümperhaft vor.

„Los, aussteigen!", schrie der junge Mann, der sie überfallen hatte.

Auch die Frau stieg aus dem Fond des Wagens und Sidonia kletterte hinterher. Es blieb ihr auch kaum etwas anderes übrig. Davon rennen konnte sie den beiden nicht.

Der junge Mann fasste sie grob am Arm und zog sie mit sich. Er schloss die Haustür auf und stieß sie hinein.

Im Flur standen drei Koffer, offensichtlich wollten die Leute verreisen.

In der Küche traf sie auf eine Frau von Anfang fünfzig, etwas mollig, mit angegrauten Haaren und einer biederen Kurzhaarfrisur, ungeschminkt und mit deutlichen Falten auf der Stirn. Sidonia konnte sich keinen Reim darauf machen.

„Sie sind also die Hellseherin?", fragte die Frau bemüht streng.

„Nein, ich bin Kartenlegerin und Handleserin. Mein Name ist Sidonia Okebe. Und wer sind Sie?"

„Das braucht Sie nicht zu interessieren", erwiderte die Frau abweisend.

„Was wollen Sie von mir?"

„Wir wissen, dass Ihr Sohn in dem Zeitungsverlag *Impuls* herumgeschnüffelt hat und wollen wissen, was er meint, herausgefunden zu haben", erwiderte die Frau.

„Er ist nicht mein Sohn. Er ist der Freund meiner Tochter", stellte Sidonia richtig. Es war eigentlich überflüssig. Dieses Detail interessierte niemanden.

„Egal", sagte die Frau da auch schon. „Sagen Sie uns, was er herausgefunden hat, was er der Polizei erzählt hat. Sie haben die Koffer gesehen, wir wollen verreisen und wollen nicht noch aufgehalten werden, weil wir in irgendwelche Unannehmlichkeiten hineingezogen werden."

Unannehmlichkeiten, aha, dachte Sidonia. Was hat diese biedere ältere Frau mit dem Ganzen zu tun? Mit zwei Morden, mit Unterschlagungen oder was immer dieser Wohltätigkeitsfonds beinhaltet?

„Er hat nichts herausgefunden", behauptete Sidonia. „Er ist doch nur einen Tag dort gewesen und das auch nur, um mal in das Business hineinzuschnuppern und nicht um zu schnüffeln."

„Und warum ist er dann am nächsten Tag nicht wiedergekommen?", fragte die junge Frau.

Guter Einwand, dachte Sidonia.

„Egal, wenn sie nichts sagen will, soll sie schweigen. Sie werden jetzt diesem jungen Mann oder Ihrem Detektiv Bescheid geben, dass Sie eine Gefangene sind. Sie sollen sofort ihre Schnüffelei sein lassen. Wir lassen Sie frei, sobald wir im Ausland sind. Und wehe, Sie geben einen Hinweis, wo wir sind", drohte die Frau.

Sidonia nickte.

Markus Otten und Evelyn Dierkes waren schnell zur Stelle.

Sie ließen sich erklären, was geschehen war.

Markus Otten wäre fast geplatzt vor Wut. „Was bildet sich hier eigentlich jeder ein?", schrie er. „Sie ermitteln auf eigene Faust – mit dem Segen des Herrn Anwalts Tenbrock, Bruno ermittelt als Privatdetektiv und dann schnüffelt auch noch dieser David herum. Und das Ganze führt jetzt zu diesem Schlamassel, das die Polizei lösen soll."

Evelyn legte beruhigend ihre Hand auf seinen Arm.

„Bruno ist Privatdetektiv. Er hatte einen Auftrag dafür. Es war sein Job."

„Ganz und gar nicht. Der Auftraggeber ist tot. Und vor allem ist es nicht sein Job, andere in seine Fälle hineinzuziehen."

Evelyn nickte. Da musste sie ihm wirklich recht geben.

Und dass Jan Tenbrock auch noch seinen Referendar im *Impuls* ermitteln ließ, machte die Sache auch nicht besser.

„Ich verstehe Sie vollkommen, Herr Otten, aber jetzt geht es um Frau Okebe. Wir müssen sie finden und Herr Reuter denkt, dass wir bei Ben Jansen anfangen sollen. Der hat sich sehr verdächtig gemacht, weil er ganz offensichtlich Gelder veruntreut hat", versuchte Jan Tenbrock zu beschwichtigen.

„Ist das so?", hakte Otten mit einem Blick auf Reuter nach.

„Ja, das ist so. Ben verwaltet den Wohltätigkeitsfonds des *Impuls*, aber das Geld wird definitiv nicht seiner Bestimmung zugeführt, zumindest nicht vollständig. Die Buchhaltung ist entweder extrem schlampig oder es wird bewusst Geld abgezwackt. Wir vermuten letzteres", führte Kilian aus. Otten seufzte. „Gut, fangen wir damit an. Kennen Sie Jansens Adresse?"

Kilian schüttelte den Kopf. „Leider nicht. Die kann man aber sicher im Verlag erfahren."

Sidonia überlegte fieberhaft, wie sie eine versteckte Nachricht übermitteln konnte. Sie hatte ihr eigenes Handy bei ihrem Fluchtversuch liegen lassen, deswegen sollte sie mit dem Handy des jungen Mannes mit unterdrückter Nummer telefonieren. Sie ging davon aus, dass es sich bei dem Mann um Kilian Reuter handelte. Den hatte David ja in Verdacht gehabt. Und nur jemand aus dem *Impuls* konnte auf die Idee kommen, dass David etwas wusste. Dass die ältere Frau seine Mutter war, hatte sie inzwischen mitbekommen. Er hatte sie so angesprochen. Aber was sollte sie mit der Information anfangen?

Sie wählte die Nummer von Bruno Feldmann. Ein Glück, dass sie sich daran erinnern konnte. Sie wusste nicht viele

Handynummern auswendig, aber an diese erinnerte sie sich, da sie sie erst kürzlich in ihr Handy eingespeichert hatte.

Er meldete sich fast sofort, als hätte er auf eine Nachricht gewartet.

„Bruno, hier ist Sidonia", sagte sie.

„Sidonia! Geht es dir gut?", rief er aufgeregt.

„Stellen Sie auf laut", flüsterte Otten ihm zu und Bruno drückte die Lautsprechertaste.

„Ja, mir geht es gut. Ich wurde entführt. Die Leute…"

Die Frau riss ihr das Handy aus der Hand. „Erzähl bloß nicht zu viel, haste gehört?", meckerte sie.

„Schon gut. Aber ich muss doch Ihre Forderungen übermitteln oder nicht?"

„Ja", presste die Frau hervor. „Mehr aber auch nicht. Nur das Nötigste. Sonst…" Sie ballte die Hand zur Faust und hielt sie Sidonia drohend unter die Nase." Ihr barscher Ton und ihr rüdes Auftreten standen in krassem Gegensatz zu ihrem biederen Aussehen. Meine Güte, was musste einer Frau passiert sein, dass sie so austickte?

Sidonia schlug das Herz bis zum Hals, aber sie wollte es sich nicht anmerken lassen. Sie streckte die Hand aus und sagte: „Geben Sie mir das Handy zurück?"

Die Frau reichte es ihr. „Sidonia! Sidonia, bist du noch da?", hörte sie Brunos aufgeregte Stimme.

„Ja, es ist alles gut. Die Leute, die mich entführt haben, wollen, dass du beziehungsweise ihr die Ermittlungen einstellt bis sie außer Landes sind. Wenn sie in Sicherheit sind, werde ich freigelassen."

Sidonia ging durch den Kopf, wie diese Leute sie wohl solange festsetzen wollten. Aus dem Haus zu kommen, wäre schließlich kein Problem. Würden sie sie vielleicht im Keller einschließen? Oder würden sie sie mitnehmen und vor der Grenze freilassen?

Bruno sah zu Otten, der zustimmend nickte. Es war Bruno absolut klar, dass Otten keinen Augenblick darüber nachdachte, die Ermittlungen ruhen zu lassen.

„Ihr dürft solange die Polizei nicht einschalten. Klar?", redete Sidonia weiter.

„Natürlich", bestätigte Bruno. Er wünschte, er hätte Otten nicht schon längst verständigt.

„Sag Merci bitte nichts, sie würde sich nur Sorgen machen."

„Natürlich."

„Und frag David, ob er etwas herausgefunden hat. Er darf das nicht weitergeben. Sag das auch seiner Mutter."

„Ja, in Ordnung." Bruno nagte an seiner Unterlippe.

Das Gespräch wurde unterbrochen.

„Das letzte war seltsam. Was hatte das zu bedeuten?", fragte Kilian.

„Ja, das war es. Wir sollen Merci nichts sagen, aber mit David sprechen? Das passt überhaupt nicht zusammen. Und dieser Satz mit der Mutter. Die hat doch überhaupt nichts mit der ganzen Angelegenheit zu tun. Das war ein Hinweis. Ich soll ihn fragen, was er herausgefunden hat. Was war das? David hat geglaubt, dass Sie Kilian, Dreck am Stecken haben. Es muss damit zusammen hängen. Sicher glaubt Sidonia, sie ist genau bei dem Typen, der in der Zeitung in Verdacht geraten ist."

„Nur dass ich das nicht bin, weiß sie noch nicht."

„Also ist es Ben", folgerte Tenbrock.

„Ja, das ist die richtige Spur. Lebt Bens Mutter in der Stadt?"

Evelyn Dierkes hatte schon ihr Handy am Ohr und telefonierte mit dem *Impuls*, um Adresse und Telefonnummer von Ben Jansen zu erfahren.

„Und orten Sie das Handy bitte. Wir können nicht davon ausgehen, dass er sich in seiner Wohnung aufhält", wies Evelyn ihren Gesprächspartner am Telefon an.

„Und die sollen herausfinden, wer seine Mutter ist und wo die wohnt!", redete Bruno dazwischen. Er war sich ganz sicher, dass das ein Hinweis gewesen war.

„Haben Sie gehört?", fragte Evelyn ins Handy hinein. „Recherchieren Sie, wer seine Mutter ist und wo sie lebt.

Schon kurz darauf erhielt Evelyn Dierkes aus dem Büro interessante Neuigkeiten. Alwin Hübner, Chef des *Impuls* konnte mit den gewünschten Informationen dienen. Bens Mutter hieß Paulina Schüller und lebte tatsächlich in Paderborn. Sie hatte die vollständige Adresse erhalten.

„Na dann los", brummte Otten. Das Wichtigste war jetzt, schnell zu handeln. Sidonia musste befreit werden.

Tatsächlich wurde Sidonia die Kellertreppe hinuntergeschubst und in einen Kellerraum gesperrt. Er war ein typischer Kellerraum. Düster, ein einfacher Steinboden, die Wände nicht tapeziert, kein Fenster. Er wirkte kalt und beängstigend. Ein Kellerraum, vor dem sie sich als Kind gefürchtet hatte und wie sie niemals selbst einen haben wollte. In ihrem eigenen Keller gab es nur helle, freundliche Räume mit Fenstern, auch wenn sie weit oben angebracht und nur schmal waren.

In diesem Raum waren einfache Bretterregale mit eingemachtem Obst, Marmeladen und Konserven. Getränkekisten standen auf der Erde und eine Kühltruhe an einer Seite.

„Hier bleibst du, bis wir in der Luft sind. Ein paar Stunden wird es schon dauern, dann sagen wir deinen Leuten, wo sie dich finden. Wir wählen die Nummer, die du vorhin angerufen hast. Aber solange wirst du dich hiermit wohl arrangieren müssen." Die Frau umfasste mit einer Geste den ganzen Raum.

In Sidonias Augen las sie Angst. Es war ihr gleichgültig. Sie hatte nichts gegen die Frau persönlich. Warum auch? Sie hatte etwas gegen diesen arroganten Neufeld gehabt. Und gegen Hübner hatte sie auch etwas. Aber sonst… Alles, was sonst noch geschehen war, war eben einfach passiert. Genauso wie dies hier mit der Hellseherin. Es musste einfach sein. Sie brauchten eine Chance, dass die Polizei und der Detektiv die Füße still hielten, bis sie fort waren.

Dass dieser David etwas herausgefunden hatte, daran zweifelte Ben nicht.

Ach, das ganze war total aus dem Ruder gelaufen. Dabei hatte sie doch nur einen Teil des *Impuls*-Vermögens gewollt. Für Ben. Denn das stand ihm schließlich auch zu.

Scheiße, weg mit den Grübeleien. Sie mussten fort. Für immer.

Sie notierte die Nummer, die die Hellseherin angerufen hatte, auf einem kleinen Block und ließ ihr Handy liegen. Ben hatte drei neue Prepaid-Handys besorgt. Niemand würde sie orten können.

Sie ging hinaus, knallte die Tür zu und schloss ab.

Die Hellseherin würde es schon überleben.

Die Frau ging die Treppe hinauf und verließ schnurstracks das Haus. Im Auto warteten bereits Ben und Melanie, die Koffer und das Handgepäck waren verstaut. Geld hatten sie abgezweigt, wenn auch nicht soviel, wie ihr ihrer Meinung nach zustand.

Es konnte losgehen.

Sie stieg in den Fond des Wagens und Ben startete.

Ihr Ziel war Köln, von wo ihr Flug nach Südamerika starten sollte.

Ein Flug ohne Rückkehr.

Die beiden Autos fuhren auf den Platz vor dem schlichten, weiß getünchten Einfamilienhaus und die fünf Insassen stiegen aus. Kilian blickte nervös dem Wagen nach, dem sie begegnet waren.

„Ich glaube, sie sind gerade weggefahren. In dem schwarzen Passat."

„Was?", schrie Otten. „Dann los! Kommen Sie mit. Sie kennen diesen Ben wenigstens. Und Sie beide…" er zeigte auf Bruno und Tenbrock, „…warten hier. Ich schicke Ihnen eine Streife."

Damit sprang er, ohne auf Antwort zu warten, wieder in seinen Wagen und Kilian stieg hinten ein.

Bruno und Jan sahen, dass Evelyn, die auf dem Beifahrersitz saß, das Blaulicht auf dem Dach platzierte und der Wagen davonbrauste.

„Hoffentlich kriegen sie die", sagte Bruno.

Tenbrock nickte. „Daran zweifele ich nicht. Vermutlich lässt Otten sowieso schon Straßensperren errichten. Die kommen nicht weit. Merkwürdig. Die haben wirklich nicht damit gerechnet, dass die Polizei schon eingeschaltet war."

„Nee. Die wollten sich freien Abzug sichern. Pech gehabt", grunzte Bruno.

„Na los, lassen sie uns mal ums Haus gehen, vielleicht sehen oder hören wir etwas."

Die beiden Männer schlichen um das Haus in den Garten.

„Sidonia!", rief Bruno.

Sidonia saß in dem Kellerraum und wusste nicht, wie es weitergehen sollte. Sie konnte nichts tun. Sie konnte nur warten. Sie redete sich immer wieder ein, dass die Polizei oder Bruno früher oder später sowieso auf ihre Spur kommen würden.

Na ja, spätestens in ein paar Stunden würde sie frei sein. Wenn das Entführer-Trio in der Luft war. Würden sie sich an das Versprechen halten? Zweifel kamen auf. Warum sollten sie? Sie hatten bereits zweimal getötet und vermutlich Bruno in der Hütte überfallen. Und es war ihnen vollkommen gleichgültig, dass Richard unschuldig für deren Taten im Gefängnis gesessen hatte. Vertrauen durfte sie denen nicht.

Trotzdem würde sie gefunden werden, das sagte ihr ihr gesunder Menschenverstand. Trotzdem hatte sie Angst, dagegen kam sie mit allem gedanklichen guten Zureden nicht an.

Sie bollerte gegen die Tür. Aber die würde sie nicht aufstoßen können, auch wenn sie noch so sehr dagegen bollerte, schon, weil sich die Tür nach innen öffnen ließ.

Auf einmal hörte sie Stimmen.

Rief da nicht jemand ihren Namen? Konnte das wirklich wahr sein?

Sie lauschte.

„Sidonia!", hörte sie jetzt ganz deutlich.

Sie lief an die andere Seite des Raumes, schaute nach oben durch die vergitterte Luke. „Hier! Hier bin ich! Hilfe!", schrie sie.

„Sidonia?"

Ein Mann erschien. Ein undeutliches Gesicht hinter dem Gitter.

„Bruno?", fragte sie.

„Ja, ich bin es."

Sie begann vor Erleichterung zu weinen.

„Halte noch eine kleine Weile durch. Die Polizei ist schon unterwegs, dann kommen wir rein!"

„Sie sind fort!", rief sie nach oben.

„Ja, das wissen wir schon. Mach dir keine Sorgen."

„Der Streifenwagen ist da!", verkündete ein anderer Mann. Sie kannte die Stimme, aber sie wusste nicht, zu wem sie gehörte.

„Hörst du?", fragte Bruno. „Jetzt bist du bald da raus."

Sie nickte, aber das konnte er ja überhaupt nicht sehen.

Ben, Melanie und Paulina kamen nicht einmal bis zur Autobahnauffahrt. Sie fuhren geradewegs in eine Straßensperre hinein.

„Verdammt!", schrie Ben und schlug wütend auf das Lenkrad. Er versuchte in einem waghalsigen Manöver zu wenden, schlingerte, fing den Wagen wieder und fuhr in die andere Richtung. Doch schon bemerkten sie, dass ein Fahrzeug mit Sirene hinter ihnen herfuhr. Polizei.

Ben drückte mächtig aufs Gaspedal.

Paulina im Fond des Wagens fühlte sich nicht sicher, aber sie sagte nichts. Ben musste ja versuchen, zu entkommen. Sie persönlich wäre sowieso lieber tot als im Gefängnis. Aber für Melanie und Ben wünschte sie etwas Besseres.

„Fahr!", schrie sie gegen ihre Angst.

Ben wurde immer schneller. Melanie hielt sich krampfhaft fest.

Der Polizeiwagen war noch immer hinter ihnen.

Ben lenkte den Wagen in eine Kurve. Sie war schärfer, als er gedacht hatte. Der Fond brach aus, Ben versuchte gegenzulenken. Der Wagen schleuderte von einer Straßenseite auf die andere. Ein entgegenkommendes Auto wich gerade noch aus, indem der Fahrer sein Auto in einen Seitenweg lenkte.

Ben bekam den Wagen nicht mehr in den Griff. Melanie schrie, als er über den Seitenstreifen brach und mit der Schnauze voran im Graben landete.

Otten stoppte seinen Wagen auf dem Seitenstreifen. Er, Evelyn und auch Kilian rannten sofort zu dem Fahrzeug im Graben. Sie sahen den jungen Mann, der mit dem Kopf auf dem Lenkrad lag, aus einer Wunde an der Stirn tropfte Blut.

Die junge Frau auf dem Beifahrersitz klagte über Schmerzen in der Brust.

Die Frau auf dem Rücksitz rührte sich nicht.

Evelyn sah sich nach dem Fahrer des anderen Wagens um, der in den Seitenweg gefahren war, aber der stand bereits neben seinem Auto.

„Ist bei Ihnen alles klar?", schrie sie zu ihm hinüber.

„Ja, nichts passiert, aber was sind das denn für Verrückte?", schrie er zurück.

„Das sind Flüchtige. Bleiben Sie bitte noch einen Augenblick hier, wir sind von der Polizei und müssen Ihre Zeugenaussage aufnehmen", erwiderte sie und wendete sich wieder dem Auto im Straßengraben zu.

Otten hatte bereits die hintere Tür geöffnet und sah nach der Frau auf der Rückbank. Er fühlte ihren Puls. „Alles in Ordnung", sagte er. „Rufst du einen Krankenwagen?"

„Schon geschehen", erwiderte Kilian.

Auch andere Polizeiwagen waren inzwischen bei der Unfallstelle angekommen. „Sie werden es überleben", erklärte Otten die Lage. „Krankenwagen ist unterwegs." Dann richtete er sich an das junge Pärchen im Auto. „Und jetzt zu Ihnen. Sie beide können doch sicher aussteigen?"

Ben nickte schicksalergeben.

Kapitel 13
Immer noch Freitag, am Abend

Sidonia hatte ihre Aussage gemacht. Sie hatte es abgelehnt, ärztliche Hilfe in Anspruch zu nehmen, sie fühlte sich nicht krank, nur erschöpft und verängstigt. Aber sie hatte ja glücklicherweise Bruno, der ihr über den anhaltenden Schock hinweghelfen würde.

„Wo sind Shila und Malou", fragte sie besorgt, als sie in Brunos Mazda durch die Paderborner Stadt fuhren.

„Ich habe sie in den Flur gesperrt und die Tür zum Bad aufgelassen." Er grinste, als er das sagte. Sie schaltete nicht sofort, aber dann bemerkte sie den Witz der Aussage. Die Tür zum Bad war ja eingetreten worden. Sie lachte verhalten. Das Erlebte klang noch zu sehr in ihr nach.

„Sehr viel Bewegungsfreiheit ist das zwar nicht", fuhr Bruno fort. „Aber so können die Stubentiger nicht weglaufen. Das Badezimmerfenster habe ich natürlich wieder geschlossen. Ich war schon heilfroh, dass sie überhaupt noch da waren, obwohl sie durch die kaputte Terrassentür ja hätten entkommen können. Sie kennen sich doch hier in der Gegend überhaupt nicht aus.", berichtete Bruno.

Sie lächelte ihn dankbar an. „Oh, daran hast du gedacht? Das ist lieb von dir. Hast du ihnen auch Futter und Wasser hingestellt?"

Er nickte. „Natürlich."

„Ich habe mich vorhin im Bad versteckt und versucht zu entkommen. Shila und Malou haben mir dabei sogar geholfen."

Er sah sie kurz skeptisch von der Seite an. „Wie das denn?", fragte er ungläubig.

Sie lächelte. „Ich erzähle es dir nachher in Ruhe, ja?"

Er nickte. „Ja, in Ordnung."

Tatsächlich fanden sie die beiden Katzen ein wenig unzufrieden mit ihrer beengten Wohnsituation im Badezimmer von Brunos Wohnung vor.

Sidonia stürzte auf die beiden zu und streichelte und liebkoste sie.

Bruno hatte überhaupt nicht gewusst, dass Katzen so verschmust waren.

Er lächelte über das schöne Bild und war froh, dass er sich vorhin bei aller Hektik und seiner Sorge um Sidonia noch darum gekümmert hatte, dass die Tiere versorgt und in Sicherheit waren.

Die drei Entführer – Paulina, Ben und Melanie waren ärztlich versorgt worden. Zum Glück hatte keiner von ihnen eine schwere Verletzung davongetragen. Am glimpflichsten war Ben davongekommen, der lediglich eine Platzwunde an der Stirn hatte.

Melanie, die beim Atmen über Schmerzen in der Brust geklagt hatte, hatte durch den Sicherheitsgurt eine leichte Prellung erlitten. Sie bekam Schmerzmittel.

Paulina hatte einen Schock und einen verstauchten Arm, weil sie ihn schützend vor ihren Kopf gehalten hatte und damit gegen den Vordersitz geknallt war. Zur Sicherheit wollte man sie über Nacht zur Beobachtung im Krankenhaus behalten, aber sie hatte sich beharrlich geweigert. Sie wollte bei ihrem Sohn und dessen Freundin sein.

Doch ganz so, wie Paulina sich das gedacht hatte, wurde es dann doch nicht, denn die drei mussten getrennt voneinander ihre Aussagen machen.

Ben Jansen:

„Ich habe erst vor kurzem erfahren, dass Hübner, der Chef vom *Impuls,* mein Vater ist", gestand Ben. „Mein ganzes Leben lang hatte ich in dem Glauben gelebt, mein Vater sei gestorben, als ich ein kleiner Junge war. Weiß der Geier, warum. Irgendwie war das der dumme Stolz meiner Mutter. Sie hat mir den Vater genommen und uns beiden das Geld, das uns zustand. Wir hätten ein so viel besseres Leben führen können."

„Und wie kam es dazu, dass Sie die Wahrheit erfuhren?", fragte Evelyn Dierkes.

„In der Schule war ich immer gut in Mathematik, konnte also mit Zahlen sehr gut umgehen. Also habe eine Ausbildung zum Industriekaufmann gemacht. Aber meine Liebe gehörte dem Journalismus. Von klein auf wollte ich schreiben, war sogar bei der Schülerzeitung aktiv. Meine Mutter hat mir immer eingeredet, dass Journalismus eine aussterbende Zunft sei. Vielleicht hat sie damit sogar recht. Meine Mutter war immer eine sehr starke Persönlichkeit. Sie stellte die Weichen."

„Und Sie hatten zu funktionieren? Was ist mir Ihrem Recht auf eigene Entscheidungen? Auf Selbstverwirklichung?", fragte Evelyn, um ihn aus der Reserve zu locken.

„Ach, meine Mutter hatte es auch schwer. Ich wollte ihr nicht noch mehr Sorgen bereiten. Ich wusste damals ja noch nicht, wie viel leichter sie es sich hätte machen können. Außerdem lebten wir im gleichen Haus. Es war schwierig. Nach meiner Ausbildung wurde ich übernommen und zog in ein eigenes kleines Appartement. Trotzdem haben wir über die unterschiedlichen Pläne meiner beruflichen Zukunft gestritten. Schließlich schrie sie mich an, ich sei wie mein Vater. Ich fragte, wieso das denn, denn mein Vater war ihrer Aussage nach Fliesenleger. Na ja, sie kam da nicht mehr raus und gab schließlich zu, dass mein Vater Alwin Hübner sei, der Chef des *Impuls*, eines kleinen, aber sehr lukrativen Zeitungsverlags. Vielleicht hatte sie auch das Geheimnis einfach nicht mehr ausgehalten, keine Ahnung. Wir haben furchtbar gestritten. Ich meine, Alwin Hübner hat jede Menge Geld und Mutter hat nie etwas von ihm genommen, ist lieber putzen gegangen." Sein Tonfall war anfangs heftig, wurde aber am Ende regelrecht abwertend.

„Haben Sie sich deshalb im *Impuls* beworben? Wollten Sie Ihren Vater kennenlernen?"

„Klar. Und Journalismus war doch sowieso mein Traumberuf. Wahrscheinlich sind die Gene doch stärker als die Erziehung." Ben verzog den Mund.

„Was hat Ihr Vater dazu gesagt, dass plötzlich ein erwachsener Sohn auftauchte?"

„Er hat sich nicht gerade vor Glück überschlagen. Hat mir am Anfang nicht mal geglaubt. Vielleicht normal. Da kommt ein erwachsener junger Mann und sagt: Hey, ich bin dein Sohn. Woher sollen da Vatergefühle kommen, oder? Aber nach einem Vaterschaftstest musste er zumindest akzeptieren, dass ich sein Sohn war."

Er schwieg und starrte Evelyn an.

„Ich weiß es nicht", erwiderte sie ungeduldig, als sie erkannte, dass Ben auf eine Antwort wartete. „Könnte schwierig sein. Aber vielleicht war er auch nur sauer, dass Ihre Mutter ihm solange seinen Sohn verschwiegen hat?"

„Nein, ich glaube nicht, dass er scharf drauf war, einen Sohn zu haben."

„Immerhin gab er Ihnen eine Chance, eine Aufgabe beim *Impuls*", gab Evelyn zu Bedenken.

„Wenn Sie meinen. Aber eigentlich vertraute er mir nicht, denn er gab mir keine guten Aufträge. Hat mich zu Axel Neufeld in die Lehre geschickt, ausgerechnet zu dem Idioten. Ich dachte, das wird mit der Zeit besser und hoffte, nach einer Weile bessere Aufträge zu bekommen, aber Pustekuchen. Ich blieb der Knecht. Na ja, das ist vielleicht etwas zu hart ausgedrückt, aber eben doch der Junge für die Lauferei, für den Kleinkram."

„Vielleicht auch normal. Sie haben Journalismus nicht studiert", entgegnete Evelyn scharf.

„Nee, Sie wissen doch, dass ich Industriekaufmann gelernt habe. Is' doch okay, oder nicht?", schnauzte Ben.

„Klar ist das okay, das macht Sie aber nicht zu einem Journalisten."

„Aber ich brauchte mehr Kohle. Unser Haus ist von meinen Großeltern, das ist schuldenfrei, aber es gibt immer mal Reparaturen, die nötig sind, Strom, Wasser, die Autos.

Meine Mutter geht putzen, Herrgott. Sie hatte irgendwann geheiratet, deswegen auch der andere Name. Nachdem mein Stiefvater gestorben war, wurde alles noch schlimmer. Nicht nur, weil sein Gehalt wegfiel und er keine Lebensversicherung oder so was hatte. Der Typ hat uns obendrein einen Schuldenberg hinterlassen, von denen er Mutter nichts gesagt hatte. Hat Geld verspielt. Na ja, die ganze Leier gehört jetzt hier vermutlich nicht hin. Tatsache war, wir brauchten dringend Kohle."

„Aber Sie haben doch Geld verdient."

„Mein Alter hat mich behandelt und auch bezahlt wie einen Lehrling. Der hat mir nichts zugetraut. Um Geld zu sparen, habe ich meine Wohnung aufgegeben und mir zwei Zimmer im Haus meiner Mutter eingerichtet."

„Warum haben Sie sich keinen Job in Ihrem Beruf als Industriekaufmann gesucht? Da hätten Sie vielleicht mehr verdient. Oder warum hat Ihre Mutter keinen Untermieter gesucht, der Miete zahlte?"

Ben hob die Schultern. „Fremde Leute wollte meine Mutter absolut nicht im Haus haben." Er hob die Schultern. Da war sie schon etwas stur. Und ich selbst wollte einfach Geld von meinem Vater. Ich fand, es stand mir zu. Aber von Hübner war nicht viel zu erwarten. Von unserer Notlage wusste er natürlich nichts. Mutter hätte niemals zugelassen, dass ich ihm davon erzähle. Immer noch der alte dumme Stolz." Er lachte unfröhlich auf. „In mir hat sich so eine Wut aufgestaut. Eigentlich auf beide, aber das hab ich zuerst selbst nicht kapiert. Ich wollte an das Geld von meinem Alten. Ich wollte einfach, was mir zusteht."

„Also haben Sie Geld aus dem Wohltätigkeitsfonds unterschlagen!"

Ben blickte demonstrativ zur Seite.

„Reden Sie!", fuhr Evelyn ihn an.

Als er sich ihr wieder zuwandte, war sein Blick voller Hass.

„Ich habe diesen Fonds sogar nur deswegen eingerichtet, um Geld unterschlagen zu können. Aber mit diesem Projekt habe ich meinem Erzeuger mehr imponiert als mit allem, was ich bis dahin probiert hatte. Er sonnte sich gerne in dem Gefühl, ein Gutmensch zu sein. Was er nicht war. Er war ein Karrieremensch, wie Neufeld auch. Und am Ende auch wie Wittek."

„Wie vielleicht alle Geschäftsmänner."

Ben hob die Schultern. „Vielleicht. Mein Alter hat jedenfalls groß in der Zeitung davon berichtet. Es gab sogar einen Empfang, auf dem Spenden gesammelt wurden. Wie gesagt – er sonnte sich gerne darin und er stand gerne im Mittelpunkt. Neufeld schrieb darüber, Wittek machte die Fotos. Ich dachte: Guck mal an, was er sich für wildfremde Menschen ins Zeug legen kann. Ich hatte kein schlechtes Gewissen, schließlich habe ich anfangs auch wirklich nur kleine Beträge abgezweigt."

„Es ist trotzdem Unterschlagung", warf Evelyn ihm vor.

„Hübner hat jahrelang nicht für mich bezahlt!", schrie Ben.

„Trotzdem hatten Sie kein Recht an dem Geld aus dem Fonds. Das Geld hatten Menschen für Straßenkinder gespendet, nicht für Sie. Ist Axel Neufeld Ihnen auf die Schliche gekommen? Haben Sie ihn deshalb umgebracht?"

„Ich hab ihn nicht umgebracht!", schrie Ben.

„Wer dann?"

„Das weiß ich nicht."

„Herr Jansen, Sie waren doch in der Hütte und haben Unterlagen gesucht, nicht wahr? Neufeld hat Ihnen gesagt, dass er Beweise für Ihre Veruntreuung hat. Stimmt das?"

Er senkte den Kopf.

„Ben, stimmt das?"

Er starrte Evelyn einen Moment lang fassungslos an.

„Ja", gestand er dann leise. „Er hat mich doch ständig damit erpresst, dass er sowohl Unterlagen als auch einen Speicherchip hat, die meine Machenschaften beweisen würden. Er verlangte, dass ich damit aufhöre. Ha, ausgerechnet der. Als hätte der nicht selbst genug auf dem Kerbholz."

„Haben Sie ihn deshalb getötet?"

Ben sprang auf, schlug gleichzeitig voller Wucht mit der Handfläche auf den Tisch. Es knallte, aber Evelyn blieb unbeeindruckt. Der anwesende Uniformierte drückte ihn zurück auf seinen Stuhl.

„Wie oft denn noch? Ich habe ihn nicht getötet!"

„Als Sie in der Hütte die Beweise gesucht haben, wurden Sie von Bruno Feldmann überrascht. Sie haben ihn niedergeschlagen, gefesselt und liegen gelassen."

Ben wurde kleinlaut, senkte den Blick. „Ja, das habe ich getan. Ich wollte die Unterlagen suchen, die Neufeld angeblich besaß, bevor die Bullen das doch noch tun."

„Und - haben Sie die Unterlagen gefunden?"

Er nickte. „Ja."

„Unter der Bodenplatte?"

„Ja."

„Was sind das für Unterlagen?"

„Ausdrucke der Buchführung, aber auch Notizen zu einer Person, über die ich schreiben wollte. Ich wollte schließlich groß rauskommen und hatte ein Notizbuch angelegt. Neufeld hat mir immer geraten, dunkle Seiten von Menschen aufzuschreiben. Damit ließen sich hervorragende Artikel schreiben. Er war so skrupellos. Es war dem vollkommen egal, ob und wie sehr er Menschen schadete."

„Ihnen offenbar auch, Sie waren doch auf dem besten Weg, seine Art des Journalismus zu übernehmen", meinte Evelyn leicht verärgert.

„Ich sollte doch von ihm lernen. Und ich wollte meinem Alten imponieren und ihm zeigen, dass ich es draufhatte. Meiner Mutter übrigens auch, die ja immer dagegen gewettert hatte, dass ich Journalist werde. Einen Speicherchip habe ich übrigens nicht gefunden. Hat dieser David ihn wirklich gefunden? Ich hatte da einen Verdacht."

Evelyn nickte. „Ja, in einem alten Radiomodell auf Neufelds Schreibtisch."

Ben schlug sich die flache Hand vor der Stirn. „Oh Scheiße, aber wie soll man darauf kommen?"

„Wo sind die Unterlagen jetzt?", fragte Evelyn.

„Wo? Ihr Ernst? Ich habe sie natürlich verbrannt, was denken Sie denn!"

„Herr Jansen, Sie haben Neufeld und Wittek getötet, um Ihre eigenen Unterschlagungen zu decken und um sich die Nachfolge im *Impuls* zu sichern. Das sind starke Motive."

Evelyn war jetzt lauter geworden. Sie sprach eindringlich, als bestünde nicht der geringste Zweifel an Bens Schuld.

Doch er schüttelte standhaft den Kopf, sank plötzlich ein wenig in sich zusammen. Ein Mordvorwurf war eben doch starker Tobak.

„Ich habe es nicht getan. Glauben Sie mir doch! Ich habe niemanden ermordet!"

Melanie Bauer:

„Sie sind also die Sekretärin von Alwin Hübner?", stellte Inspektor Frank Kröger fest, der zur gleichen Zeit Melanie Bauer verhörte.

„Ja." Ihre Stimme war leise und ihr Kopf gesenkt.

„Sie wussten von den Unterschlagungen? Sie wussten, dass die Spenden zumindest nicht vollständig bei den Straßenkindern ankamen, sondern dass Ben Jansen sie sich angeeignet hat?"

Die junge Frau starrte auf die Tischplatte und nickte.

Frank kümmerte sich nicht darum. Wie sie sich fühlte, war ihm wirklich gleichgültig.

„Wussten Sie auch, dass Alwin Hübner Bens Vater ist?"

Endlich blickte sie auf. „Nicht von Anfang an", erwiderte sie leise und zögernd.

„Aber inzwischen wissen Sie es."

Sie nickte wieder nur.

„Antworten Sie bitte deutlich!", forderte er sie auf und es klang keineswegs wie eine Bitte.

„Ja, inzwischen weiß ich es."

„Und sie wussten von den Unterschlagungen", stellte Frank noch einmal sicher.

„Ich bin Hübners Sekretärin, ich bereite unter anderem unsere Buchführung für die Steuerkanzlei vor, da sind mir Unregelmäßigkeiten eben aufgefallen.

Ben sagte, das Geld stünde ihm zu, da er nie etwas von seinem Vater bekommen hatte."

„Und das war für Sie plausibel?"

Sie hob eingeschüchtert die Schultern.

„Antworten Sie! Fanden Sie das plausibel und damit auch in Ordnung?"

„Ja. Nein… ach, ich weiß nicht."

„Was denn nun?"

„Ich fand plausibel, dass er meinte, ihm stünde endlich mal Geld von Hübner zu. Aber ich fand es nicht in Ordnung, dass er das von dem Fonds abzweigte. Da hatte ich eher das Gefühl, er bestiehlt die armen Kinder."

„Und dennoch haben Sie es zugelassen und nichts dagegen unternommen."

Sie senkte wieder den Kopf. Sie fühlte sich in der Falle. Sie kämpfte doch schon so lange mit ihrem schlechten Gewissen und jetzt saß sie wirklich zwischen allen Stühlen.

„Sie haben nichts dagegen unternommen?", setzte Frank nach.

„Nein."

„Warum nicht? Es wäre doch so einfach gewesen."

„Ich wollte Ben keine Probleme machen. Wie gesagt, ich fand plausibel, dass er Geld von seinem Vater wollte. Hübner war nicht unbedingt der Großzügigste, deswegen hatte ich auch nicht das Gefühl, allzu loyal ihm gegenüber sein zu müssen."

„Und Sie hatten sich in Ben verliebt."

Sie nickte. „Ja. Wir sind schon eine Weile zusammen."

Frank machte eine kleine Pause. Er beobachtete sie. War sie wirklich so eingeschüchtert oder spielte sie ihm etwas vor? Nein, das glaubte er nicht. Melanie war eine dieser Frauen, die einfach alles für einen Mann taten, in den sie sich verliebt hatten.

„Was wissen Sie über die Morde an Axel Neufeld und Klaus Wittek?", fragte er dann direkt.

Sie schreckte auf, starrte ihn entsetzt an.

„Nichts. Das müssen Sie mir glauben. Ich weiß nicht, wer es war. Ich dachte, dieser Mann aus Amerika?"

„Nein, der war es nicht."

Frank beobachtete jede ihrer Reaktionen wie ein Adler.

„Warum haben Sie bei der Entführung von Sidonia Okebe mitgemacht?"

Die Schlinge um ihren Hals zog sich immer enger zusammen. Sie konnte nicht mehr.

„Das habe ich nicht."

„Doch natürlich. Sie waren die Komplizin vor dem Haus und Sie waren auch dort, als Frau Okebe in den Keller gesperrt wurde."

Sie brach zusammen.

„Ja, das stimmt. Ben sagte, wir müssten sie holen, weil sie versucht, uns in Verdacht zu bringen, um den Amerikaner freizubekommen. Deswegen war ja auch dieser David im *Impuls*. Ben sagte, die Hellseherin bringt alle in Misskredit und erzählt Lügen und manipuliert durch ihre Vorhersehungen. Sogar die Polizei. Ich hatte Angst, dass Ben verhaftet wird. Die Unterschlagungen gingen auf sein Konto.

Und wir wollten doch mit dem Geld verschwinden, ein neues Leben beginnen."

Sie sah Frank Kröger jetzt mit großen, angsterfüllten Augen an. Es war ihm gleichgültig. Sie hätte mal besser vorher den Kopf einschalten sollen. Meine Güte, wie konnte man nur so dumm sein. Sie war doch eine intelligente Frau mit einem guten Job.

„Ben steht im Verdacht, Neufeld und Wittek ermordet zu haben, weil die ihm mit seinen Unterschlagungen auf die Schliche gekommen sind."

„Das hätte er niemals getan", schrie sie jetzt leidenschaftlich.

„Und wieso nicht?"

„Weil er dann auch mich hätte ermorden müssen."

Frank stöhnte. „Nicht unbedingt. Sie haben ihn wohl kaum mit Ihrem Wissen erpresst."

„Und das hat Neufeld getan?"

Er hob die Schulter, er wusste ja nicht, ob Ben schon etwas dazu gesagt hatte. „Das ist die große Frage", sagte er dann.

Paulina Schüller:

„Dann erzählen Sie mal", forderte Markus Otten Paulina Schüller auf. „Warum haben Sie Sidonia Okebe entführt?"

„Sie wollte meinen Sohn durch ihre Vorhersagen in einen falschen Verdacht bringen. Sie wollte manipulieren und Lügen verbreiten. Wir mussten sie aus dem Verkehr ziehen, bevor sie damit Erfolg haben konnte. Deswegen hat doch auch dieser Freund ihrer Tochter im Verlag herumge-schnüffelt."

„Warum hätte sie das tun sollen?"

„Um diesen Amerikaner zu entlasten natürlich", platzte die Frau heraus.

„Das ist ausgemachter Unsinn. Frau Okebe hat niemals Unwahrheiten verbreitet. Sie wollten die Frau aus dem Verkehr ziehen und damit den Detektiv Bruno Feldmann und David Gersdorf erpressen, mit gewissen Informationen nicht zur Polizei zu gehen."

„Das ist wohl eher der Unsinn."

„Wir haben Sie immerhin mit Ihren Koffern aufgegriffen."

„Darf man neuerdings nicht mehr verreisen?", zischte sie.

Otten ging nicht darauf ein. Ausflüchte dieser Art kannte er zur Genüge.

„Ihr Sohn Ben hat Geld aus dem Wohltätigkeitsfonds des *Impuls* unterschlagen.", redete Markus Otten weiter.

„Alwin Hübner ist sein leiblicher Vater. Er verdient viel Geld und Ben hat versucht, auf diese Art etwas abzubekommen. Es stand ihm zu."

„Dann hat er den Fonds bewusst dafür benutzt?"

Paulina nickte. „Er hat ihn sogar extra dafür eingerichtet."

Otten seufzte. Das schien ihm alles sehr konfus und quer zu sein.

„Warum haben Sie Ihrem Sohn überhaupt die ganzen Jahre verschwiegen, wer sein Vater ist? Und warum haben Sie keinen Unterhalt verlangt?"

„Ach, später ist man immer klüger. Damals war ich viel zu jung und zu stolz. Alwin hat mich verlassen, er wollte keine Kinder. Und ich dachte mir: Der Mistkerl kann mich mal, ich brauche ihn nicht. Ich wollte es allein schaffen. Später habe ich geheiratet und wir waren eine wirkliche Familie, da hätte ein anderer Vater nur gestört."

„Aber adoptiert hat Ihr Mann Ihren Sohn nicht. Sonst hätte er ja keinen anderen Nachnamen."

„Nein, hat er nicht. War auch nicht wichtig. Wir haben zusammen gelebt als Familie, das hat genügt. Viel Geld hatten wir natürlich nicht, aber es hat gereicht. Na ja, mein Mann ist dann gestorben. Und Ben hat doch noch herausgefunden, wer sein Erzeuger ist. Aber der hat auch jetzt nicht gerade erfreut darauf reagiert, als mein Junge ihm sagte, wer er ist."

„Was erwarten Sie nach so vielen Jahren? Immerhin hat er ihm einen Job gegeben."

Paulinas Augen wurden schmal und gemein. „Ja. Aber Ben bekam nur das, was er an Gehalt verdiente und Alwin hat ihn nicht einmal als seinen Nachfolger in Betracht gezogen", presste sie hervor.

Der Tonfall der Frau ging Otten gehörig auf die Nerven. Sie klang geradezu unverschämt. War ihr nicht klar, in welchem Dilemma sie steckte?

„Hat ihr Sohn Neufeld und Wittek deshalb getötet?", preschte er vor.

„Ben hat sie nicht getötet!", schrie Paulina.

„Sind Neufeld und Wittek hinter die Betrügereien Ihres Sohnes gekommen und haben ihn erpresst? Das allein wäre schon ein gutes Motiv. Zusammen mit der Tatsache, dass beide Männer vor ihrem Sohn Ben als Hübners Nachfolger vorgesehen waren, macht es geradezu unschlagbar. Hat ihr Sohn die beiden Männer getötet?"

„Ich sagte es schon: Nein!", schrie sie.

„Woher wollen Sie das wissen?"

„Er würde so etwas niemals tun können."

„Es könnte eine Tat im Affekt gewesen sein", versuchte er ihr eine Brücke zu bauen. Dabei dachte er: Nicht in beiden Fällen. Bei Neufeld vielleicht, aber nicht auch noch bei Wittek. Niemals.

„Er hätte es mir erzählt", behauptete sie. Ihre Stimme wurde leiser.

„Sie waren sicher nicht dabei in der Hütte oder im Wald, als Ihr Sohn Neufeld getötet hat und als er später in Witteks Wohnung gegangen ist. Außerdem brauchen Sie auch nichts dazu sagen, Sie müssen Ihren Sohn nicht belasten", belehrte er sie. „Meine Kollegin wird ihn schon zum Sprechen bringen."

„Er war aber bei mir", sagte sie leise.

Otten wurde hellhörig. „Wie können Sie das wissen? Woher wissen Sie so genau, wann der Mord geschah?"

Was für ein Faux Pas. Die Frau wusste doch mehr?

Sie merkte es auch, starrte ihn einen Moment entsetzt an.

„Das stand doch in den Zeitungen", meinte sie.

„Nein. Neufeld lag ein paar Tage im Wald. Wann genau er gestorben ist, wurde nicht bekannt. Also?"

„Ben war es trotzdem nicht. Er kann keiner Fliege etwas zuleide tun."

„Er kann nur Straßenkindern um ihr Geld bringen? Spenden unterschlagen?" erinnerte er sarkastisch.

„Das Geld stand ihm zu, sonst bekam er ja nichts von seinem sogenannten Vater. Nicht mal ein ordentliches Gehalt."

„Jetzt drehen wir uns im Kreis. Nochmal: Hat Ben die beiden Reporter deshalb getötet?"

„Neiiiiin!" schrie sie verzweifelt.

„Woher wissen Sie das so genau?"

Sie senkte den Blick. Otten schwieg.

„Weil ich es getan habe", brachte sie dann mühsam hervor.

„Was? Sie haben die Morde begangen?"

„Ja. Ich habe sowohl Neufeld als auch Wittek erschlagen."

„Tatsächlich?" Er seufzte. Er hatte ein Geständnis, er konnte zufrieden sein. Der Fall war gelöst. Aber er bezweifelte das.

„Dann schildern Sie mir bitte genau den Hergang der beiden Taten", bat er in ruhigerem Tonfall.

Jan Tenbrock rief Kerstin an, um sie über die neusten Ermittlungsergebnisse in Kenntnis zu setzen.

Kerstin geriet völlig außer sich. „Paulina?", schrie sie. „Aber das kann doch nicht sein!"

„Tut mir leid, Kerstin", sagte Jan nüchtern. „Es steht ja auch noch nichts endgültig fest, aber irgendwie steckt sie in der Sache drin. Ich rufe dich an, sobald ich Genaueres weiß."

„Nein, ich komme zum Revier."

„Tu das nicht, Kerstin. Du kannst hier nichts ausrichten."

Doch sie legte einfach auf. Jan stöhnte und nestelte nervös an seiner Brille herum. Na, da hatte er ja was Schönes angerichtet. Er hätte die Füße still halten sollen. Warum hatte er sie anrufen müssen? Ob sie davon wusste oder nicht, wäre doch völlig gleichgültig gewesen. Mist, er hatte gedacht, es ihr schuldig zu sein.

Otten hatte die Vernehmungen nach Paulinas Geständnis beendet und seine Kollegen Evelyn, Simone und Frank zur Besprechung in sein Büro gerufen.

Simone holte für alle einen Kaffee, den sie nach dem langen Tag auch nötig hatten.

„Okay, Paulina Schüller hat beide Morde gestanden", begann Otten. „Ich habe sie gebeten, den Hergang beider Morde zu schildern. Dabei hat sie sich allerdings in Ungereihmtheiten verstrickt. Bei Neufeld sagte sie, sie hätte ihn mit einem Ast erschlagen und in den Wald geschleift. Und bei Wittek war es eine Vase. Ich fragte sie, was sie mit den Scherben gemacht hätte, denn es wurden keine gefunden, auch nicht in der Wunde."

„Sie kennt also keine Details", folgerte Evelyn.

„Mm", Otten nickte.

„Und wenn wir Ben Jansen mit dem Geständnis konfrontieren? Meinst du nicht, er wird dann weich?", meinte Simone.

„Ein Versuch ist es wert", meinte Evelyn, „aber ich befürchte, der ist knallhart. Der nimmt doch schon die ganze Zeit in Kauf, dass Richard Voss für seine Taten im Gefängnis sitzt, obwohl das bei der eigenen Mutter noch mal etwas ganz anderes ist."

Otten trank einen großen Schluck seines Kaffees. Okay, können wir ihm eine Falle stellen?", murmelte er in die Runde.

„He, wir könnten doch eine Gegenüberstellung machen und sehen, ob Voss Paulina und Ben wiedererkennt. Der war doch vor Witteks Wohnhaus, während der ermordet wurde. Zwar gibt er an, sich an niemanden zu erinnern, der irgendwie verdächtig war, aber wenn er die zwei Personen sieht, fällt ihm vielleicht doch ein, ob er einen von ihnen gesehen hat", schlug Simone vor.

„He, das ist eine super Idee", lobte Evelyn.

„In der Tat, das probieren wir morgen", stimmte Markus Otten zu. „Und jetzt machen wir Feierabend. Die drei erleben ihre erste Nacht in der Gefängniszelle, vielleicht wird Paulina Schüller ja weich und widerruft morgen ihr Geständnis."

„Das glaube ich nicht. Sie weiß, dass sie sowieso ins Gefängnis geht und sei es nur wegen der Entführung. Sie will bei ihrem Sohn etwas gutmachen", meinte Evelyn.

Sidonia wollte nach dem Vorfall nicht in Brunos Wohnung bleiben. Sie wusste, es war unsinnig und mit dem Verstand nicht zu erklären, aber die Bilder des Überfalls und die Angst verfolgten sie hier, obwohl die beiden, die sie überfallen hatte, ja verhaftet worden waren. Hinzu kam die kaputte Scheibe. Bruno verschloss die offene Tür, indem er ein Brett zwischen den Rahmen befestigte.

„So, jetzt kann niemand mehr hereinkommen", sagte er im Brustton der Überzeugung. Doch er sah Sidonia an der Nasenspitze an, dass sie sich hier nicht wohlfühlen würde.

„Lass uns in mein Haus gehen", bat sie. Alles, was er hörte, war ‚uns' und er frohlockte. Sie wollte, dass er bei ihr blieb. Verdammt, wie gerne würde er sie in den Arm nehmen, ihr Gesicht mit Küssen bedecken, ihr sagen, dass sie keine Angst zu haben brauchte.

In ihrer Schutzlosigkeit war sie noch attraktiver als sonst. Nun, er war eben auch nur ein Mann. Er war gerne der Starke, beschützte gerne. Und das glaubte er, jetzt tun zu müssen.

„Wir könnten in ein Motel oder eine Pension gehen."

Sie schüttelte den Kopf. „Nein, das geht wegen Shila und Malou nicht. Oder denkst du, ich lasse sie allein?"

„Natürlich nicht", erwiderte er, obwohl er das nicht wirklich nachvollziehen konnte. Wenn die Katzen wieder in ihrem normalen Umfeld waren, würden sie schon für sich selbst sorgen können. Sie liefen doch auch sonst allein draußen herum. Aber wenn er das sagen würde, würde er sie nur gegen sich aufbringen und das wollte er nun wirklich nicht. Er hatte doch gesehen, wie glücklich sie gewesen war, als sie die beiden wieder in die Arme geschlossen hatte.

„Gut, gehen wir in dein Haus."

Eigentlich braucht sie keinen Schutz mehr, dachte er. Die Typen sind verhaftet, die kommen nicht zurück. Aber - hol mich der Teufel – ich will bei ihr sein.

Es wurde bereits dunkel, als Sidonia und Bruno auf dem Sofa saßen und ein Glas Rotwein genossen. Sidonia hatte sich umgezogen und trug eine dieser weiten, bunten Tuniken, die sie so liebte.

Bruno hatte dieses Mal den Wein nicht abgelehnt, obwohl ihm ein Bier lieber gewesen wäre. Es gehörte zur Stimmung, jetzt ein Glas Wein zu trinken. Er prostete ihr zu und sah ihr tief in die Augen. Merkte sie es auch? Fühlte auch sie diese Anziehung? Das Verlangen?

Draußen hatte es zu regnen begonnen. Sie hörten das Prasseln der Regentropfen auf dem Dach und gegen die Fenster und das Heulen des Windes. Es machte die Stimmung irgendwie sogar noch gemütlicher.

Bruno nahm ihr das Glas Wein aus der Hand, stellte beide Gläser zurück auf den Tisch und beugte sich über sie. Sie wehrte sich nicht. Sein Gesicht kam ganz nah an ihres. Er nahm jeden ihrer Züge überdeutlich wahr. Die kleinen Falten um die Augen, die noch glatte Stirn, die tiefe Falte neben dem Mund und die feinen Striche auf der Oberlippe. Sie sah wunderschön aus, fand er und keinen Tag älter als vierzig. Na, vielleicht fünfundvierzig.

Unvermittelt hob sie die Arme, drückte ihre Hände gegen seine Brust und schob ihn zurück.

„Was soll das?", fragte sie leicht verärgert.

„Ich dachte… Ach, Sidonia, ich will dich schon so lange küssen. Spürst du das denn nicht? Wir sind erwachsen, wir sind allein. Was spricht dagegen?"

„Du nutzt die Situation aus, das ist alles."

„Nein, das ist es nicht." Er strich durch ihr ungebändigtes Haar. „Du bist schön."

„Ich bin eine alte Frau", erwiderte sie gnadenlos.

Er lachte. „Nein, das bist du wirklich nicht. Reif vielleicht, aber nicht alt." Erneut beugte er sich über sie.

Sie schob ihn wieder zurück, sprang auf, rannte durch die Terrassentür aus dem Zimmer.

Er starrte ihr für den Bruchteil einer Sekunde verständnislos nach.

Sidonia blieb auf der Terrasse stehen, lehnte sich mit dem Rücken an die Hauswand, richtete den Blick in den sternenlosen Himmel.

Eine einsame Träne stahl sich aus ihren Augen.

Nein, das wollte sie nicht. Sie war seit vielen Jahren allein.

Sie teilte ihre Leben nicht. Keine Wohnung, kein Bad, keine Verantwortung und schon gar kein Bett. Kein Sex. Kein Streicheln, keine Zärtlichkeit… schon so lange.

Sie hatte es nie vermisst. Es war untergegangen im Alltag, in der Sorge um ihre Tochter, in ihrer Arbeit, in den Problemen der Menschen, die zu ihr kamen.

Wo war sie eigentlich selbst geblieben?

Ihre Tochter war so gut wie erwachsen – nein, nicht so gut wie – sie war zwanzig Jahre alt. Sie studierte, hatte einen Freund. Sie hatte Sex.

Mercedes war erwachsen.

Sie selbst, Sidonia, war so was von auf der Strecke geblieben.

Aber ging es nicht den meisten Frauen ihres Alters so? Sie alle kümmerten sich um Kinder, Haus, Familie, ließen ihr Berufsleben schleifen, ganz zu schweigen von Hobbys, fanden irgendwann, wenn die Kinder groß genug waren, einen Mini- oder Teilzeitjob. Und dann gingen die Kinder und die Mütter wussten nicht, was sie mit sich und der übrig gebliebenen Zeit anfangen sollten. So oft hatte sie das von Kundinnen gehört. So viele Ehen zerbrachen nach zwanzig, fünfundzwanzig Jahren.

Sidonia stand auf der Terrasse, der Regen durchnässte ihr Haar und ihre Kleidung, vermischte sich mit ihren Tränen, die sie nicht einmal fühlte.

Bruno kam heraus, fand sie an die Hauswand gelehnt.

Nass. Weinend.

„Sidonia, was ist denn los?", fragte er völlig verwirrt.

„Ich weiß nicht", schluchzte sie. „Ich weiß es nicht. Ich – ich bin so durcheinander."

Sie wusste genau, was los war, aber sie könnte es ihm nicht erklären. Es waren all die Gefühle, die plötzlich auf sie einstürzten, als wären sie in diesem Moment aus einem Käfig entkommen.

„Aber warum denn? Sidonia, wir sind doch erwachsene Menschen", versuchte er es etwas unbeholfen.

Ja, das waren sie. Und sie führte sich auf wie eine Fünfzehnjährige.

„Es ist so lange her…", bekannte sie leise.

Er lachte zärtlich. „Es ist wie Fahrrad fahren."

„Was?"

Er hob etwas hilflos die Schultern. Er verstand sie wirklich nicht. Sie waren doch keine Teenager mehr, sie waren erwachsene Menschen. Nicht einmal mehr ganz jung. Verdammt, wo war das Problem?

Er trat auf sie zu. Strich ihr nasses Haar zurück, streichelte über ihr Gesicht. Küsste die Wassertropfen und die Tränen fort. „Was ist los, Sidonia?"

Sie hob die Schultern. „Ich weiß es auch nicht. Es ist so lange her", wiederholte sie hilflos. „Es ist etwas, dass überhaupt keinen Platz mehr in meinem Leben hat."

„Und du willst ihm diesen Platz auch nicht wieder einräumen?"

Sie lehnte an der Wand und reagierte nicht. Meine Güte, das wusste sie ja selbst nicht. Sie hatte einfach nie darüber nachgedacht. Sie hatte es nicht vermisst. Aber jetzt war alles ganz neu. Auf Null gesetzt. Irgendwann hatte sie an einer Weggabelung nicht aufgepasst und eine Richtung eingeschlagen, die ins Unbekannte führte.

Seine Küsse wurden fordernder. Sie hob ihre Arme wie von selbst, umarmte ihn. Es fühlte sich gut an. Nur ihr Verstand kam ihr dazwischen. Wie oft hatte sie Kunden geraten, auf ihr Gefühl zu hören? Auf den Körper zu hören, der immer genau wusste, was richtige war!

Ihre Arme erschlafften.

Er schob die Ärmel ihrer Tunika von ihren Schultern. Irgendwo regte sich Unmut. Sie war sechsundfünfzig. Sie war nicht mehr so prall und knackig wie früher. Irgendwo war eine Scheu.

Aber das Gefühl des Genießens war stärker.

Der Regen lief an ihren Körpern herunter, sie waren inzwischen triefend nass. Es war gleichgültig.

Lass es zu! schrie die Stimme in ihr. Lass es zu! Genieß es! Lass zu, dass etwas Neues in deinem Leben beginnt.

Und dann verstummte auch diese Stimme und es gab nur noch Fühlen.

Sie merkte kaum, dass er sie bei der Hand nahm und wieder ins Haus hineinführte. Sie ließ sich mitziehen.

Sie stiegen die Treppe hinauf und sie führte ihn in ihr Schlafzimmer. Sie ließen sich auf das Bett sinken.

Er hatte recht, es war wie Fahrrad fahren. Man verlernte nichts. Man musste nur seinem Gefühl folgen.

Sie ließ sich endgültig fallen in den Strudel ihrer Gefühle. Ohne Denken, gleichgültig, was danach kam. Sie wollte es fühlen. Nur dieses eine Mal.

Der Regen trommelte auf das Dach, sie hörte es nicht.

Der nächste Tag - Samstag:
Richard Voss war nervös. Er sollte eine Gegenüberstellung mitmachen. Die Herrschaften von der Polizei wollten feststellen, ob er eine bestimmte Frau oder einen jungen Mann kannte. Die Namen waren ihm nicht genannt worden. Er wusste auch nicht, worum es ging. Vermutlich, um ihn nicht zu manipulieren.
Er fuhr sich über das Gesicht. Er hatte trotzdem verstanden, dass es für ihn wichtig sein könnte. Warum sonst holten sie ihn für diese Gegenüberstellung aus der Zelle?
Auch Sebastian Kupfer war anwesend, obwohl Samstag war. Verflucht, um was ging es hier?
„Bleiben Sie ganz ruhig", redete Evelyn Dierkes auf ihn ein. „Sie werden jetzt vier Frauen durch die Scheibe sehen. Aber die können Sie nicht sehen. Es besteht also kein Grund, nervös zu werden."
Kein Grund? Ging es dabei nicht um seinen Hals?
Sebastian blieb im Hintergrund stehen, während Voss mit dieser Evelyn direkt vor der Scheibe stand. Er ließ seinen Blick schweifen. Vier Frauen um die fünfzig mit Kurzhaarfrisuren, keine bemerkenswerten Größenunterschiede. Er sah sie sich genau an. Einzeln, jedes Gesicht, jede Figur. Aber keine von ihnen kam ihm bekannt vor.
„Ich kenne keine der Damen. Müsste ich das denn?"
Evelyn trat daraufhin an ein Mikro und ließ die Damen wieder gehen.

„Kommen Sie, treten wir ein Stück zurück, einen Moment müssen wir warten, dann kommen die jungen Männer. Vielleicht erkennen Sie ja einen von ihnen. Und um Ihre Frage zu beantworten: Nein, Sie müssen keinen von Ihnen zwangsläufig kennen. Wir haben da nur so eine Idee, der wir nachgehen."

Er nickte verhalten.

Dann durfte er wieder an die Scheibe treten und sich die jungen Männer ansehen, die anstatt der älteren Frauen jetzt dort aufgereiht standen. Alle waren etwa Mitte bis Ende zwanzig, alle mittelblond.

Plötzlich wurde er ganz unruhig. „Der dort – Nummer drei – den kenne ich von irgendwoher."

Evelyn blickte ihn skeptisch an. Durch das Mikro bat sie die Nummer drei vorzutreten, sich umzudrehen. Im Profil kam er ihm noch bekannter vor.

„Kennen tue ich den nicht. Aber den habe ich schon mal gesehen."

„Wo?", fragte Evelyn.

Er überlegte. „Scheiße, wo war das?" Woher sollte man so was immer so genau wissen. Er zermarterte sich das Hirn, versuchte Bilder entstehen zu lassen. Auf einmal hatte er eine Idee. „Eigentlich glaube ich, ich habe ihn gesehen, als ich vor Witteks Haus gelungert habe. Der ist da rumgestromert bevor er schließlich dort geläutet hat."

„Sind Sie sicher?", fragte Evelyn eindringlich.

Er atmete tief durch. Diese Erkenntnis war irgendwie bedeutend, das spürte er.

„Herr Voss, sagen Sie das bitte nur, wenn Sie sicher sind", warnte Sebastian Kupfer.

Richard war völlig durcheinander. Unschuldig im Knast zu sitzen konnte einem schon sehr zusetzen und jetzt das... Nein, sicher war er natürlich nicht. Wie sollte er?

„Das Gesicht kenne ich, aber beschwören, dass ich es vor Witteks Haus gesehen habe, könnte ich nicht. Ich glaube es, ja. Aber..."

„Da könnte Ihnen die Erinnerung einen Streich spielen, schon klar", erwiderte Evelyn. „Vielen Dank, Sie können wieder gehen."

Durch das Mikro entließ sie die jungen Männer im Nachbarraum.

„Nun? Was meinst du?" Otten war neben sie getreten, als sie allein waren.

„Ich glaube ihm, was er sagt. Er hat Ben schon mal gesehen, aber wo das war, weiß er nicht mehr mit Sicherheit. Geht es uns nicht allen oft so? Jemand kommt uns bekannt vor und wir wissen nicht, woher."

„Sicher."

„Was machen wir jetzt?", fragte Evelyn.

„Wir bluffen."

Ben Jansen

Markus Otten und Evelyn Dierkes saßen Ben gegenüber an dem grauen Tisch in dem einschüchternd nüchternen Verhörraum. Ben fühlte sich nicht ganz wohl in seiner Haut, obwohl es wirklich keine Überraschung war, dass er noch mal zum Verhör gebeten worden war.

Was überraschend war, war die Gegenüberstellung. Es konnte doch keine Zeugen geben?

„So, Herr Jansen, Sie sind gesehen worden und zwar kurz vor Witteks Ermordung vor dem Haus, in dem er lebte." Otten konfrontierte Ben ohne Vorrede mit der neuen Erkenntnis.

„Was ist los?", fragte Ben etwas dümmlich. „Was soll das denn für ein Beweis sein. Irgendwer hat mich zufällig auf der Straße gesehen? Und der kann sich an den genauen Zeitpunkt und den Ort erinnern? Also bitte."

Otten wusste, dass der Einwand gerechtfertigt war.

„Er weiß das noch so genau, weil eben kurz danach der Mord entdeckt wurde", erläuterte er, obwohl das nicht ganz richtig war. Er dachte nicht im Traum daran, preiszugeben, wer der Zeuge war. Dann hieße es nur, der lüge, weil er sich selbst von dem Verdacht reinwaschen wollte. Und er musste Bens Selbstgerechtigkeit schwächen, musste ihn verunsichern.

Auch dass Paulina die Morde gestanden hat, erwähnten Markus Otten oder Evelyn Dierkes noch nicht. Dann könnte man sich dieses Gespräch gleich sparen.

„Herr Jansen, geben Sie es doch zu. Der Zeuge hat Sie bei der Gegenüberstellung einwandfrei erkannt. Und Sie haben wirklich ausreichend Motive für beide Morde." Während Otten das sagte, legte er ein Foto auf den Tisch.

Ben starrte ihn mit offenem Mund fassungslos an.

„Zum Beispiel Ihre Geldschwierigkeiten, die Sie ja selbst gestern eingeräumt haben. Wir haben Hinweise, dass Sie Kontakt zu Ingo Bartsch haben, einem stadtbekannten Geldverleiher. Läutet es da?"

Ben blickte ihn völlig verdattert an. Woher wussten die das denn? Aber das war ja auch schon egal. Er hatte die Unterschlagungen ja sowieso schon gestanden.

„Woher haben Sie das Foto? War das auf dem Speicherstick, den David Gersdorf gefunden hat?"

Otten nickte.

„Und was hat das mit dem Mord zu tun?"

„Ganz einfach", schaltete sich jetzt Evelyn ein. „Sie brauchten immer mehr Geld. Ist Bartsch ein Gläubiger Ihres Stiefvaters?"

Ben ließ den Kopf hängen, schlug die Hände vors Gesicht, schüttelte aber beharrlich den Kopf. Er schwächelte, seine Selbstherrlichkeit bröckelte.

„Neufeld ist auch dahinter gekommen, eine unstrittige Tatsache, da ja das Foto existiert. Er hat Sie erpresst, hat gedroht, Ihre ganze Scheinwelt einstürzen zu lassen und Sie haben ihn getötet und ebenso Klaus Wittek. Warum Klaus Wittek? War er ein Mitwisser?"

Ottens Stimme war immer lauter geworden. Er wollte Ben einschüchtern.

„Sie können nicht leugnen, sich mit Ingo Bartsch, seines Zeichens Geldverleiher getroffen zu haben. Ebenso wenig wie Sie leugnen können, zu der Stunde seiner Ermordung Wittek aufgesucht zu haben."

„Nur weil ich dort war, bin ich nicht der Mörder!", bölkte Ben.

„Ah, Sie geben aber zu, vor dem Haus gewesen zu sein", folgerte Otten.

Ben stöhnte. Markus und Evelyn wechselten einen Blick. Er war allmählich soweit, er hielt nicht mehr lange durch.

„Wie war es, Herr Jansen, erzählen Sie", bat Evelyn.

„Ja, mein hochverehrter verstorbener Stiefvater hatte auch bei dem Geldeintreiber Schulden, für die meine Mutter und ich jetzt aufkommen sollten. Der Typ und ein Handlanger haben mir sogar aufgelauert und mir einen Finger gebrochen. Er meinte, er wolle gnädig sein und mir nicht noch mehr antun, damit ich das Geld noch verdienen könne, das ich ihm schulde. Pah – das ICH ihm schulde."

„Also haben Sie noch etwas tiefer in den Fonds gegriffen?", schlussfolgerte Evelyn.

„Na klar. Was hätte ich tun sollen?"

Otten nickte. „Ihre Mutter hätte das Haus verkaufen können."

Ben hob die Schultern. „Es war ihr Geburtshaus."

Otten seufzte. Er hatte wenig Verständnis dafür, dass man unbedingt an seinem Geburtshaus festhielt, noch dazu trotz einer solch desolaten finanziellen Lage. Aber da waren die Menschen eben verschieden."

„Dann konnten Sie also die Schulden bezahlen und sind ihn losgeworden?"

„Ganz so lief das nicht." Er hob die Schultern. „Ich sah meine Chance, eine Story über Bartsch zu schreiben und meinem Vater zu beweisen, dass ich ein guter Journalist bin."

„Sind Sie verrückt?", rief Otten aus.

Ben hob die Schultern. „Ich wollte, dass mein Alter meine Arbeit endlich anerkennt, ich wollte sein Erbe im *Impuls* werden. Aber ich habe mich in der Tat überschätzt. Bartsch wollte Geld für ein Interview. Ich musste also immer weiter an den Fonds. Er merkte, dass ich eine Geldquelle hatte. Ein Teufelskreis."

„Wieso sind Sie nicht zur Polizei gegangen?"

Ben sah ihn mit großen, erstaunten Augen an. „Zu der Zeit steckte ich schon viel zu tief drin. Ich hatte schon so viele Unterschlagungen begangen. Ach, es ist mir vollkommen entglitten. So weit hatte das nicht gehen sollen. Ich wollte nur, was mir zustand. Ich wollte das Geld meines Vaters."

Ben merkte, dass sich die Schlinge um seinen Hals zusammenzog. Verdammt, wie hatte er nur so tief versumpfen können. Er hatte doch so gut recherchiert, hatte die Notizen gefunden, hatte falsche Spuren gelegt.

Otten bemerkte Bens Gefühlsregung. Er setzte nach. Hart und unnachgiebig. „Neufeld und Wittek sind Ihnen auf die Schliche gekommen."

Ben nickte. „Ja natürlich, das wissen Sie doch schon. Na ja, allzu schwer habe ich es ihm sicher nicht gemacht, ich habe mit den Unterschlagungen doch sehr übertrieben. Und er war ein wirklich spitzenmäßiger Journalist. Skrupellos und rücksichtslos, aber spitzenmäßig. Von dem hätte ich viel lernen können. Er sprach mich auf die Fehlbuchungen beim Fonds an. Und er verlangte, dass ich damit aufhöre. Aber das konnte ich ja nicht. Und dann bemerkte er auch noch meinen Kontakt zu Bartsch. Neufeld setzte mich unter Druck. Dem ging es nicht um die moralische Seite, nicht um die Straßenkinder, dem ging es einzig um das Ansehen des *Impuls*, das leiden könnte, wenn Menschen sich um ihre Spenden betrogen fühlten."

„Aber Sie konnten da nicht raus. Sie wollten das Geld, das Ihnen Ihrer Meinung nach ja zustand und obendrein hatten Sie Bartsch im Genick."

Ben nickte.

„Haben Sie die beiden deshalb getötet?", fragte er eindringlich.

Diese ganze Sache war Ben längst über den Kopf gewachsen. Dabei war er sich so großartig vorgekommen mit seinem großartigen Plan. Ach verdammte Scheiße!

Ben stöhnte.

„Aus der Sache kommen Sie nicht mehr raus", bellte Otten.

Sie hatten ihn. Ben hielt nicht stand. Leise begann er wieder zu sprechen.

„Meine Mutter arbeitete ja bei Neufeld. Das war kein Zufall, wissen Sie? Sie hat sich ganz bewusst eine Arbeitsstelle im Dunstkreis von Alwin Hübner gesucht. Nun, sie bekam dadurch Neufelds Aufenthaltsort heraus. Diese Hütte im Haxtergrund hat er ja sehr geheim gehalten, aber seine Frau wusste davon und hatte das sogar in ihrem Notizbuch vermerkt.

„Und Sie sind hingefahren?"

Er ließ den Kopf hängen.

„Herr Jansen, sind Sie hingefahren?", fragte jetzt Evelyn ruhig. Es war nicht mehr nötig, Druck auszuüben.

Zehn Tage zuvor, ein Mittwoch - im Haxtergrund

Ben hatte die Hütte im Haxtergrund gefunden. Sein Auto hatte er etwas abseits geparkt, das sollte ja niemand sehen und dann war er durch das Unterholz gestreift. Er hatte ein wenig die Orientierung verloren, aber dann hatte er die Hütte doch gefunden.

Ohne vorher anzuklopfen, drückte er die Türklinke herunter und war erstaunt, dass sich die Tür tatsächlich einfach so öffnen ließ. Na ja, vermutlich kam hier sowieso niemand vorbei, war ein bisschen so, als würde der Typ in einem Wohnwagen sitzen und arbeiten.

Neufeld saß am Tisch vor einem Laptop. Als er die Bewegung an der Tür bemerkte, schaute er auf. Auf seinem Gesicht zeigte sich Überraschung. „Ben, wie kommst du denn hierher?", fragte er.

„Meine Mutter arbeitet in deinem Haushalt. So schwer war es deshalb nicht, die Lage der Hütte herauszufinden. Deine Frau hat sogar den Google Maps-Ausdruck in ihrem Notizbuch.

Neufeld verzog das Gesicht. Er hatte geahnt, dass es ein Fehler sein würde, Kerstin seinen Aufenthaltsort zu verraten. Aber was hatte er gesagt? Seine Mutter... „Paulina ist deine Mutter?", fragte er überrascht.

„Ja, das staunst du, nicht?"

„Und was willst du hier?"

„Können wir ein paar Schritte spazieren gehen? Ich habe mit dir zu reden", sagte Ben fest. Neufeld hob die Augenbrauen. Was war denn mit dem los? Der kleine Journalistik-Lehrling schlug ja einen krassen Tonfall an. Mehr aus Neugierde als aus echtem Interesse erhob er sich.

„Sicher", stimmte er zu. Als Axel aufstand, nutzte Ben die Gelegenheit, eine einzelne Karte des Tarotdecks, das er bei der Hellseherin gestohlen hatte, unter die Papiere, die auf dem Tisch verstreut lagen, zu mischen.

„Was macht die Arbeit an deinem Buch?"

Axel lachte. „Läuft. Habe gerade mit der Hellseherin gesprochen, wollte sie noch mal zu mir einladen, aber sie hat abgelehnt. Schade."

Ben versuchte, es sich nicht anmerken zu lassen. Das lief ja besser, als gedacht. Wenn Axel sie angerufen hatte und dann wurde die Karte gefunden, würde jeder denken, sie sei hier gewesen und hätte die Karte vergessen.

Gemeinsam verließen sie die Hütte.

„So, was gibt es?", fragte Axel, während er die Tür abschloss.

„Ich möchte dich bitten, mich in Ruhe zu lassen", forderte Ben.

„Was? Redest du etwa von dem Wohltätigkeitsfonds?"

„Ja, sicher."

„Ben, damit werde ich dich ganz sicher nicht in Ruhe lassen. Entweder du zahlst das Geld zurück oder ich berichte Hübner davon. Ich weiß, dass du Kontakt zu Ingo Bartsch hast. Also wenn du dich mit dem eingelassen hast, brauchst du sowieso Hilfe. Aber garantiert nicht in der Form, dass du den Fonds ausschlachtest."

„Willst du mich erpressen?", schrie Ben, während sie durch den Wald stapften.

„Was für ein hässliches Wort", brachte Axel hervor. Man merkte deutlich, dass er das Gespräch überhaupt nicht ernst nahm.

„Ich hole mir nur das Geld, das mir zusteht. Hübner ist nämlich mein Erzeuger", brachte Ben hervor. Es war gleichgültig, ob Axel das wusste oder nicht. Er würde nichts mehr mit der Information anfangen können. Er brauchte nur noch

320

etwas mehr Zeit, er wollte ein Stück von der Hütte entfernt sein.

„Denkst du, das wusste ich nicht? Hübner musste ja irgendwie plausibel machen, wieso er einen Nichtsnutz wie dich unbedingt zum Reporter machen wollte. Zahl das Geld zurück oder ich melde die Unterschlagung. Du hast nicht das Recht, den Fonds zu bestehlen."

„Ach, spiel dich doch nicht als solch ein Gutmensch auf! Dir ist es doch vollkommen gleichgültig, ob ich den Fonds um ein paar Tausender erleichtere. Wohltätigkeit interessiert dich einen Dreck", schrie Ben jetzt.

„Wenn du Geld von Hübner als deinen Vater willst, kannst du ordnungsgemäß vorgehen, es zur Not einklagen."

„Du willst nur nicht, dass die Zeitung in einen schlechten Ruf gerät."

„Du nimmst dir zu viel heraus, Ben. Ich habe niemals gestohlen."

Na ja, so ganz stimmt das auch nicht, dachte er, als ihm die Drohmail von diesem Richard Voss in den Sinn kam. Mit diesen alten Machenschaften wollte er nichts mehr zu tun haben. Ja, er wusste, dass er skrupellos war, aber ein gemeiner Dieb war er nicht.

Sie waren stehen geblieben und standen jetzt voreinander.

„Bring das in Ordnung. Aber eins sage ich dir trotzdem noch. Spätestens, wenn ich Hübners Nachfolger bin, wirst du aus dem Verlag fliegen. Ich kann niemanden brauchen, dem ich nicht vertrauen kann. Und deine Mutter fliegt aus unserem Haushalt."

Damit drehte er sich um und wollte einfach wieder gehen.

„Ach so einfach ist das?", schrie Ben hinter ihm her. „Und jetzt gehst du einfach? Hast überhaupt nicht nötig, ernsthaft mit mir zu sprechen?"

Noch während er sprach, sah er sich um. Er hoffte, einen dicken Ast zu finden, aber dann sah er am Waldrand einen dicken Stein und hob ihn auf.

Axel hatte sich nicht noch einmal umgedreht. Seine Arroganz brachte Ben noch mehr in Rage. Er rannte hinter ihm her, Axel bemerkte es, drehte sich abrupt um. Ben holte aus und schlug ihm den Stein an den Kopf. Axels Augen verdrehten sich. Ein zweites Mal schlug Ben zu. Wie von Sinnen. Neufeld sackte zusammen. Der Stein war voller Blut, seine Haare waren voller Blut.

Ben sah auf ihn herab. Sah den großen, arroganten Axel Neufeld alias Achim Nübel auf dem Waldboden liegen und sein Leben aushauchen. Er fühlte nichts. Es ist vorbei, dachte er nur. Axel ist tot. Er hatte es sich schwerer vorgestellt. Aber es war eine Notwendigkeit gewesen.

Er blickte sich um. Niemand war zu sehen. Er musste jetzt die Arbeit weiter erledigen. Er musste den Stein verschwinden lassen, an dem waren Blut und seine Fingerabdrücke. Er durfte keine Spur hinterlassen.

Er holte Taschentücher aus seiner Hosentasche und umfasste mit deren Hilfe Neufelds Handgelenke. Er zog ihn tiefer in das Unterholz hinein, bedeckte ihn mit Blättern und Moos. Je später er gefunden wurde, desto besser. Dann nahm er den Stein und verschwand. Er würde ihn auf Nimmerwiedersehen im Lippesee versenken.

Sein Herz schlug heftig, als er sich auf den Weg zurück zum Auto machte.

Er zwang er sich, ruhig zu gehen. Falls ihm jemand begegnen würde, würde der- oder diejenige sich eher an ihn erinnern, wenn er hektisch rennen würde als wenn er einfach spazieren ging. Das war hier schließlich nichts Ungewöhnliches. Hoffentlich war nicht wirklich jemand in der Nähe gewesen und hatte seine Tat beobachtet.

Endlich war er beim Auto angekommen. Er legte den Stein in eine Plastiktüte. Das war die beste Methode, keine Blutspur im Auto zu hinterlassen.

Eine Welle von Hochgefühl durchfuhr ihn.

Er hatte eine der weitreichendsten Taten vollbracht, die ein Mensch vollbringen konnte. Er hatte jemandem sein Leben genommen.

Die Zeit danach war pures Adrenalin. Die Polizei verdächtigte tatsächlich Sidonia. Er bekam so viel von den Vorgängen mit, entweder im Verlag oder durch seine Mutter, die ja im Hause Neufeld putzte.

Aber dieser blöde Wittek gab keine Ruhe. Der brachte einen Artikel heraus, in dem er nach Zeugen suchte und dann plante sein Vater auch noch, ihn zu seinem Nachfolger zu machen. Und hatte Neufeld nicht obendrein behauptet, dass Wittek auch über seine Unterschlagungen Bescheid wusste? Er hatte immer gesagt, das sei seine beste Lebensversicherung. Wenn er tot sei, würde die Polizei die Unterlagen und einen Speicherchip finden und außerdem würde Klaus Wittek ihn, Ben, als Verdächtigen benennen können.

Es gab nur eine Lösung. Er musste noch einmal töten.

Letzten Montag

Ben hatte den Verlag unter dem Vorwand, etwas erledigen zu müssen, verlassen. Er wollte zu Klaus Wittek.

Vor allem musste er unbedingt diese scheiß Unterlagen finden. In Neufelds Schreibtisch war schon mal nichts, das hatte er gecheckt. Und die Hütte hatte die Polizei doch von links auf rechts gedreht. Trotzdem – er musste selbst noch mal dorthin. Es musste etwas geben. Er konnte sich nicht darauf verlassen, dass Neufeld geblufft hatte. Er glaubte es auch nicht. Der sicherte sich ab, hatte seine Arbeiten immer doppelt und dreifach gesichert. Konnte es sein, dass Wittek die Unterlagen hatte? Aber der wäre damit doch sicher längst zur Polizei gegangen?

Ben war in der Straße, in der Wittek lebte. Er lief nervös auf und ab. Nein, er hatte keine Angst, noch einmal zu töten, es war mehr die Nervosität vor einem Projekt. Nichts durfte schiefgehen.

Dann war er soweit und klingelte an der Haustür. Der Summer ertönte, er ging hinein, lief die Treppenstufen hinauf, immer zwei Stufen auf einmal. Es ging bis in den vierten Stock, aber das machte ihm nichts aus. Er war jung und sportlich.

Wittek stand in der offenen Wohnungstür. „Ben, haben sie dich geschickt, um mich zu holen? Ich weiß, ich habe den Termin mit Hübner verpasst. Kann doch mal passieren."

Ben grinste verhalten. „Nee, die wissen gar nicht, dass ich hier bin. Darf ich reinkommen?"

„Klar."

Klaus ließ Ben eintreten und schloss dann die Tür. Im Wohnzimmer nahm er seinen Becher Kaffee in die Hand und setzte sich an den Tisch. Er bot Ben keinen Kaffee an, nicht einmal einen Platz. Offenbar war er hier nicht willkommen. Egal. Es war ja auch kein Höflichkeitsbesuch.

„Was kann ich für dich tun?", fragte Wittek.

„Okay, kommen wir gleich zum Punkt. Axel sagte mir, du hättest Fotos gemacht von mir und … und noch jemandem."

„Nein, wieso sollte ich das tun?"

„Und ihr beide hättet gewisse Unterlagen."

Klaus rümpfte die Nase und legte die Stirn in Falten.

„Unterlagen? Ich verstehe nur Bahnhof. Kannst du mal etwas deutlicher werden?"

„Meine Güte, wenn's sein muss… vom Wohltätigkeitsfonds."

„Nein, damit habe ich nichts zu tun. Ich finde, das ist ein Superprojekt, Ben, aber reinhängen will ich mich da nicht."

„Mensch Klaus, stell dich nicht blöd!", schrie Ben jetzt.

Klaus sah ihn völlig perplex an. Was war denn in den gefahren? So kannte er ihn ja überhaupt nicht.

„Axel sagte, ihr hättet Unterlagen, weil mir bei der Buchführung mal ein Fehler unterlaufen ist. Er wollte das Hübner stecken, aber jeder kann doch mal einen Fehler machen, nicht wahr?"

Über das bisher ahnungsloses Gesicht von Klaus flog ein Schimmer der Erleuchtung. „Ben, das heißt doch hoffentlich nicht, dass du absichtlich einen Fehler gemacht hast?", hakte Klaus nach.

„Oh Mann, Klaus, soll das heißen, Axel hat nie mit dir darüber gesprochen?"

Wittek schüttelte den Kopf.

„Auch nicht, dass mir ein Geldeintreiber im Nacken sitzt?"

Wieder das Kopfschütteln.

Fuck, hatte er ihn jetzt etwa durch seinen Besuch erst auf die Spur

gebracht? Das konnte doch alles nicht wahr sein.

„Du hast doch Fotos davon gemacht, Herrgott. Jetzt lüg nicht!", schrie er.

„Nein, Ben, das habe ich nicht. Wenn er dir das gesagt hat, dann hat er gelogen."

„Aber warum?"

Wittek zuckte die Schultern. „Damit du denkst, dass ich auch Bescheid weiß, falls…" Wittek stockte mitten im Satz. Nein, das, was ihm gerade durch den Kopf ging, war einfach zu schrecklich. Das wollte er überhaupt nicht zu Ende denken.

„Er sagte, ihr hättet Fotos. Und Unterlagen! Beweise!", schrie Ben jetzt außer sich. Er verlor die Kontrolle. Klaus Wittek merkte es. Am besten würde sein, wenn er Ben jetzt nach Hause schickte. Raus aus seinem Haus und dann würde er die Polizei anrufen.

„Ben, ich habe nichts. Ich möchte, dass du jetzt gehst", sagte er so ruhig wie möglich.

„Aber jetzt… jetzt weißt du davon."

„Ich weiß gar nichts. Du hast einen Fehler gemacht. Sprich einfach mit Hübner darüber. Das lässt sich bestimmt ganz leicht beheben. Der ist doch kein Unmensch."

„Doch, der traut mir sowieso nichts zu."

„Das stimmt nicht, Ben."

Ben bemerkte den Blick, den Klaus Wittek ihm zuwarf. Der ahnte etwas.

Wittek riss sich zusammen. Nur nichts anmerken lassen, dachte er. Ben musste hier weg. Hatte er Axel getötet? Weil der von seinem Geheimnis wusste? Ach Axel, am Ende hat dir deine blöde manipulative Art doch das Genick gebrochen.

„Ben, bitte geh jetzt. Sag im Verlag, dass ich mir heute frei nehme."

Klaus stellte seine Tasse ab und erhob sich, um Ben hinauszubegleiten.

In Bens Kopf kreisten wild die Gedanken. Wittek wusste jetzt von den Unterschlagungen. Erfahren hatte er es von ihm, Ben, selbst. Und in Witteks Kopf schwirrte schon die Idee, dass er, Ben, vielleicht Neufeld getötet hatte. Das hatte er ihm deutlich angesehen. Er musste ihn töten, so wie er es geplant hatte. Es gab kein Zurück und es war auch gleichgültig. Wittek stand ihm sowieso im Weg. Schließlich wollte Hübner jetzt ihn zum Chef des *Impuls* machen.

Ben sah auf einem Sideboard verschiedene Figuren und Pokale. Er nahm eine Figur in die Hand, die aussah, wie ein Fotograf, der gerade den Auslöser drückte. Sie war schwer und massiv.

Er holte aus.

Klaus Wittek drehte sich um. „Ben, komm…" Da traf ihn die Figur mit voller Wucht am Kopf. Er stürzte zu Boden.

Markus Otten fuhr sich mit der Hand über das Gesicht. Ben hatte gestanden und das war glaubwürdig. Er wusste, wann es geschehen war, kannte die Tatwaffe und auch den genauen Platz im Wald, der bisher nicht bekannt geworden war.

Was für eine Geschichte! Was für eine Verwicklung ungünstiger Umstände. Ben schien keine Reue zu empfinden. Ist er wirklich so kalt und niederträchtig? fragte sich Evelyn. Er wirkte vielmehr, als wäre nur sein Körper hier in diesem Raum, sein Geist hatte sich aus der Gegenwart verabschiedet.

„Was haben Sie mit der Statue gemacht?", fragte Markus Otten.

„Die liegt im Lippesee. So wie der Stein, mit dem ich Neufeld getötet habe."

„Haben Sie Ihrer Mutter gesagt, dass Sie Wittek getötet haben?"

„Ja." Er nickte.

„Aber nicht, womit?"

„Nein. Keine Details. Ich wollte überhaupt nicht darüber reden."

„Was ist mit Melanie?"

„Die weiß nichts von den Morden. Vielleicht ahnt sie was. Keine Ahnung."

„Sie haben zwei Menschen getötet, Ben. Lastet das nicht auf Ihrem Gewissen?"

Ben überlegte kurz. Dann schüttelte er den Kopf. „Eigentlich nicht. Wir müssen schließlich alle mal sterben. Um Wittek ist es schon schade. Der war in Ordnung und er hatte einfach keine Ahnung von dem Ganzen. Trotzdem musste er sterben, er wäre nach Neufeld der Nachfolger meines Vaters im *Impuls* geworden."

Otten schüttelte verständnislos den Kopf. Hatte dieser Mensch wirklich ein so verschrobenes Weltbild?

„Haben Sie wirklich geglaubt, Sie könnten Chef des *Impuls* werden? In Ihrem jungen Alter und ohne die entsprechende Ausbildung und Erfahrung?"

Ben hob die Schultern. „Als Sohn war ich der natürliche Erbe."

„Sie sind also auch bei Sidonia Okebe eingebrochen und haben das Kartendeck gestohlen." Es war eine Feststellung, das ging ja eindeutig aus seiner Geschichte hervor.

Jetzt lachte Ben richtig stolz. „Ja natürlich. Das war besonders schlau, nicht wahr? Und das restliche Deck habe ich bei Wittek liegen lassen. Und dann kam auch noch dieser Amerikaner ins Spiel. Himmel, ich dachte: Hab ich ein Glück. Noch dazu die Verbindung zu der Okebe."

Evelyn und Markus blickten ihn entsetzt an. Der strahlte ja richtig bei der Vorstellung, dass jemand anderes für ihn ins Gefängnis ging.

„Ihre Mutter wollte die Morde auf sich nehmen", erzählte jetzt Markus Otten.

„Was? Sie hat gestanden und Sie machen mich hier weiter fertig?"

„Sie hat sich in Ungereimtheiten verstrickt, kannte zu wenig Details. Und dann hatten wir ja den Zeugen, der Sie vor dem Haus gesehen hat, Ihre Mutter aber nicht. Hätten Sie wirklich Ihre Mutter für Ihre Tat ins Gefängnis gehen lassen?"

Wieder das gleichgültige Schulterzucken. „Klar. Sie war mir was schuldig, weil sie mir jahrelang meinen Vater und sein Geld und damit ein besseres Leben vorenthalten hat."

„Sie werden Ihre Strafe absitzen müssen", sagte Otten, bevor er sich erhob und das Verhör beendete.

Der junge Mann nickte nur.

„Irgendwie ist das schon eine vertrackte Geschichte.", sagte Evelyn zu Otten, als sie wieder in ihrem hellen Büro saßen.

„Ben Jansen hätte tatsächlich Richard Voss und sogar seine Mutter für seine Taten ins Gefängnis gehen lassen. Wie abgebrüht kann man sein?"

„Von dem hätte sogar Axel Neufeld noch was lernen können", brummte Otten.

„Melanie und Paulina tun mir allerdings leid."

„Warum? Melanie Bauer und Paulina Schüller wussten von den Unterschlagungen und waren aktiv an der Entführung beteiligt. Paulina wusste von den Morden und Melanie muss zumindest der Verdacht durch den Kopf gegangen sein. Beide Frauen taten das aus fehlgeleiteter Liebe. Aber sie waren beide erwachsen. Wie weit kann man aus Liebe gehen, Evelyn?"

„Die Mutter fühlte sich schuldig. Alles begann, weil sie Ben den Vater verschwiegen hatte. Aus purem Stolz."

„Wenn jeder, dem auf diese Art Ungerechtigkeit widerfährt, zum Mörder würde, dann wäre die Welt voll davon", meinte Otten lakonisch.

Evelyn seufzte.

„Ja, du hast schon recht. Meine Güte, sie haben alle so viel falsch gemacht. So viel Unrecht, Stolz, Geheimnisse…"

„Wenigstens kommt Rick Foster alias Richard Voss wieder auf freien Fuß. Der hat genug gelitten. Mensch, Neufeld und

Wittek sind wirklich zu seinem Schicksal geworden. Erst bringen sie den Mann um seine Lebensaufgabe und Jahre später wäre er beinahe für den Mord an den beiden Männern angeklagt worden. Tja, wir haben gute Arbeit geleistet, Ev. Wie wäre es mit einem Feierabendbier?"

Sie lächelte ihn an. „Gerne."

„Gut. Ich frage Frank und Simone, ob sie auch mitkommen. Und dann kann es schon losgehen."

Kapitel 14
Die Woche danach

Alwin Hübner saß in dem karg eingerichteten Besucherzimmer der Haftanstalt und wartete auf Ben Jansen, seinen Sohn.

Als Ben kam, sah er längst nicht so schlecht aus wie Alwin Hübner es erwartet hatte. Er hätte ihn gerne umarmt, aber er war nicht sicher, ob das überhaupt erlaubt war.

„Ben, wieso hast du das getan?", fragte Alwin.

„Du kennst die Geschichte sicher. Ich möchte sie nicht noch einmal erzählen", maulte Ben.

„Ist gut. Aber ich würde es auch gerne verstehen. Hast du wirklich geglaubt, ich könnte dich zu meinem Nachfolger im *Impuls* machen?"

„Ja. Ich dachte, es ist mein Erbe, es steht mir zu."

„Aber Ben, ich wollte dich zu einem Reporter ausbilden. Das war das, was ich dir geben wollte. Was ich geben konnte. Aus meiner Sicht war das sehr wertvoll."

Ben hob die Schultern. Er kannte den Mann nicht, der ihm hier gegenüber saß. Es war Alwin Hübner, der Chef des *Impuls*. Er war sein Vater. Aber Ben fühlte das nicht. Er fühlte sich nicht zu ihm hingezogen. Er war sein Erzeuger, mehr nicht.

„Es tut mir leid, aber ich glaube, wir haben keine Möglichkeit, jetzt noch eine Beziehung aufzubauen. Vielleicht hätten wir die Chance gehabt, wenn alles anders gelaufen wäre. Vielleicht ist auch Mutters Geheimniskrämerei Schuld daran. Aber jetzt ist es so wie es eben ist. Ich gehe jetzt zu-

rück in meine Zelle und du gehst in den Verlag und denkst darüber nach, wer jetzt dein Nachfolger werden könnte."
Damit erhob Ben sich. Alwin unternahm keinen Versuch, ihn zu halten. Er sah ihm nach, als er von einem Polizisten wieder fortgeführt wurde. Dann erhob er sich und verließ die Haftanstalt.

Kerstin Neufeld stand ein wenig missmutig in der Boutique.
„Was ist los mit dir?", fragte die Teilzeitkraft Doris.
„Ich weiß auch nicht. War vielleicht alles etwas zu viel. Der Mord an meinen Mann, das Buch, das er schrieb und in dem er sogar mich, seine Frau, denunzieren wollte, die Geliebte und das Kind und unsere Hausangestellte als Mutter des Mörders und Mitwisserin. Da kann man schon mal etwas durchhängen."
„Ja, du hast viel zu verkraften. Wie wäre es, wenn du mal eine Weile Urlaub machst? Fahr weg und gewinn Abstand."
Kerstin nickte gedankenversunken.
„Vielleicht hast du recht."
In Wirklichkeit dachte sie über etwas ganz anderes nach.
Seit Tagen ging ihr die Vorhersage dieser Madame Sidonia nicht mehr aus dem Kopf, dass sie angeblich nicht auf dem richtigen Weg sei. Vielleicht war das hier wirklich nicht das Richtige. Vielleicht sollte sie ihr Talent, mit Menschen umzugehen, lieber woanders einsetzen. Aber sie sollte jetzt nichts überstürzen. Sie war in einer Fruststimmung, da kam einem schnell alles schrecklich und falsch vor.
Doris' Idee mit dem Urlaub war gar nicht so verkehrt. Sie sollte für zwei oder sogar für drei Wochen wegfahren. Die

Boutique lief. Frauke, Doris und Sandra würden das eine Weile allein schaffen. Zur Not könnten sie sogar noch eine Zeitkraft einstellen. Und sie selbst konnte sich darüber klar werden, was für sie das Richtige ist, wie es weitergehen sollte. Und vielleicht auch wo. Jetzt, da sie allein war, konnte sie auch darüber nachdenken. Sie würde wirklich gerne in Düsseldorf oder Köln leben. Sie könnte sich eine hübsche Eigentumswohnung mit Blick auf den Rhein leisten. Wenn sie das Haus verkaufte, hätte sie ein beträchtliches Vermögen. Nein, eine arme Witwe war sie keineswegs.

„Ja, ich werde deinen Vorschlag mit Frauke besprechen und in den Urlaub fahren. Und zwar nicht irgendwo in ein Touristengetümmel, sondern an einen ruhigen, idyllischen Ort."

„Wo gibt es den denn noch?", fragte Doris.

Auch darüber dachte Kerstin bereits nach und ihr fiel nicht auf Anhieb ein, wo sie diesen Ort finden konnte. Mit Axel war sie überall in der Welt herumgetourt. Griechenland, Portugal, Florida, Mexiko. Aber das schien ihr für ihre Zwecke nicht passend zu sein

Doch plötzlich ging ein Leuchten über ihr Gesicht. Natürlich, das war es. Ein oder zwei Orte gab es, wohin sie schon immer mal reisen wollte und Axel nicht. Und sie hatte es bis jetzt nicht allein in die Tat umgesetzt, obwohl sie das natürlich hätte machen können. Irgendwie war es ein unrealistischer Traum gewesen, der nicht so recht zu ihrem Lebensstil passte. Doch jetzt war der Zeitpunkt gekommen, an dem sie diesen Traum realisieren könnte.

„Irland oder Schottland!", rief sie aus. „Dorthin werde ich reisen."

„Sicher?" Doris verzog etwas das Gesicht. Diese Orte standen offenbar nicht auf ihrer Liste für Traumreisen. Und sie war sich auch nicht sicher, ob ihre elegante Chefin dorthin passte.

„Gaaanz sicher."

Es läutete an der Tür. Sidonia verdrehte genervt die Augen. Sie hatte jetzt keine Lust auf Besuch. Natürlich ging sie trotzdem und öffnete.

„Richard!", rief sie überrascht aus. Er hatte etwas abgenommen während seiner Zeit im Gefängnis. Aber natürlich hatte er noch immer etliche Pfunde zu viel. Es war ihr gleichgültig. Es ging sie nichts an.

Er hielt einen riesigen Blumenstrauß in der Hand. „Der ist für dich. Ich wollte mich bedanken, dass du an mich geglaubt hast und dass du mir diesen Anwalt besorgt hast."

„Am Ende hat sich die Sache ja glücklicherweise aufgeklärt."

„Es hat gutgetan, dass du für mich da warst. Darf ich reinkommen? Nur für einen Moment?"

„Ja natürlich." Sie nahm ihm den Blumenstrauß ab und ließ ihn eintreten.

Sie führte ihn in das Wohnzimmer, wo sie als erstes eine Vase suchte, die groß genug war, Wasser hineinlaufen ließ und den Blumenstrauß hineinstellte. Sie platzierte die Vase auf das Sideboard und setzte sich zu Richard an den Esstisch.

„Danke, der Strauß ist wirklich wunderschön."

„Gerne. Ist Mercedes gar nicht da?"

„Nein, sie ist inzwischen mit David im Urlaub."

„Schade, ich hätte mich gerne von ihr verabschiedet."

„Verabschiedet?"

„Ja. Ich fliege zurück nach Amerika. Ich bin nach Margaritas Tod hergekommen, um mit der Vergangenheit aufzuräumen. In der Tat wollte ich die Karrieren der beiden Männer zerstören. Nun sind sie beide tot, was ich wirklich nicht wollte. Sido, ich gehöre hier nicht mehr her. Ich fliege schon in zwei Tagen."

„Ach, so wichtig ist es dir dann doch nicht, dich von Merci zu verabschieden?"

„Doch, aber das lässt sich ja nicht ändern."

Natürlich nicht, dachte sie. Das lässt sich nicht ändern. **Er** lässt sich nicht ändern.

„Ich werde es ihr ausrichten, Richard. Dann wünsche ich dir einen guten Flug. Auf Wiedersehen."

Sie erhob sich. Er starrte sie leicht verwirrt an. „Keine Zeit für einen Kaffee?"

„Nein. Ich möchte, dass du gehst. Richard, du schneist in unser Leben, bringst es komplett durcheinander, lässt dir von uns helfen und dann verdrückst du dich wieder – sogar, ohne dich von deiner Tochter zu verabschieden. Du hast dich kein Stück gerändert. Und jetzt möchte ich wirklich, dass du gehst."

Er stand auf und ging ohne ein weiteres Wort. Vielleicht hatte sie sogar recht, aber so war er nun mal. Er wusste, er würde weder Sidonia noch Mercedes jemals wieder sehen.

Kapitel 15
Oktober 2019

Kerstin Neufeld fühlte sich so wohl und frei wie noch nie zuvor.

Jetzt erst fühlte sie deutlich, dass die Ehe mit Axel nicht richtig für sie gewesen war. Sie hatte viele Zugeständnisse gemacht, die ihr nicht entsprachen. Hätte sie die Geschichte von einer anderen Frau gehört, hätte sie entsetzt ausgerufen: *Wie kann sie nur!?*

Sie hatte das Leben geliebt, das sie führten, den Luxus, die Reisen, die schicke Wohnung. Und sie liebte Mode. Ja, das alles war so. Aber jetzt war es an der Zeit, einen neuen Weg zu gehen.

Sie bot Frauke ihren Anteil an der Boutique an.

„Bist du sicher, Kerstin?", fragte ihre Partnerin. „Vielleicht brauchst du nur eine Auszeit, gehst ein paar Monate fort und dann kommst du mit neuer Energie zurück."

„Nein", Kerstin schüttelte entschieden den Kopf.

„Ich gehe fort. Ich will nicht aussteigen, keine Sorge. Dafür bin ich wirklich nicht der Typ. Ich bin schon ein richtiges Luxusweib." Sie lachte etwas gekünstelt. „Aber ich möchte Mode entwerfen, nicht verkaufen. Und mein allergrößter Traum ist es, als Kostümbildnerin zu arbeiten. Wenn ich die Chance bekomme, greife ich zu. Noch bin ich jung genug, Frauke. Und mit dem Verkauf meiner Hälfte der Boutique und der Wohnung habe ich auch genug Geld, um mich eine Weile über Wasser zu halten. Das Risiko hält sich in

Grenzen. Zur Not kann ich ja immer noch in einer Boutique in Düsseldorf jobben." Wieder das gekünstelte Lachen.

Frauke nickte. „Die nehmen dich mit Kusshand. Aber die Stilberatungen muss ich dann einstellen."

„Oder du machst die Ausbildung. Oder… Puh… ich glaube, ich wurde gerade vom Blitz getroffen oder so was, aber ich habe plötzlich eine fantastische Idee."

„Ach tatsächlich?"

Kerstin nickte. „Ja. Aber lass dich überraschen."

Es läutete an der Wohnungstür. Charlotte Behrens blickte missmutig auf. Sie hatte es sich gerade vor dem Fernseher gemütlich gemacht. Wer konnte das sein?

Sie drückte auf den Türöffner und wartete an der Wohnungstür, bis der Besucher erschien. Ihre Augen wurden immer größer, als sie Kerstin Neufeld erkannte, die in gut sitzenden Jeans, Longbluse und Lederjacke die Treppen hinaufkam.

„Guten Tag, Frau Behrens", grüßte sie. Sie fühlte sich längst nicht so befangen, wie sie geglaubt hatte. Irgendwie schienen die neuen Entscheidungen ihr gutzutun.

„Guten Tag, Frau Neufeld", erwiderte Charlotte leise. Sie war befangen. Sie fühlte sich überhaupt nicht wohl in ihrer Haut, das erkannte Kerstin sofort. Sie blieb auf der obersten Stufe stehen und lächelte sie an.

„Darf ich hereinkommen? Ich würde gerne mit Ihnen etwas besprechen."

„Ich wüsste zwar nicht, was…"

„Keine Sorge, ich werde Ihnen keine Vorwürfe machen, in Ordnung?"

Charlotte nickte. Sie konnte sich keinen Reim auf diesen Besuch machen, aber sie ließ Kerstin eintreten und bot ihr etwas zu trinken an. Kerstin nahm ein Wasser.

„Gut, um was geht es?", fragte Charlotte, als sie beide um den niedrigen Couchtisch saßen. Sie nahm die Fernbedienung und schaltete den Fernseher aus.

Doch bevor Kerstin loslegen konnte, tappte ein kleines Mädchen auf nackten Füßen und einem lustigen Elsa-Schlafanzug ins Wohnzimmer.

Charlotte sprang sofort auf. Ein Seitenblick auf Kerstin zeigte, wie unwohl sie sich fühlte. „Marie, Schatz, was ist denn los?", fragte sie liebevoll und hockte sich zu dem kleinen Mädchen.

„Ich wollte wissen, wer da ist", sagte die Kleine.

„Bist du Marie?", fragte Kerstin und reichte ihr die Hand. Sie hielt eine Träne zurück, weinen wollte sie nicht. Dieses wunderschöne Mädchen war also Axels Tochter.

„Ja", sagte das Kind und griff Kerstins Hand.

„Ich bin Kerstin, eine… eine Freundin von deiner Mama", erklärte sie.

Durch Charlotte ging ein Ruck. Sie sah die andere dankbar an.

„Wollt ihr zusammen spielen?", fragte Marie.

Kerstin lächelte. „Na ja, spielen nicht. Wir sind ja schon groß, wir wollen uns nur unterhalten."

„Ach so. Kann ich dir meine Spielsachen zeigen?"

„Aber Marie, du musst jetzt schlafen", wies Charlotte die Kleine zurecht.

„Ich will hierbleiben. Darf ich? Bieeeete!"

Charlotte verdrehte die Augen. „Das ist so ihre Masche", sagte sie zu Kerstin.

„Mir ist es gleich. Sie darf ruhig bleiben. Glauben Sie mir, was ich mit Ihnen besprechen möchte, kann sie ruhig hören."

Wieder sah Charlotte die andere überrascht an. Aber sie hatte nicht die geringste Vorstellung, was es sein konnte, das sie mit ihr besprechen wollte. Sie nahm Marie auf ihren Schoß und sah Kerstin erwartungsvoll an.

„Also dann: Ich werde fortgehen. Wahrscheinlich nach Düsseldorf, dort hätte ich immer schon am liebsten gewohnt. Direkt am Rhein. Das bedeutet, ich scheide aus der Boutique aus."

„Und?" Charlotte sah Kerstin durch zusammengekniffene Augen an.

„Können Sie es nicht erraten? Ich scheide als Mitinhaberin und auch als Mitarbeiterin aus."

„Ich kann Ihnen Ihren Anteil nicht abkaufen. So viel Geld besitze ich nicht."

„Das sehe ich ein. Und ich kann es nicht verschenken. Ich bin zwar keine arme Frau, aber ich muss auch einen Neuanfang finanzieren und – ich gebe es zu – ich liebe den Luxus. Meinen Anteil wird meine Partnerin übernehmen. Frau Behrens... Charlotte, ich weiß, dass Sie als Verkäuferin in einer Kaufhauskette arbeiten. Sie haben also Erfahrung im Verkauf und mit Kunden. Wie wäre es, wenn Sie in der Boutique als Mitarbeiterin einsteigen? Darüberhinaus habe ich Stilberatungen angeboten, diese besondere Angebot kann sonst niemand in der Boutique übernehmen."

„Ich aber auch nicht, Frau Neufeld."

„Kerstin."

Zum ersten Mal lächelte Charlotte freundlich und offen.

„Gut. Kerstin."

„Ich habe eine Ausbildung dafür gemacht und die könnten Sie auch machen. Ich biete Ihnen an, die Kosten dafür zu tragen und Sie könnten diese Lücke ausfüllen."

„Warum tun Sie das, Frau... Kerstin?"

Kerstin hob die Schultern. „Weil Marie meine Tochter sein könnte."

„Warum glauben Sie, dass ich diese Aufgabe erfüllen kann?"

„Weil Sie die..." Sie wollte *Geliebte* sagen, entschied sich mit einem Blick auf Marie aber anders. „... Freundin von Axel waren und er niemals mit einer stillosen Frau zusammen gewesen wäre."

Charlotte wiegte den Kopf.

„Axel hat sich nicht darum gekümmert, was nach seinem Tod geschieht. Mich brauchte er nicht absichern. Ich habe mein Auskommen, ich brauche auf niemanden Rücksicht nehmen. Wir haben eine Wohnung, die ich verkaufe und den Anteil an der Boutique. Wir haben beide immer gut verdient. Aber Marie ist seine Tochter und Sie sind die Mutter seiner Tochter und für Sie fällt jetzt sogar der Unterhalt weg. Charlotte, ich möchte Ihnen wenigstens eine kleine Starthilfe geben. Die Ausbildung, die Arbeitsstelle, die nebenbei bemerkt wirklich sehr angenehm ist und ein kleines Sparbuch, das für eine Weile reichen sollte."

Charlotte betrachtete sie sprachlos. Sie konnte es nicht verstehen.

„Kerstin, das ist sehr…"

„Großzügig? Selbstlos? Glauben Sie mir, bisher hat man mir beides nicht nachgesagt." Kerstin lächelte.

„Das wollte ich auch nicht sagen. Eher merkwürdig. Ungewöhnlich", Charlotte war immer noch auf der Hut. Dieses Angebot von der Ehefrau ihres Geliebten kam ihr doch sehr suspekt vor.

„Ich glaube, es ist eine fantastische Möglichkeit für uns beide. Die Stelle in der Boutique wird ja wirklich vakant. Charlotte, er hat uns beide nicht gut behandelt. Mich wollte er sogar in dem Buch denunzieren. Dass…", wieder ein Seitenblick auf Marie. „… er Sie verschwiegen hat, hat mich tief verletzt. Ich hatte immer gedacht, wenigstens Treue verbindet uns, auch wenn jeder mal eigene Wege geht. Aber jetzt nicht mehr. Jetzt beginnt etwas Neues für mich. Wenn Sie wollen, für uns beide."

„Ich muss es mir überlegen", sagte Charlotte, die die andere allmählich besser verstand. Kerstin versöhnte sich mit ihrer Vergangenheit an der Seite eines durchtriebenen, skrupellosen, untreuen Ehemannes. Auch sie, Charlotte, musste sich der Tatsache stellen, dass er kein guter Mensch gewesen war, auch wenn er ihr und Marie gegenüber diese andere Seite nie gezeigt hatte.

Kerstin verabschiedete sich, nicht ohne Marie das Versprechen zu geben, wiederzukommen und sich ihre Spielsachen anzusehen.

Charlotte brachte Marie ein zweites Mal an diesem Abend ins Bett. Sie fühlte sich etwas aufgekratzt.

„Marie, hast du verstanden, was die nette Frau mir eben angeboten hat?"

„Jaha, dass du woanders Sachen verkaufst."

„Genau!" Charlotte wirbelte die Kleine durch die Luft.

„Wow, wer hätte mit so etwas gerechnet. Etwas ganz Neues beginnt!", rief sie aus.

Das Wintersemester hatte begonnen und Mercedes ging wieder zur Uni.

Sidonia wollte endlich ihren Traum eines längeren Aufenthalts in Frankreich in die Tat umsetzen. Es war an der Zeit. Nächstes Frühjahr würde sie für ein paar Wochen all ihre Tätigkeiten und Angebote ruhen lassen und durch Frankreich touren.

Mindestens sechs Wochen mal raus hier. Sidonia fühlte sich beschwingt bei dem Gedanken. Zu der Zeit wären wieder Semesterferien und Merci konnte sich um Shila und Malou kümmern.

Mercedes dann so lange nicht zu sehen, bekümmerte Sidonia ein wenig, aber daran würde sie sich möglicherweise sowieso gewöhnen müssen. Merci würde bald ausziehen. Dann würde sie noch eine Weile jedes Wochenende kommen bis auch das weniger würde. Das Los aller Mütter.

Die Fahrt allein zu machen, flößte Sidonia etwas Angst ein, aber davon würde sie sich nicht abhalten lassen. Die Angst würde nicht ihr Tun lenken. Das hatte sie noch nie.

Nein, sie musste diese Tour unternehmen. Daran bestand kein Zweifel.

Sie hatte sich selbst die Karten gelegt und die Zeichen dafür standen gut.

Bis dahin würde sie natürlich weiterhin Kunden empfangen und ihnen die Karten legen und in den Handlinien lesen. Was danach war, wusste sie noch nicht. Die Karten sagten eine Veränderung vorher. Aber Sidonia wusste, dass ihre Entscheidung das Schicksal beeinflussen konnte. Nichts war in Stein gemeißelt.

Sie brauchte diese Wochen und würde dann entscheiden. Sie wüsste zurzeit auch nicht, was sie sonst tun könnte und eine Rente bezog sie ja nicht, sie war nie irgendwo angestellt gewesen. Gut, sie hatte natürlich vorgesorgt und sich privat abgesichert, aber um sich zur Ruhe zu setzen, war sie noch ein wenig zu jung.

Fort mit den Grübeleien. Als hätte Grübeln jemals zu irgendeinem Ergebnis geführt. Das, was gut war, kam zu einem. Und alles andere sollte man gehen lassen.

Noch ein halbes Jahr, dann würde sie fahren. Ihre erste Station plante sie im Elsass. Und dann würde sie weiter-reisen. Vielleicht bis an den Atlantik, nach Bordeaux oder La Rochelle. Mindestens sechs Wochen lang. Nach ihrer Reise würde sie wissen, wie es weitergehen sollte. Also brauchte sie jetzt keinen einzigen Gedanken daran ver-schwenden.

Sie sah auf die Uhr. Oh, schon gleich sieben. In einer halben Stunde würde Bruno sie abholen, sie wollten gemeinsam ins Kino gehen.

Ins Kino! Sidonia lächelte vor sich hin. Sie fühlte sich um zwanzig Jahre jünger. Es war wohl noch länger als zwanzig Jahre her, seit sie das letzte Mal ein Mann ins Kino einge-laden hatte. Sie hatte mit Merci ein paar Kinderfilme gesehen. Lars, der kleine Eisbär, König der Löwen, Die Schöne und das Biest, Hanni und Nanni.

Sie freute sich. Es würde ein schöner Abend werden. Und wie es weiterging? Auch darüber wollte sie nicht nachdenken. Es würde nicht für immer sein. Der Gedanke an das Ende schmerzte nicht. Sie hatten beide ihre Träume für die Zukunft, die nicht zusammenpassten. In einem halben Jahr würde sie nach Frankreich gehen. Sie ging davon aus, dass spätestens dann diese kleine Romanze vorüber sein würde. Aber bis dahin würde sie sie genießen.

Danksagung:

Ein Buch fertigzustellen ist sehr umfangreich und mit vielen verschiedenen Aufgaben verbunden. Deshalb kann das auch niemand ohne Hilfe.

Ich möchte mich jetzt, am Ende der Geschichte, bei allen bedanken, die mich dabei unterstützt haben – ob mit Ermunterungen oder tatkräftiger Unterstützung.

Ich bedanke mich bei meiner Familie, die während der langen Entstehungszeit eines Buches immer an meiner Seite ist und bei meinem Mann Peter für die Unterstützung bei technischen Fragen und Problemen.

Besonders bedanken möchte ich mich bei Gerhild Heinz und Barbara Decker für das aufmerksame Korrekturlesen und Anregungen. Ich weiß, dass diese Aufgabe viel Aufmerksamkeit und Zeit erfordert.

Von Rotraud Falke-Held bei BoD erschienen sind unter anderem folgende Titel:

Die Trilogie „Die Hexenschülerin"

Die Geschichte beginnt in den 1980er Jahren. Bei der Renovierung der Burg Dringenberg machen Carolin und Nick einen ungewöhnlichen Fund. Im Rittersaal sind alte Aufzeichnungen aus der Gründungszeit des Ortes versteckt. Geschrieben wurden sie von dem Mädchen Clara, die 1322 als Zwölfjährige mit ihrer Familie in den neuen Ort zog.
Clara hat eine gefährliche Gabe – sie ist hellsichtig. Aus Angst, als Hexe angesehen zu werden, versucht Clara ihre Gabe geheim zu halten.
In dem neuen Dorf zieht die mysteriöse Odilia sie in ihren Bann. Sie bestärkt Clara darin, ihren eigenen Weg zu gehen. Doch der ist gefährlich. Odilia gerät bald in den Verdacht, eine Hexe zu sein. Und auch Clara als ihre Schülerin befindet sich in großer Gefahr....

Band 1:
Die Zeit des Neubeginns
Eine spannende Zeitreise ins Mittelalter
für Jugendliche ab 10 Jahren
und für Erwachsene
ISBN: 978-3-73224629-8
Das Buch hat 256 Seiten

Die Trilogie wird mit den Titeln „Die Zeit der Wanderschaft" und „Die Zeit der Rückkehr" fortgesetzt.
Außerdem erzählt der Roman „Die Erben der Hexenschülerin" die Erlebnisse von Claras Nachfahrin Luzia im 15. Jahrhundert.
Die Bücher sind bereits für Jugendliche ab etwa 12 Jahren geeignet und für Erwachsene, die gerne in vergangene Welten eintauchen.

Was vergangen ist
Das Geheimnis des Hauses

ISBN: 978-3-7460-6326-3
Das Buch hat 330 Seiten

Die junge Tiertrainerin Judith Schlüter ist glücklich. Mit dem Kauf eines einsam gelegenen Hauses vor den Toren von Detmold erfüllt sie sich einen lang gehegten Traum.
Doch dann geschehen mysteriöse Dinge. Immer wieder sieht sie das Gesicht einer älteren Frau vor sich. Schließlich erkennt sie diese auf einem Foto bei ihrer einzigen Nachbarin Ellen Jacobi wieder. Zu ihrem Schrecken erfährt sie, dass es sich um die ehemalige Eigentümerin ihres Hauses handelt – um Thea Erdmann, die gemeinsam mit ihrem Ehemann fünf Jahre zuvor er-mordet wurde. Verurteilt für diese Tat wurde deren Pflege-tochter Bianca, die jedoch bis heute ihre Unschuld beteuert. Gemeinsam mit Ellen Jacobi beginnt Judith erneut mit Recher-chen und stößt in ein Netz voller Intrigen und Lügen.
Was geschah wirklich vor fünf Jahren?
Was verschweigen einzelne Zeitzeugen und wie viel weiß die Hellseherin Sidonia?
Judith gerät schließlich sogar in Lebensgefahr.

Was vergangen ist... ist ein Krimi mit mystischer Färbung. Doch die Geschichte verliert sich nicht in mystischen Welten, sondern entwickelt sich in der Realität und wird schließlich ohne Hilfe aus der Geisterwelt gelöst. So ist sie nicht nur für Mysteriefans lesenswert und spannend.

350

Das Portrait
Eine Woche auf Texel

ISBN: 978-3-7519-0550-3
Das Buch hat 323 Seiten

Die Karrierefrau Marion Berthold überfällt vor ihrem 49. Ge-
burtstag Nostalgie. Deshalb lädt sie ihre alten Freundinnen aus
der Jugendzeit ein, mit ihr eine Woche auf der niederländischen
Insel Texel zu verbringen: Karla Michels und Marlene Siedhoff
nehmen die Einladung gerne an. Die drei Frauen treffen sich bei
Verena Huisman, einer Malerin, die ebenfalls zu ihrem alten
Quartett gehörte und heute mit ihrer Familie auf Texel lebt.
Die vier Frauen blicken in der Lebensmitte zurück und erkennen,
dass sich viele Träume nicht erfüllt haben. Besonders Marlene
steht vor den Trümmern ihres alten Lebens und muss von vorne
anfangen. Auf Texel brechen Konflikte auf und neue
Lebensentwürfe werden diskutiert.

Außerdem macht ihnen die junge Isabella Kiefer Probleme, die
nach einem Schiffbruch auf Texel gestrandet und nach ihrer
Genesung geblieben ist.
Die Situation spitzt sich zu, als Kunstsammler aus Deutschland
nach einem Portrait von Isabella fragen, das sie in einer
Kunstzeitschrift gesehen haben.
Unversehens sehen sich die Frauen größeren Problemen
gegenüber, als sie jemals geglaubt haben. Welches dunkle
Geheimnis umgibt Isabella? Wovor hat sie solche Angst und
warum wird sie offenbar verfolgt?